황후열전

龍을 탄 여자

張塏忠 編

龍을 탄 여자

초판 찍은 날 | 2012년 9월 10일
초판 펴낸 날 | 2012년 9월 20일

엮은이 | 張堉忠
펴낸이 | 곽선구
펴낸곳 | 늘푸른소나무

주소 | 서울시 종로구 연건동 44-10
전화 | 02-3143-6763
팩스 | 02-3143-6742
출판등록 | 1997년 11월 3일 제307-2011-67
이메일 | ksc6864@naver.com

ISBN 978-89-97558-10-0 03820

황후열전
황제와 황실을 주무른 여인들

《저라산 자락에서 나무꾼의 딸 서시(西施)를 본 순간 가슴이 설레었다.

'사람이 저토록 아름다울 수 있을까?' 범려는 서시를 위해 궁중법도와 가무음곡·시·서·예와 방중술을 가르쳤다.

어느덧 3년의 세월이 흘러 18세가 되었다. 범려는 곱게 단장한 서시를 보고 또 한 번 놀라움을 금치 못했다. 눈은 가을 맑은 물, 추수(秋水)처럼 서늘하고 이마는 희고 반듯하며 오똑한 콧날과 도톰하고 붉은 입술, 버들가지처럼 하늘거리는 허리는 금방이라도 안아주고 싶을 정도로 요염한 기운을 풍겼다. 찡그리는 모습조차도 그녀만큼 아름다운 여자는 없을 듯싶었다.

'경국지색의 여인이 있다고 하더니 서시야말로 나라를 망치게 할 여인이다.'

오왕 부차가 옥좌에서 지긋이 내려다보니 천상천녀가 내려온 듯하여 정신이 아찔했다. 부차는 그만 정신이 몽롱해지면서 넋을 빼앗겼다.

이때 갑자기 천둥번개치듯 충신인 늙은 대신 오자서의 외침이 들려왔다.

"아니 되옵니다. 물리치십시오."

"저 옛날 하나라는 말희(妹喜) 때문에 망했고, 은나라는 달기(妲己) 때문에 망했고, 주나라는 포사(褒姒) 때문에 망한 사실을 잊으셨습니까? 무릇 아름다운 여자는 나라를 망치는 요물입니다. 월나라의 여자를 받아들이지 마십시오."

"하하하!"

부차는 오자서의 말을 깨끗이 무시하고 그날로 서시를 품에 안고 잤다. 서시는 요염하기도 했지만 잠자리의 방중술 또한 절묘했다. 부차는 동침하여 삭신이 녹아버리는 듯한 열락(悅樂)의 밤을 보냈다.》

이 책은 중국의 역사, 천지개벽에서부터 요순시대를 거쳐 하·은·주와 춘추전국시대, 그리고 진시황의 천하통일, 항우·유방의 패권다툼을 거쳐 한(漢)나라 고조 유방의 죽음으로 이어지는 전한(前漢)의 시대상을 중심으로 황실의 이전투구를 보여주고 있다.

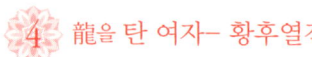

여기에 등장하는 주인공들은 모두 저마다의 출신성분과 빼어난 미모의 특성을 지니고 있지만 전편에 흐르는 크나큰 줄거리는 천하를 주무르는 황제의 후(后)가 되어 개인의 성공과 몰락을 떠나 한 나라의 국운(國運)을 쥐락펴락 멸망의 구렁텅이에 떨어뜨린다는 점이다.

물론 이에 관한 전적인 책임은 한 나라 위정자의 몫이긴 하지만 지아비를 섬김에 있어 모범된 안주인의 범절보다는 질투와 시샘속에 궁중의 법도를 몰락시키고 색정에 빠져 지아비를 죽음으로 몰고 간다.

이 책에서는 다음의 세 부류 여인이 한 시대를 주름잡고 있음을 잘 나타낸다.

곧, 오자서가 주군에게 '무릇 아름다운 여자는 나라를 망치게 하는 요물이니 받아들이지 마십시오' 라고 충간하듯이, 아름다움을 내세워 적국을 멸망시키는 계략이 숨어 있는 것이 그 첫 번째요, 둘째는 타고난 미모와 색정이 워낙 강해 밤낮으로 열 남자 대부를 다 받아들이지만 씨앗을 얻지 못해 질투의 화신으로 한 시대를 망치는 것이 그 하나요, 나머지는 청순가련형으로 자신을 불태워 오로지 황실만을 위해 헌신하거나 국운을 위해 희생하는 여인의 모습이 세 번째 부류다.

《미소년의 손길이 닿은 곳이면 전율이 일어나고 색정의 신음이 자신도 모르게 터져 나왔다. 미소년은 여희의 눈치를 살피면서 가슴을 애무하고 허벅지 안쪽의 깊은 곳을 농락했다.

여희는 이 틈에 그의 손길을 움켜쥐고서 더욱 어둡고 깊은 곳으로 인도하며 남근을 잡아보니 얼굴 생김새와는 전혀 다르게 꽤나 묵직한 것이 벼락맞은 대추방망이보다도 더 크고 단단하게 느껴졌다.

여희는 더 이상 참을 수 없어 그의 굳센 방망이를 자신의 숲속에 집어넣고 두 다리를 들어 그의 몸을 휘감았다.》

이는 진(晉)헌공의 애첩으로서 자신의 지아비와 동침하는 남색(男色)의 미소년을 끌여들여 교접하는 여희의 모습이다.

《제비〔燕〕가 날아와서는
황손(皇孫)을 쪼았다.
그 황손은 죽고

제비는 시(矢)를 쪼았다.》

　이는 한나라 성제 때 물찬 제비 조비연의 자매를 일컫는 노래이다. 여기서 '시(矢)'라는 말은 분(糞)을 의미했다.
　제비는 즉 물찬 제비 조비연이라는 이름을 가진 조황후와 그의 자매 조소의(합덕)를 가리키는 말이었다.
　그녀들이 후궁에서 태어난 왕자를 차례대로 죽이고 그 업보로 '똥을 먹는' 처지에 놓였다는 의미였다.

《아들을 낳았다고 좋아하지 말고
　딸 낳았다고 서러워하지 마라
　위자부를 보아라
　한 가문이 천하를 제패하고 있지 않느냐?》

　이는 노비의 딸로 태어난 신분이면서도 온순하고 침착하며 자신의 관리를 철저히 하여 한 시대를 풍미한 위자부의 이야기이다.

《그때 마침 가을 하늘빛 위로 기러기 떼들이 날아가고 있었다. 그런데 그만 앞서가던 기러기 무리가 그 여인을 보고는 자리를 이탈하더니 정신을 놓았는지 떨어져 개울에 처박혔다. 뒤에 사람들이 전하기를, '흉노 땅에 가는 동안 하얀 달빛 아래 미인(월하미인(月下美人))이 아니라, 달빛이 그 여인의 모습에 부끄러워 구름 속에 숨더라'고 전해 내려왔다.》

  이는 궁녀로 뽑혀 궁중에 들어왔으나 궁녀첩을 그리는 화공에게 뇌물을 쓰지 못하여 화공이 그녀의 얼굴을 대강 두루뭉실 추녀로 그렸기 때문에 머나먼 낯선 땅 흉노로 시집가는 공주로 낙점되었던 것이다.

  황제는 은근히 부아가 치밀었다. 멀리 흉노 땅으로 시집보낸 그 궁녀는 자신이 그동안 접해 본 어느 누구보다도 월등히 아름다운 절색의 미녀였던 것이다.

  "어느 가증스런 화공놈이 아름다운 용모를 그대로 그리지 않고 이렇게 추하게 그렸단 말인가?"

  황제는 그동안 접해 본 궁녀들과 궁녀첩을 대조해 보니 전부 실물보다 아름답게 그려져 있는 게 아닌가. 그만 울화가 치밀

어 궁녀첩을 내던지고 화공을 황제 기만 죄로 목을 잘랐다.

'아름다움과 추함의 차이는 어디에 있는 것일까?'
이 책은 비록 기나긴 역사를 한 토막씩 간추려 수록했지만
먼 지난날 중국의 역사를 돌이켜보고 우리의 역사에는 어떠했
는지 성찰해 보는 계기가 되었으면 한다.
그리고 독자들이 이 책을 읽으신 후 오랜 동안 재미난 이야
깃거리로 간직해 주시리라 기대해 봅니다.

엮은이 씀

龍을탄여자

황후열전

龍을 탄 여자

사람을 만든
여와(女蝸)

중국역사에서 한민족(漢民族)은 지금으로부터 약 5,000년 전 황하강의 농경민족으로 나타났다고 전한다.

중국인들은 조상을 삼황(三皇)으로 여겼다.

삼황은 복희씨(伏羲氏), 여와씨(女蝸氏), 신농씨(神農氏)로 사마천의 『사기(史記)』에서는 이들을 역사에서 배제하고 오제(五帝)부터 기술하고 있다. 삼황은 역사가 아니라 신화로 보았기 때문이다. 그러나 중국 역사를 이해하기 위해서는 삼황을 이야기하지 않을 수 없다.

삼황은 천황(天皇), 지황(地皇), 인황(人皇)으로 불려 중국인들이 말하는 천지인(天地人) 사상의 모태가 되었다.

복희는 그의 성덕(聖德)이 일월(日月)과 같아서 태호(太昊)라고도 하는데, 8괘(掛)를 처음으로 만들고, 노끈으로 그물을 만들어 사냥과 고기 잡는 법을 가르쳤다.

그리고 신농은 농사짓는 법을 가르치고 불로 음식을 만드는 화식(火食)을 가르쳤기 때문에 염제(炎帝)라고도 불렀다. 또한 교역(交易)의 법을 가르쳐 상업의 신으로도 불린다.

여와(女蝸, 여왜)는 삼황 중에 유일한 여신(女神)으로 풍요와 다산(多産)의 상징이었다.

태고에 하늘을 받치고 있던 세 기둥이 쓰러져 천지가 무너지고 홍수가 났을 때, 여와가 오색돌을 빚어서 하늘을 메우고 큰 거북의 다리를 잘라 기둥삼아 하늘을 받치고 갈짚의 재를 쌓아 물을 빨아들여 천계에서 내려와 세상에서 살았다. 여와는 인간의 얼굴과 뱀의 몸을 지녔다.

중국의 신화에 의하면 태초에 한 올의 빛도 없이 캄캄한 어둠뿐인 혼돈만 존재하고 있었다. 그 가운데 계란과 같은 거대한 알이 하나 있었는데, 그 안에서 신화 속의 주인공인 반고(盤古)가 태어났다.

반고는 알에서 나오자 세상을 둘러싼 어둠을 향해 큰 소리를 외치며 들고 온 도끼를 힘차게 휘둘렀다. 그러자 혼돈이 갈라지면서 맑은 기운은 위로 올라가 하늘이 되고, 무겁고 탁한 기운은 밑으로 가라앉아 땅이 되었다.

반고에 의해 천지개벽이 이루어졌으나 인간은 아직 세상에 존재하지 않고 있었다. 동산과 들에는 온갖 풀과 꽃들이 만발하고 벌레와 물고기, 온갖 날것과 들짐승, 산짐승이 생겨났지만 인간이 없었다.

"세상에 사람이 없으니 쓸쓸하고 고요하며 재미가 없다. 내가 흙을 빚어 사람을 만들어야지."

풍요와 다산의 여신 여와는 황토를 반죽하고 황톳물을 흩뿌려서 인간을 만들었다. 여와가 직접 황토로 빚은 인간은 고귀한 양반이 되었고, 황톳물을 마구 흩뿌렸을 때 넝쿨이나 가시밭에 떨어진 황토 물방울이 변하여 인간이 된 자는 가난한 평민이 되었다. 그리하여 세상에는 인간이 가득히 넘쳐나게 되었다.

삼황의 시대는 씨족끼리, 혹은 부족끼리 모여 살았는데 약탈의 시대였으며 정벌의 시대였다.

중국 문명의 기틀을 연 헌원(軒轅)이 창과 방패를 만들어 약탈을 일삼는 제후국들을 차례로 굴복시키자 제후들이 헌원을 '천자'로 추대하고 '황제(黃帝)'로 불렀다.

황제는 오제(五帝)의 첫 번째 인물이었다. 천자가 된 헌원은 배와 수레를 발명하고 건축술, 포목술, 제약술 등을 발명하여 백성들을 이롭게 하였다.

이때 중국의 문자인 한문이 만들어졌는데 황제의 사관(史官)인 창힐(蒼頡)이 짐승들의 발자국을 모방해 상형문자(象形文字)를 만들어 냈다. 이처럼 중국 문명을 크게 일으킨 황제가 죽은 후, 그의 손자인 전욱(顓頊)이 제위에 오르고 그의 아들 곡(嚳)이 뒤를 잇고 그가 죽은 뒤에 방훈(放勳)이 제위에 오르니 이가 바로 요(堯)임금이다.

순(舜)임금의
아황(娥黃)과 여영(女英)

요(堯)임금은 검소하고 근면하여 나라를 덕(德)으로 다스리자 백성들은 격양가(擊壤歌)를 부르며, '임금이 있으나 없으나 우리가 살아가는데 무슨 필요가 있으리' 태평성대의 노랫소리가 그치지 않았다.

그야말로 요임금의 덕치(德治)는 먹을 것이 가득하여 배를 두드리고 살아가는 함포고복(含哺鼓腹, 배불리 먹고 삶을 즐기는 평화로운 모습)이었다. 그러나 이토록 훌륭한 요임금도 해마다 강물이 넘쳐흐르는 황하의 홍수를 다스려야 하는 치수(治水)만은 해결할 수 없었다. 게다가 이제는 연로하여 더 이상 정사를 돌보기가 어려웠다.

"듣거라. 신분이 귀하든 천하든 가리지 말고 천하를 다스릴 덕(德)이 있는 자를 찾아서 천거하라!"

요임금은 나라를 다스릴 자에게는 반드시 덕이 있어야 백성이 태평하게 잘 살 수 있다고 굳게 믿었다. 임금의 명에 따라 중신들은 온 산천을 뒤져 어진 사람을 찾아다니던 끝에, 산골에 숨어 사는 선비 허유(許由)를 임금에게 추천했다. 이에 요임금이 그를 천자로 삼으려고 하자 허유는 그 소문을 듣고 펄쩍 뛰며 기산(箕山, 황하강 기슭의 하남성)에 숨어들었다.

그후 요임금이 '구주(九州, 천하)를 다스리는 전국의 장(長)'에 허유를 임명하려 한다는 말을 듣자 허유는 영수(潁水)에 가서 귀를 씻었다. 그때 허유의 친구인 소보(巢父)가 자신의 소를 몰고 오다가 허유가 귀를 씻는 것을 보았다.

"자네, 지금 거기서 무얼 하고 있는가?"

"더러운 말을 들었기에 귀 씻고 있는 중이네."

허유가 소보를 힐끔 돌아보며 대답했다.

"더러운 말이라니 그게 무엇인가?"

"임금께서 내게 천하를 넘겨준다고 하더니 이번에는 '구주의 장'으로 삼는다고 하셨다네."

물끄러미 허유를 바라보며 그의 말을 듣던 소보는 소에게 물을 먹이려다 말고 상류로 거슬러 올라가는 게 아닌가. 허유가 어리둥절하여 소보에게 물었다.

"자네는 어디로 가는가? 소에게 물을 먹이러 온 것 같은데, 여기면 족하지 않은가?"

"더러워진 귀 씻은 물을 내 소에게 먹일 수는 없지 않은가?

깨끗한 물을 먹이려고 하네."

어느 날 요임금의 귀에 순(舜)이라는 사람이 효(孝)에 바르고 지극히 어질다는 소문이 들려왔다.

순은 오제(五帝)의 하나인 전욱(顓頊)의 6대 손으로 아버지는 고수(瞽叟)라는 인물이었다. 고수의 고(瞽)는 눈이 보이지 않는 자를 일컫는 말이고, 수(叟)는 장자, 맏아들을 뜻하기도 하지만 역시 '어리석고 사리에 어두어 선악을 구별하지 못하는 사람'을 일컫는 말이다.

고수는 순의 생모가 죽자 후처를 얻어 상(象)을 낳았다.

고수와 계모는 상만을 귀여워하고 온화한 순을 미워하여 기회만 있으면 죽이려고 하였다. 그러나 순은 부모에게 순종하여 오로지 자식된 도리를 묵묵히 다할 뿐이었다.

요임금이 순을 불러 이야기를 나눠보니 과연 효와 덕이 출중하여 가히 성인(聖人)이라고 일컬을 만했다.

요임금은 순을 시험하기 위해 자신의 두 딸, 아황(娥黃)과 여영(女英)을 시집보내 집안에서의 행실을 관찰하고자 했다. 순은 두 아내를 잘 거느리고 화목하게 살아 주위로부터 칭송을 한몸에 받았다.

그가 머무는 곳에는 1년 사이에 촌락(村落)을 이루고, 2년이 지나면 읍(邑)을 이루고, 3년이 지나면 도회(都會)가 되었다.

뭇 백성들이 효와 덕이 출중한 순(舜)을 본받기 위해 구름같이 몰려온 까닭이었다. 특히 천자 요임금의 딸들인 아황과 여영도 부녀자로서의 어질고 너그러운 덕행, 여자로서 마땅히 지켜야 할 부도(婦道)를 다해 순을 받들어 집안이 언제나 화목

했다.

순은 20세에 효도로 이름이 나고, 30세에 요임금에게 기용되었으며, 50세에 천자(天子)의 정사를 대행하고, 58세에 요가 붕어하자 요를 대신하여 제위에 올랐다.

제위에 오른 지 39년 만에 남방으로 창호(蒼梧)의 야(野, 호남성)를 순행하다가 붕어했다. 강남의 구의산(九疑山, 광서성)에 매장되었는데 이것을 영릉(零陵)이라 부른다.

순은 나라 이름을 우(虞)라 일컫고, 미리 우(禹)를 천자로 추천해 놓고 17년이 지나서 붕어했다.

두 왕비, 아황과 여영은 순임금을 따라 순행하면서 상수(湘水)에서 갑작스런 비보를 듣고 비탄의 눈물을 흘렸다. 그녀들이 흘린 눈물이 옆에 있던 대나무에 떨어져 얼룩 반점의 흔적을 남겼다. 이때부터 상수 지방 일대에는 반점이 있는 반죽(班竹)이 자라기 시작했는데, 후세 사람들은 대나무의 얼룩 반점을 보고 아황과 여영의 눈물이라고 했다.

두 왕비는 순임금에 대한 사모의 정을 억제할 길이 없어 치마를 뒤집어쓰고 깊은 물에 몸을 던졌다.

굴원(屈原) 선생이 지은 이소(離騷) 중에는 다음과 같은 시구가 있다.

천제(天帝)의 딸이 강림했구나
북쪽 하늘을 바라보며 슬픔에 젖은 모습이여
소슬한 가을 바람이 동정호(洞庭湖)에 불어오니

낙엽이 우수수 흐르는 물 위에 떨어지누나.

(帝子降兮 北渚目渺渺兮愁予 嫋嫋兮秋風洞庭 彼兮木葉下)

요순(堯舜) 시대는 그처럼 태평성대였던 관계로 문화도 더불어 크게 발달하여 흔히 신선놀음으로 비유되는 '바둑'도 요임금 시대에 만들어졌다.

순임금의 뒤를 이어 제위에 오른 인물은 황하의 치산치수(治山治水)를 훌륭하게 성공시킨 우(禹)였다.

요순 시대가 지나가고 우임금에 의해 하왕조(夏王朝)가 개국되었다. 우는 순임금에 의해 천자로 즉위한 뒤로 더욱 덕을 쌓고 권농일(勸農日)을 제정하고 손수 농사를 지어 근면으로 백성들에게 모범을 보이고 오로지 국리민복(國利民福)에만 전력을 기울였다.

하루는 우임금이 어느 고을에 이르렀을 때 한 사내를 둘러싸고 많은 사람들이 웅성거리고 있었다.

"그대는 무슨 일로 여러 사람들에게 손가락질을 받으며 울고 있는가?"

"소인은 집안이 가난하여 배고픔을 견디지 못하고 남의 곡식을 훔쳤습니다. 벌을 내려주십시오."

사내가 울면서 대답했다. 그러자 우임금은 사내의 손을 덥석 잡고 소리내어 함께 울었다.

"임금님, 임금님은 어인 일로 눈물을 흘리시나이까?"

신하들이 당황하여 엎드려 물었다.

"요순 임금이 계실 때에는 모든 백성들이 풍족하여 누구나 굶주리지 않고 배불리 먹은 뒤에 배를 두드리고 즐거움을 누렸다고 했는데, 내가 제위에 오른 후 바른 정치를 하지 못해 백성들이 도적질을 하고 굶주리고 있으니 임금이 부덕한 소치가 아니고 무엇이겠는가?"

백성을 극진히 사랑하는 우임금의 말에 모두 감격하여 군신(君臣)이 함께 울었다.

또한 우임금 시대에 '술'이 발명되었는데, 술을 발명한 사람은 의적(義狄)이라는 신하였다.

어느 날 의적은 곡식창고에서 오랫동안 물에 담가두었던 쌀동이가 생각나 그곳에 가서 보니 달콤하고 향기로운 냄새가 나는 것을 발견했다. 맛 또한 천하의 일미였다. 의적은 그 맛에 도취되어 바가지로 퍼먹었다. 그러자 마실수록 기분이 좋아졌고, 취기가 오르며 정신이 몽롱하고 황홀했다.

의적은 자신이 담근 술을 혼자 마시기 아까워 우임금께 바쳤다. 우임금이 마셔보니 기이하고 향기로웠다. 한 잔 두 잔 술을 마시자 정신이 더욱 몽롱해져 왔다.

"이렇듯 맛이 좋고 사람의 정신을 빼앗으니 경계하지 않으면 집안을 망치고 나라를 잃게 되겠구나."

우임금은 두 번 다시 술을 마시지 않았다.

우임금의 아내는 우임금에게 시집와서 불과 나흘을 함께 산 이후로 홀로 살고 있었는데, 그것은 우임금이 황하의 치수 공사에 나가서 13년이 될 때까지 자기 집 근처를 세 차례나 지났건만 한 차례도 들르지 않았기 때문이다. 그만큼 우임금은 치수 공사에 전념했다.

우임금에게는 계(啓), 재(宰), 한(罕)의 세 아들이 있었다. 모두가 현명한 인물이었다. 우임금은 선정 27년만인 90여 세에 병석에 눕게 되자 중신들에게 유언을 내렸다.

"내가 죽거든 왕위를 현명하고 인자한 백익(伯益)에게 물려주도록 하라."

중신들은 그 소리를 듣고 모두 놀랐다.

"임금께서는 세 분 아드님이 계시는데……."

그러자 우임금은 고개를 흔들었다.

"천하는 어느 개인의 것이 아니다. 내가 왕위를 아들에게 물려주면, 그것이 선례가 되어 천하는 한 사람의 소유물이 되는 것이다."

우임금이 유언을 남기고 세상을 떠나게 되어 왕위를 백익이 물려받아야 할 형편이었으나, 백익은 그날로 기산(箕山)에 들어가 자취를 감추었다. 그러자 어쩔 수 없이 선왕의 맏아들인 계(啓)를 새로운 왕으로 받들게 되었는데, 그것이 왕위를 세습하는 기초가 되었다.

이후 하(夏) 왕조는 4백 년 동안이나 이어오다가 역사상 최초의 폭군으로 불리는 걸왕(桀王) 시대를 맞이하게 된다.

하(夏)나라
말희(妹喜)

걸왕(桀王)은 하 왕조의 17대째 천자였다.

걸왕은 지략과 용력(勇力)이 뛰어나다고 어릴 때부터 소년 호걸로 칭송을 받았는데, 천자에 오르면서부터 정사를 돌보지 않고 술과 여자에 빠져 사람으로서 마땅히 할 도리를 돌보지 않는, 황음무도(荒淫無道)한 생활로 지내면서 이웃 제후국들을 무차별적으로 공격하여 약탈과 방화를 일삼았다.

"폐하, 유시국(有施國, 有는 지명에 붙이는 어조사로 쓰인다. 山東省 夢陰縣)에 빼어난 미인들이 많다는 소문이 있사옵니다."

하 왕조의 조정은 간신들로 들끓었다.

"미인들이라고?"

걸왕이 귀가 솔깃하여 물었다. 이미 술과 여자들에게 빠져 정사를 돌보지 않는 걸왕이었다.

"그러하옵니다. 유시국의 미인들은 선녀처럼 예쁘다고 하옵니다."

간신들이 충동질을 하자 걸왕은 하늘을 우러러 크게 웃었다.

"하하하! 선녀들이란 말이지, 유시국을 토벌하여 미인들을 모두 차지하여 후비로 삼으리라."

걸왕은 앞뒤 잴 필요조차 느끼지 못하고 10만 군사를 일으켰다. 군사를 일으킨 목적은 오로지 재산 약탈과 미녀 공출이었다. 유시국의 영토는 삽시간에 짓밟히고 도성은 포위되었다. 이유도 모른 채 창졸간에 당한 유시국은 성문을 굳게 닫아걸고 필사적으로 저항했으나 바람 앞의 등불의 위기에 처했다. 유시국의 왕과 대신들은 눈물을 흘리며 비통해했다.

"백성들을 살리려면 항복하는 수밖에 없습니다."

"걸왕은 황음무도하여 여색을 밝힌다 하옵니다. 우선 미인들을 뽑아 앞세우고 진기한 공물과 함께 바친다면 군사를 물릴 것입니다."

대신들은 울면서 투항할 것을 권고했다.

"내가 무슨 죄가 있어서 백성들을 죽음으로 내모는가."

유시국 왕이 비탄에 잠겨 울부짖었다. 유시국 왕의 통곡에 중신들은 일제히 무릎을 꿇고 함께 울었다.

왕은 중신들의 의견을 받아들여 공물을 준비하고 도성에서 가장 아름다운 미인들을 선발했다. 이때 뽑힌 미인들 중에 말희(妺喜)라는 여인이 있었는데, 그녀는 임금이 혹하여 나라가 쓰러져도 모를 만한 경국지색(傾國之色)이었다.

말희는 17, 18세의 앳된 나이였으나 복숭아 빛깔처럼 고운 피부에 터질 듯 팽팽하게 솟아오른 젖가슴과 버드나무처럼 가는 허리, 풍만한 둔부는 가히 사내의 간장을 녹이고도 남을 만큼 뇌쇄적이었다.

말희가 비단옷으로 단장을 하고 어전에 나타나자 왕과 신하들이 그 찬연한 아름다움에 넋을 잃었다. 모두들 왜 진작에 말희와 같은 미인을 만나지 못했는지 후회가 될 지경이었다.

"그대의 이름은 무엇인고? 지아비는 있느냐?"

왕이 떨리는 목소리로 물었다.

"소첩의 이름은 말희라 하옵고, 지아비는 걸왕의 군사에 의해 죽었습니다."

말희가 눈물을 흘리며 옥구슬 굴러가듯 낭랑한 목소리로 말하자 왕과 신하들은 애간장이 녹아드는 것만 같았다. 촉촉이 눈물 젖은 듯한 말희의 얼굴은 뭇 사내들을 감동시켰다.

"짐은 그대를 걸왕의 공녀로 보내려고 하는데, 나라를 구하기 위해 쾌히 가겠는가?"

왕은 말희에게 공녀로 보낼 수밖에 없는 상황을 구구절절이 설명했다.

"걸왕이 소첩의 철천지원수이기는 하나 나라를 구하는 길인데 어찌 마다하겠습니까?"

말희는 고개를 떨어뜨리고 소리 죽여 울었다. 왕은 손수 말희의 눈물을 닦아준 뒤에 흰 양을 앞세우고 성 밖으로 나와 걸왕에게 항복했다. 대신들도 모두 뒤따라 걸왕에게 엎드려 절을 했다.

"신이 아둔하고 어리석어 천자의 위엄을 거역하고 큰 죄를 얻었나이다. 천자께서는 신의 진상품을 받으시고 노여움을 거두옵소서."

유시국 왕이 양 1백 마리를 끌고 나와 아홉 번의 절(九拜)을 올리고 말희와 진기한 공물이 적힌 물목을 걸왕에게 공손히 바쳤다.

'저토록 아름다운 여인이 있었던가?'

걸왕은 말희를 보자 감전된 듯 온몸이 부르르 떨렸다. 말희의 살결은 빙기옥골(氷肌玉骨, 얼음 같은 살결과 옥 같은 뼈대)처럼 맑고 깨끗하다 못해 하얗게 빛나 보였고, 눈은 깊고 물기에 젖어 촉촉했다. 뭐라 한마디라도 큰소리친다면 금방 추수(秋水, 가을철의 맑게 흐르는 물) 같은 눈망울 속에서 눈물이 쏟아질 듯했다. 오뚝한 콧날이며 봉긋한 입언저리는 뭇 사내들의 철석 같은 심장을 세뇌시켜 스르르 녹아버릴 정도로 아름다웠다.

"한낱 작은 나라의 제후에 지나지 않는 너의 죄가 하늘에 이르렀으나 네가 잘못을 알고 사죄하니 용서하겠다. 앞으로는 제때에 공물을 바치고 백성들과 함께 평안하라."

걸왕은 유시국 왕을 점잖게 타이른 후 말희를 얻은 기쁨에 마음이 들떠 의기양양하게 승전고를 울리며 대궐로 돌아왔다. 말희에게 정신을 빼앗긴 걸왕은 유시국 왕 따위는 눈에 보이지도 않았다. 오로지 말희를 얻은 것이 천하를 얻은 것보다 더 기뻤다.

때는 북풍 한설(寒雪)이 매섭게 몰아치는 차가운 동짓달이었으나 걸왕의 침실은 뜨거운 열기에 휩싸여 있었다. 걸왕은 일찌감치 저녁상을 물리고 침실에 들어 말희와 마주앉았다. 궁녀들에 의해 새롭게 목욕 단장시켜 들어온 말희를 바라보는 것만으로도 마른 침이 목울대를 타고 넘어갔다.

걸왕은 이제 더 이상의 말이 필요 없었다. 진기한 천하제일의 구슬이 닳아 없어질까봐 말희를 침상에 앉히고 옷을 한 겹한 겹 조심스레 벗겨갔다. 옷 한 겹이 벗겨질 적마다 새롭게 나타나는 말희의 비밀스런 몸매, 팽팽하게 부풀러오른 젖무덤과 잘록한 허리, 여인의 신비스런 계곡……, 무성한 털숲. 걸왕은 넋 잃고 말희에게 완전히 푹 빠져들었다.

"아아, 이렇게 아름다운 여인일 줄이야."

걸왕은 조심스럽게 말희를 안아 눕혔다. 말희의 몸은 자신을 위한 맞춤이듯 따뜻하고 부드러웠으며 모든 걸 포용하고 있었다. 솥뚜껑만큼이나 두툼하고 큼직한 걸왕의 손이 말희의 온몸을 탐색하고 젖가슴을 공손히 덮어 애무하자 여인의 길고 깊은 속눈썹이 파르르 떨렸다.

상대는 천하의 주인인 걸왕이었다. 말희는 팽팽한 긴장감 속에서도 자신의 몸 깊숙한 곳에서부터 은밀하고 감미로운 기운이 혈관을 타고 전신으로 번지는 것을 느꼈다. 숨이 가빠져왔다. 사내는 자신의 온몸을 잘도 후비고 다녔다. 말희는 자신의 의지와는 상관없이 후끈 달아오르기 시작했다.

'아아…….'

말희가 하체를 들썩이며 고개를 뒤로 젖히고 터져 나오려는 신음을 삼키다 못해 가늘게 토해내고 있었다.

'휘이-잉.'

밖에서는 북쪽에서 불어오는 찬바람, 삭풍(朔風)이 나무끝에 불고 명월(明月)은 눈 속에 찬데 걸왕의 침상은 무쇠라도 녹일 것 같은 뜨거운 열기를 내뿜으며 거칠어지기 시작했다.

드디어 천하를 호령하던 걸왕의 묵직한 하체가 버드나무처럼 휘어 감아드는 말희의 몸 깊숙한 곳으로 파고들었다. 가냘픈 여인의 몸속으로 젖어들어 뿌듯한 포만감으로 짙은 밤꽃 내음을 흩뿌렸다. 그리고 두 사람은 떨어질 줄을 몰랐다.

밖은 어느새 희뿌연 여명(黎明)의 빛이 밀려오고 있었지만 천하의 용장과 경국지색의 운우지락(雲雨之樂)은 끝이 없었다.

그날 이후 걸왕은 말희의 치마폭에 휩싸여 한시도 말희의 곁을 떠나지 않으며 술과 가무(歌舞)에 빠져 지냈다. 매일같이 세월 가는 줄 모르고 어화원(御花園)에서 말희와 함께 주연을 즐기는 것에 탐닉하여 정사를 돌보지 않으니 대소신료들을 만나는 것조차 귀찮게 여겨졌다. 세월은 흘러 섣달도 지나고, 봄도 지나 여름이었건만 걸왕과 말희는 변한 게 없었다.

말희는 이제 때가 무르익었다고 생각하여 그간 숨겨온 속내를 드러내기 시작했다. 그녀의 지아비를 죽인 철천지원수를 갚기 위해 걸왕을 정사에 어둡고 사리 분별 못하는 어리석은 암군(暗君)으로 길들이기 시작했다.

"폐하, 대궐의 궁녀들은 한결같이 볼품이 없고 초라하기 그지없습니다. 전국에 영을 내려 3천 명의 미인들을 새로 뽑고 그들에게 비단옷을 입혀 춤추고 노래 부르게 하소서."

말희가 온갖 교태를 부려가며 눈웃음을 치고 앵두 같은 입술로 말을 하니 걸왕은 즉시 영을 내렸다.

"너의 말이 옳도다. 지금 즉시 전국에서 미인 3천 명을 가려 뽑아 대궐로 보내도록 하라. 그리고 또 백성들에게 3천 벌의 비단옷을 바치게 하라. 영을 어기는 자는 가차없이 목을 베어 죽여버려라."

"호호호. 대왕은 과연 천상천하의 천자(天子)이십니다."

걸왕의 영은 즉시 시행되어 군사들이 전국의 집집을 돌아다니며 미인들을 색출하기 시작했다. 그리고 기한 내에 비단옷을 바치지 않으면 무자비하게 창으로 찔러 죽이고 목을 베어 죽이니 백성들의 원성이 하늘을 찌를 듯하였다.

그뿐만 아니라 걸왕은 말희를 기쁘게 해주기 위해 대궐 안에 아름다운 옥으로 장식한 경궁요대(瓊宮瑤臺)를 조성하는 일대 토목 공사를 일으켜 백성들을 굶주림에 허덕이고 궁핍하게 하였다.

백성들은 포학무도(暴虐無道)한 걸왕의 통치를 피해 이웃 나라로 떠나기 시작했다. 그야말로 백성들은 걸왕과 말희의 폭정으로 진구렁에 빠지고 숯불에 타는 고통, 도탄지고(塗炭之苦)를 당하고 있었다.

말희는 걸왕과 함께 높은 누대에 올라 3천 궁녀의 춤과 노래를 구경했다. 3천 명의 궁녀들이 형형색색의 비단옷을 입고 춤추며 노래 부르는 모습은 휘황찬란한 장관을 연출했다.

"폐하, 아름답지 않사옵니까? 세상 밖 선경(仙境)도 이렇게 아름답지는 않을 것이옵니다. 폐하는 지금 행복한 세상의 별천지, 무릉도원에서 선녀들과 함께 살고 있는 것이옵니다."

"하하하! 과연 네 말대로 아름답구나. 너는 짐을 즐겁게 하는 빼어난 재주를 가졌구나. 이리 오너라."

걸왕이 말희를 덥석 안아서 무릎 위에 앉히고 말희의 속살을 더듬었다.

"폐하, 아이……."

말희가 허리를 비틀며 애교를 떨었다. 누대 아래서는 3천 명의 궁녀들이 한창 춤을 추고 노래 부르며 흥을 돋우는 가운데 누대 위에서는 질펀한 음양(陰陽)의 간드러진 교성이 깊게 잦아들고 있었다.

"궁녀들에게 술을 한 잔씩 주어 목을 축이게 하라."

걸왕은 만족하여 껄껄 웃으며 호쾌하게 하명했다. 궁노(宮奴)들이 쟁반에 술병을 받쳐 들고 3천 명의 궁녀들에게 일일이 따라주다 보니 시간이 오래 지체되었다. 이때 말희가 살며시 눈을 감으며 무언가 생각나는 듯하더니 눈을 반짝 떴다.

"폐하, 궁녀들에게 술을 따라주는 데 시간이 지체되어 재미가 시들어집니다. 이곳에 연못을 만들어 술을 채우십시오. 그리고 배를 타고 다니면서 술을 마시고 나뭇가지에 고기를 매달아놓으면 주야장천(晝夜長川) 미인들과 마음껏 즐길 수 있으니 이보다 더 좋은 일이 어디 있겠사옵니까?"

말희의 말을 듣고 보니 걸왕은 퍽 재미있을 듯했다.

"어화원(御花園)에 연못을 파고 술을 채운다? 그리고는 나무에 고기를 매달아? 기발한 생각이구나!"

걸왕은 즉시 명을 내렸다. 수천 명의 인부들이 동원되어 밤낮으로 대역사가 벌어졌다. 마침내 거대한 연못을 만들었다. 바닥에는 자갈을 깔고 그 위에 고운 모래를 덮은 뒤에 술을 쏟아 부었다. 연못에 넘실거리는 것이 물이 아니라 술이라는 의미에서 세상 사람들은 그 연못을 '주지(酒池)'라 불렀다.

그리고 연못가에는 사철 푸른 나무를 심고 소금에 절인 고기와 불에 구운 고기를 주렁주렁 매달아 '육림(肉林)', 곧 완벽한 '주지육림(酒池肉林)'을 이루었다.

걸왕과 말희는 예쁘게 단장(丹粧)을 하고 봉황 모양으로 꾸민 화방(畵舫)을 연못에 띄워 뱃놀이를 하며 술을 퍼 마셨다.

3천 명의 궁녀들은 연못가에서 춤과 노래로 흥을 돋우었다. 걸왕과 말희가 번갈아가며 북을 치면 궁녀들이 일제히 허리를 숙여 연못의 술을 마셨고 또 한 번 북을 치면 연못가의 나무로 달려가 주렁주렁 매달린 고기를 뜯어 먹었다. 그야말로 눈뜨고 볼 수 없는 가관(可觀)의 진풍경이 벌어지고 있었다.

말희와 함께 황음(荒淫)에 빠져든 걸왕은 이제 정사(政事)와는 거리가 멀어졌을 뿐만 아니라, 하루가 멀다고 주지육림을 위해 새 술을 빚고 새 고기를 만들라는 왕명만이 백성들에게 내려졌다.

이로써 하(夏)나라는 많은 인력과 재물이 탕진되고 국력은 날로 쇠퇴해져 갔다. 뜻있는 대신들이 더 이상 보다 못해 걸왕 앞에 엎드려 죽기를 각오하고 충성으로 간(諫)했다. 그동안에도 수차례 품신하고 간청했지만 걸왕은 들은 체도, 만나려고

도 하지 않았다.

"왕은 사치를 절제하고 덕으로 백성을 다스려도 부족하거늘, 백성들의 피와 땀을 사치로 낭비하면 이 나라는 기필코 망할 것이옵니다."

태사령(太史令) 종고(綜古)가 먼저 간했다.

"폐하, 말희는 천하의 음탕한 계집이오니 참수하십시오. 천자께서 말희를 얻은 후부터 정사를 돌보지 않고 주색에만 빠져 있으니 옛 성현들에게 그저 부끄러울 뿐입니다."

이번에는 중신 관용봉(關龍逢)이 충간을 했다.

"뭣이! 네가 입이 있다고 함부로 주둥이를 놀리느냐? 네가 정녕 죽어야 입을 다물겠느냐?"

걸왕이 옥좌에서 벌떡 일어났다.

"신이 어찌 죽음을 두려워하여 충간을 아끼겠습니까? 원컨대 저 요망한 계집을 당장에 목을 베어 죽이고 바른 정치를 하십시오."

"여봐라! 저놈을 당장 끌어내어 목을 베어라!"

걸왕은 눈물로 호소하는 관용봉을 참수했다.

미친 듯이 날뛰는 걸왕 앞에 대신들은 하나 둘 물러나기 시작했고, 이제 하(夏)나라가 기필코 망할 것이라는 사실을 예감하고 하남성 상(商) 땅에서 존경받는 제후의 한 사람인 탕(湯)을 섬기기로 했다.

탕은 매우 현명하고 덕이 많기에 다른 제후들이 탕의 덕을 칭송하면서 그에게 몰려왔다. 탕은 더 이상 머뭇거릴 수 없어 군사를 일으켰다. 황음무도한 걸왕을 치기 위해 제단을 쌓고 하늘에 제사를 지낸 뒤에 격문(檄文)을 지어 각 제후들 뿐만 아니라 나라 전체에 포고했다.

이것이 역사상 신하가 임금을 살해하여 새 나라를 이룩하고자 하는 최초의 출사표(出師表)인 셈이다.

〈만민에게 고하노라. 나 탕왕이 걸왕을 치는 것은 반란이 아니다. 하나라 걸왕의 죄가 하늘에 닿고 황음무도하여 백성들이 도탄에 빠진 것을 더 이상 좌시할 수 없어 천제(天帝)의 명으로 그를 주벌(誅罰)하려고 한다. 이미 천제께서는 걸왕의 폭정에 분노하여 내게 걸왕을 치라는 영을 내리셨다. 하나라 걸왕은 요부(妖婦) 말희에게 빠져 주지육림을 만들고 백성들을 짓밟고 으깨어서 아주 결딴내는, '어육(魚肉)'으로 만들고 있다. 걸왕의 폭정이 이에 이르렀으니 하늘을 대신하여 벌을 내리는 것이다. 원컨대 제장들은 나와 함께 출정하여 천벌을 내리라. 나를 따른 자에게는 명예를 약속할 것이다. 나는 식언(食言, 약속한 말을 지키지 아니함)을 하지 않는다.〉

"걸왕을 치고 새로운 세상을 만들러 가자!"

탕왕이 영을 내리자 군사들이 '와!' 하는 함성을 질렀다. 이 소식은 곧 하나라의 걸왕에게도 알려졌다.

"탕이 반란을 일으켰다? 장수들은 즉시 군사를 동원하여 탕을 토벌하라!"

하나라는 제후들의 맹주(盟主)였다. 비록 걸왕이 폭정을 하고 있었으나 그가 분개하여 영을 내리자 많은 제후들이 군사들을 이끌고 달려왔다.

탕왕 또한 여러 제후의 군사들을 이끌고 파죽지세(破竹之勢)로 걸왕의 군사들을 공격했다. 군사들의 함성이 천지를 진동했다. 걸왕의 횡포로 이미 떠나버린 민심은 탕왕의 군사가 이르자 술과 음식을 싸들고 나와 열광적으로 환영했다.

"걸왕이 대군을 이끌고 산서성 하현(夏縣), 명조(鳴條)로 오고 있습니다."

군사들이 황급히 달려와 탕왕에게 보고했다.

"우리는 걸왕이 명조에 이르기 전에 섬멸한다. 전군을 4진(陣)으로 나누어 회계산(會稽山, 禹王이 제후들을 모아 공적을 헤아리던 곳. 절강성 중부에 있는 산)에 매복해 있다가 일시에 공격한다."

걸왕의 대군은 탕왕 군사들이 매복해 있음도 모르고 길게 꼬리를 물고 회계산의 골짜기로 진입해 들어왔다.

탕왕은 걸왕의 군사들이 골짜기로 완전히 들어올 때까지 기다렸다가 총공세를 펼쳤다. 1진과 2진은 골짜기의 입구와 출구를 봉쇄하고 3진과 4진은 돌을 굴리고 화살을 비 오듯이 날려 걸왕의 수십만 대군을 몰살시켰다.

천하를 호령하던 걸왕은 탕왕의 부하들에게 붙잡혀 남소(南巢)로 유배되었으나 그곳에서 자결하여 폭군으로서의 일생을 마쳤다.

천하의 요부 말희는 지아비와 유시국을 대신해 복수하고 걸왕을 멸망케 하는 데는 성공했으나 탕왕의 군사들에게 난도질당해 비참하게 죽었다.

이로써 17대(代), 4백39년이나 이어오던 하 왕조는 하루아침에 멸망하고 새나라가 탄생했으니, 그것이 바로 상(商, 殷)나라였다.

탕왕은 온 천하 제후들을 초청하여 연회를 베풀고 덕(德)으로써 나라를 다스릴 것을 약속하였다.

이에 모든 제후들이 감읍(感泣)하였다.

은(殷)나라
달기(妲己)

    탕왕은 천자로 즉위한 후에 명재상 이윤(伊尹)의 도움으로 어진 정치를 펼쳤다. 이윤은 하나라 걸왕에게 충간을 해도 듣지 않자 상(商)나라로 망명하여 탕왕을 섬겼던 것이다.

    상이 은(殷) 왕조로 바뀐 것은 19대 반경(盤庚) 때의 일이었다. 반경은 쇠퇴한 국력을 일으키고 만연한 퇴폐풍조를 바로잡기 위해 도읍을 은허(殷墟)로 옮겼다. 이때부터 상 왕조를 은 왕조로 부르게 되는 것이다.

    그러나 한 번 흥(興)한 것은 언젠가는 반드시 망하는 날이 있게 마련이다. 은 왕조는 안으로는 백성들에게 선정을 베풀고, 밖으로는 오랑캐 견융(犬戎)들을 토벌해 가면서 27대 6백여 년을 계승해 내려오다가, 28대 왕인 주왕(紂王) 때에 이르러 망징패조(亡徵敗兆, 망하거나 결딴날 징조)가 되었다.

주왕(紂王), 신(辛)은 27대 제을(帝乙)의 세 번째 왕자로 태어나 미계자(微季子)라 불렸다. 그가 태어날 때 왕궁에 천재지변이 일어나 은 왕조의 신하들은 길조인지 흉조인지 알 수 없어 전전긍긍 공포에 떨었다.

미계자는 어릴 때부터 언변이 뛰어나고 두뇌가 명석했다. 뿐만 아니라 맨손으로 맹수를 때려잡을 수 있을 정도로 사납고 날쌘, 효용(梟勇)을 지녔으며 신하들의 어떠한 간언(間言, 남을 이간하는 말)에도 말려들지 않을 정도로 현명했다.

어쨌든 그는 두 형을 제치고 은 왕조의 28대 제위에 올랐다. 주왕은 제위에 오르자 정사는 돌보지 않고 술과 여자에 빠져 지냈다. 물론 궁 안에 여자들이 지천으로 깔려 있으니 젊은 혈기에 이를 마다할 리가 있었겠는가.

그는 특히 가무를 즐기고 발정(發情)난 말처럼 풍마지희(風馬之戱)의 열락(悅樂)에 빠졌다. 풍마지희는 발가벗은 여자를 말처럼 엎드리게 하고 그 위에 올라타서 즐기는 유희였다. 바닥에는 구운 콩을 뿌려놓고 여자가 말처럼 기어다니며 주워 먹게 하며 즐겼다.

그때 마침 은(殷) 왕조 가까운 곳에 유소국(有蘇國, 河南省 溫縣)이 있었는데, 유소국 왕 소후(蘇侯)에게 달기(妲己)라는 절색의 딸이 있었다. 아첨을 좋아하는 중신 숭후호(崇侯虎)가 주왕을 부추겼다.

"소후에게 기막히게 예쁜 딸이 있다고 하니 그를 불러 딸을 후궁으로 달라고 하소서.”

“호오! 소후의 딸이 그토록 절색이란 말이지.”

주왕은 관심을 기울였다. 그래서 소후를 불러들여 청을 넣었다.

“그대에게 어여쁜 딸이 있다고 들었소. 짐이 그대의 딸을 후궁으로 삼고자 하니 속히 보내시오.”

소후에게는 생각지 못한 날벼락이었다. 주왕은 이미 간신배들에게 둘러싸여 폭정을 일삼고 주색에 빠졌다는 소문이 파다했다. 소후는 눈에 넣어도 아프지 않은 딸을 짐승 같은 주왕에게 바치고 싶지 않았다.

“폐하께서는 이미 여러 비빈이 있사옵고 수천 명의 궁녀들이 폐하를 받들어 모시고 있지 않사옵니까. 신의 딸은 박색인데다 예의와 법도가 크게 부족하고 아직 어리옵니다. 청컨대 명을 거두어주옵소서.”

소후가 정중히 사양하자, 주왕의 눈이 가늘게 찢어졌다.

“천제의 명이다. 네놈의 딸을 내놓으라는 데 무슨 사설이 그리 많으냐?”

소후는 머리끝이 곤추서는 듯한 기분을 느꼈다. 그러나 아무리 왕이라고 해도 짐승 같은 자에게 딸을 순순히 내줄 수는 없었다.

“신은 폐하의 명을 받들 수가 없나이다.”

“네놈이 감히 어느 안전이라고 불복종한다는 게냐? 여봐라! 저놈을 당장 끌어내어 참수하라!”

주왕은 펄펄 뛰며 소후를 죽여버리고 그의 딸을 데려오라며

소리쳤다. 그러자 신하들이 일제히 일어나 소후를 죽이면 안 된다고 간언했다.

그 대신 소후의 딸을 데려오기로 결정을 했다.

소후는 간신히 목숨을 부지하는 대가로 손 안에 든 보배로운 옥, 장중보옥(掌中寶玉) 같은 딸을 빼앗겼다. 달기(妲己)를 본 주왕(紂王)은 미친 듯이 좋아했다.

"이것이 진짜 여자다. 지금까지의 여자는 모두 꼭두각시였다. 달기야말로 하늘이 내린 선녀다. 하늘이 나를 위해 특별히 내리신 여자다."

주왕은 성품이 사나워서 좋고 싫은 것도 극단적이었다. 뿐만 아니라 같은 일에 대해서도 때와 장소, 기분에 따라 변덕이 죽 끓듯 했다.

주왕은 보면 볼수록 어여쁜 달기에게 완전히 매료(魅了)되었다. 갸름한 얼굴과 신비스럽게 반짝이는 눈, 복숭아 꽃잎처럼 붉고 도톰한 입술, 봉긋 솟은 유방과 하늘거리는 허리며 풍만한 둔부, 매끈하게 잘 뻗은 다리며 뽀얗고 부드러운 살결……. 이따금 요기(妖氣)가 서리듯 두 눈에서 광채가 번들거렸으나 주왕은 모든 게 아름답게만 보였다.

그날 밤, 휘영청 밝은 달빛이 시샘하듯 구름 속에 모습을 감추는가 했더니 달기는 무너지듯이 주왕의 품에 안겼다.

주왕의 손이 그녀의 가슴을 움켜쥐었다가 둥글게 쓸어내렸다. 또 다른 손은 그녀의 둔부를 떠받치듯이 어루만지고 있었다.

"아!"

주왕은 홀린 듯이 탄성을 내뱉었다. 아무리 천상의 신이 빚었다고 해도 이토록 아름답지는 않을 터였다. 주왕의 입은 달기의 가슴으로 향했다.

"음……."

달기의 입술이 벌어지면서 가늘게 신음이 터져 나왔다. 주왕의 큰 입으로 그녀의 왼쪽 가슴이 빨려 들어가고 있었다. 달기는 주왕의 머리를 힘껏 감싸 안았다. 주왕이 그녀의 가슴을 세차게 흡입했다. 무수한 빛의 입자들이 눈앞에서 난무하고 전율에 가까운 쾌감이 몸 깊숙한 곳에서 일어나 물결치듯 파문(波紋)을 일으키고 있었다. 그 파문은 둥글게 퍼졌다가 가까이 다가왔으며 잔잔한 파도가 갑자기 높이 솟는가 하면 천 길 낭떠러지에 처박히듯 반복해서 이루는 가운데 하얀 포말로 꺼져 들고 있었다.

주왕과 달기, 그들의 손길이 닿는 곳마다 꽃잎이 망울을 터뜨리며 화려하게 피어났다.

얼마나 시간이 지났을까, 맹수가 포효하는 것 같은 격렬한 시간이 지나가자 주왕의 침전은 적막 속에 가라앉았다. 그들은 손가락 하나 움직일 기운이 없었다. 두 마리의 짐승이 죽음처럼 깊은 잠을 잤다.

주왕과 달기는 궁합이 척척 맞아떨어졌다. 주왕은 처음으로 다른 사람과 일체가 되는 감정을 경험했다. 자기가 바라는 것은 달기가 바라는 것과 같았고, 싫어하는 대상도 같았다.

"폐하! 궁중음악이 마땅치 않사오니 마음을 녹일 수 있는 새로운 음악을 만들도록 하옵소서."

그렇잖아도 주왕은 지금까지의 궁중음악에 불만을 가지고 있었는데 달기가 말을 대신 해준 셈이었다.

'내가 마음속으로 생각하고 있는 것을 달기는 용케도 알아차리는구나.'

주왕은 연(涓)에게 지금까지와는 달리 좀 더 관능적이고 자유분방한 음악을 만들도록 하여 '북리(北里)의 무(舞)'와 '미미(靡靡)의 악(樂)'이라는 이름을 붙였다.

만백성의 어버이이신 군주가 음란한 음악과 더불어 밤낮으로 궁녀들과 어울려 지내니 신하와 백성들이 모두 개탄하지 않을 수 없었다.

"천하의 주인은 천하의 재물을 전부 모아야 합니다."

달기가 말하자 주왕도 남편이 주장하고 아내가 따르는, 부창부수(夫唱婦隨)처럼 맞장구를 치며, 가렴주구(苛斂誅求)로 별 구실을 다 붙여 세금을 혹독하게 징수하고 백성들을 못살게 들볶으며, 강제로 재물을 빼앗아 녹대(鹿臺)의 창고에 금은보화와 양곡을 가득 채웠다.

그뿐인가, 역사(役事)를 크게 벌여 사구(砂丘)에 어궁(御宮)을 크게 새로 확장했다. 물론 백성들이 동원되어 피땀을 흘리는 가운데 군사들에게 채찍을 맞으며 죽어 나갔다.

"폐하! 환락의 극치가 어떤 것인지 맛보고 싶사옵니다. 걸왕의 왕비 말희가 어떻게 즐겼는지 우리도 그들처럼 마음껏 즐기심이 어떻겠습니까?"

이것이 그녀의 본심이었고 그녀의 본심대로 움직이는 것은 당연히 주왕의 몫이었다.

"그래, 좋다. 이왕이면 철저히 즐겨보자꾸나."

주왕의 명령이 떨어지자, 6백 년 만에 하(夏)나라에서 있었던 주지육림을 만드는 대역사가 은(殷)나라에서도 벌어졌다. 수많은 백성들의 피눈물이 흘러넘친 뒤에야 대역사는 완성되었다. 연못 주위에는 아름다운 나무들이 심어져 있었다.

"이 연못은 걸왕의 것보다 더욱 크고 아름답지 않으냐. 하하하!"

주왕이 통쾌하게 웃으며 말했다.

"폐하, 미소녀들을 뽑아 발가벗고 뛰어놀게 하심이 어떠하옵니까?"

"하하하! 그거 참 묘안이로다. 당장 실행하라!"

주왕은 연못이 만들어지자 1천 명의 궁녀들을 발가벗기고 연못가에 풀어놓아 춤추게 하였다.

"하하, 과연 장관이로구나."

"폐하, 이처럼 즐거운 놀이를 어찌 우리만 즐길 수 있겠습니까? 그동안 수고가 많으신 대신들께 성총(聖寵)을 베풀어 참석하게 하옵소서."

주왕의 명령 하나로 연못은 술로 가득 채워지고 나뭇가지에는 고기가 달려 있었다.

"여기에 참석하는 자는 누구도 옷을 입어서는 안 된다. 모두들 술을 마시고 고기를 먹되 손을 사용해서도 안 된다."

해괴망측한 영(令)이었다. 아무리 지체 높고 점잖은 대신들이라도 왕의 영을 따를 수밖에 없었다. 대신들도 궁녀들처럼 손을 사용하지 않고 연못에 엎드려 술을 마시고 나뭇가지에 매달린 고기를 뜯어 먹었다.

"자! 모두들 술을 마시고 고기를 먹었다면 남자는 여자 한 사람씩 들쳐 업고 짐이 있는 곳까지 와야 한다. 계집을 업고 오지 못하는 남자는 참수한다. 계집들은 남자들에게 잡히지 마라. 가장 먼저 잡힌 계집은 육포(肉脯)로 만들어서 육림에 매달 것이다!"

벌거숭이 여자들은 잡히지 않기 위해 고삐 풀린 망아지처럼 달아나고 대신들은 여자를 잡기 위해 날뛰었다. 여기저기서 환성이 터져 나왔다. 비명도 들렸다. 풀섶에서, 나무 밑에서, 연못가에서 여자와 남자들이 서로 뒤엉켰다. 남자들에게 업힌 여자들은 팔다리를 허우적거렸다. 발이 미끄러져 술로 가득 찬 연못 속으로 빠져들어 꼴깍꼴깍 술을 마시는 자들이 태반이었다.

궁녀들과 대신들은 모두 술에 취해 있었다. 밤이 깊어지자 여기저기에서 남녀들이 뒤엉켜 야릇한 환성과 교성을 질러대 음란의 극치를 이루었다.

"폐하, 저자들을 보옵소서."

달기가 주왕에게 속삭였다. 주왕은 달기가 턱짓으로 가리키는 곳을 보고 눈살을 찌푸렸다. 연못가에는 아직까지도 주왕의 영을 어기고 있는 늙은 신하 몇이 허리를 숙이고 있었다.

"너희들은 왜 여태까지 옷을 벗지 않느냐?"

주왕이 늙은 신하들을 향해 소리를 질렀다.

"폐하, 이런 짓은 짐승만도 못하옵니다. 멈춰주십시오."

"폐하께서는 걸왕의 전철을 밟으시려 하십니까? 하늘의 노여움이 내리실 것이옵니다. 바른 정치를 살피소서."

늙은 대신 몇이 한마디씩 아뢰자, 주왕의 눈초리가 무섭게 올라갔다.

"저자들을 당장 참수하라!"

군사들이 일제히 달려들어 옷을 벗지 않은 늙은 대신들의 목을 베었다. 뎅강, 그 목이 떨어져 구르면서 온갖 괴성으로 발광하던 주지육림에 시뻘건 피가 뿌려졌다. 죽임을 당하는 쪽은 끔찍하고 무서운 일이었지만 구경하는 쪽도 지긋지긋하여 진저리를 쳤다.

사태가 이 지경에 이르자 그래도 종묘사직을 위해 주왕을 탄핵하는 신하들이 줄을 이었다. 그러나 주왕과 달기는 새로운 유희 찾기에 혈안이 되어 있었다. 이미 짐승이 되어버린 그들이었다.

"폐하, 저들을 새로운 형벌로 다스리소서."

충신들의 목을 베는 일에도 지쳐버린 달기가 새로운 처형법을 제안했다.

"그것이 무엇이냐?"

"포락(炮烙)의 형(刑)이라고 하옵니다."

'포락의 형'이란 구리로 된 기둥에 기름을 바르고 그 아래 숯불을 달궈놓고 그 위로 죄인들을 걸어가게 하는 형벌이었다. 죄인들은 구리기둥을 걸어가면 살 수 있기 때문에 엉금엉금 기어 구리기둥을 건너려고 하였다. 그러나 구리기둥에는 기름이 칠해져 있기 때문에 곧바로 굴러 떨어져 시뻘건 숯불에 타 죽을 수밖에 없었다.

주왕과 달기는 기름이 칠해진 구리기둥을 건너다가 불에 타 죽는 죄수들을 보면서 쾌감을 느꼈다. 달기는 이미 남을 학대하면서 쾌감을 느끼는 무서운 사람의 화신이 되어 있었다.

주왕(紂王)은 중국 역사상 제일 포악한 군주 중의 한 사람이었으며, 또한 중국 역사상 제일 총명한 군주 중의 한 사람이기도 하다. 포악한 작자는 왕왕 어느 누구도 따르지 못할 정도로 총명하며, 일에 대한 추진력도 대단하다. 여기서 말하는 추진력이란 그 사람이 총명하기 때문에 사람을 요리하는 방법을 다방면으로 생각해내고, 또 총명하기 때문에 자기의 조상이 어렵게 일구어 놓은 강산을 가루로 만들어 버린다는 뜻이다.

주왕은 총명하고 추진력이 대단하여 부하들을 깔보았으며, 어쩌다 부하 중에서 자기보다 총명하고 일 잘하는 사람이 나타나면 귀양을 보내든지 목을 잘라 죽인 후 자기 주변에 멍청이들만 모인 것을 확인하고 비로소 만족해했다.

그 당시 주왕에게는 세 명의 대신(大臣)이 있었는데 후세 사람들은 그들을 삼공(三公)이라 부르기도 하고, 구후(九侯), 악후(鄂侯), 서백(西伯)이라 부르기도 했다. 구후, 악후, 서백은 모두 관명(官名)이며, 우리는 서백의 이름이 희창(姬昌)이라는 것만 알 뿐 나머지 두 사람의 이름은 알 길이 없다.

구후의 딸은 주왕의 헤아릴 수 없을 정도로 많은 비첩(婢妾) 중의 한 명이었다. 그녀가 비첩으로 간택될 정도라면 용모가 어느 정도 아름다운지 충분히 짐작하고도 남는다. 거기다 아버지가 삼공 중의 한 사람이며, 귀족 가문의 자제인지라 제왕의 총애를 받아야 마땅했다. 그러나 애석하게도 그녀는 황제(黃帝)의 거작 『소녀경』을 탐독하지 않고 유학파들이 주장하는 칠거지악이니 부부유별이니 하는 고리타분한 책자만 눈을 감고도 달달 외울 수 있을 정도로 읽었다.

남녀가 단 둘이만 있는 방안에선 사랑이 우선이고, 존경과 체면은 다음 문제이다. 사랑도 여자가 남자를 얼마만큼 잘 유도하여 남자로 하여금 포만감을 느끼게 해주느냐에 따라 가치 기준이 달라진다. 누군가가 말했던가, 아무리 현숙한 여자일지라도 잠자리에선 창부가 되어야 한다고.

하지만 그녀는 교태를 부려 주왕의 마음을 사로잡지도 못했고, 그렇다고 경쟁자인 요부(妖婦) 달기를 이겨낼 재간도 없었으니 불똥이 그녀의 머리 위에 떨어진 것은 당연한 일이었다.

어느 날 무슨 이유인지도 모르게 주왕이 그녀를 처단하라는 명령을 내리고, 그래도 화가 풀리지 않았던지 아니면 보복이 두려워서인지 그녀의 아버지 구후(九侯)까지 처형하여 시신을 맷돌로 갈아버렸다. 이것은 인간의 탈을 쓴 사람으로선 도저히 할 수 없는 노릇이었다.

악후(鄂侯)가 이 광경을 보고 간곡히 만류했으나 화가 치민 폭군에게는 그 어떤 말도 귀에 들어올 리 만무했다. 만류가 너무 간곡한지라 주왕은 오히려,

"요런 맹랑한 놈 봤나. 자기 자신도 돌보지 못하는 주제에 남까지 동정하다니."

하더니 내친 김에 악후까지 참살하여 맷돌로 시신을 갈아버

렸다.

구후의 딸은 자기 혼자 죽임을 당하는 것으로 끝난 것이 아니라 아버지와 아버지 친구에게까지 누를 끼쳤다.

주왕의 비인간적인 만행은 유일하게 남은 삼공(三公) 중의 한 사람인 희창(姬昌)을 슬프게 만들었다. 하지만 그는 사실을 사실대로 간언(諫言)하면 어떤 결과가 초래되는지 누구보다 잘 아는지라 감히 한마디 간언하지 못하고 한숨만 내쉬었다.

그 당시 일설에 의하면, 달기에게 그 극단의 즐거움을 가르치고 은나라 주왕을 피폐케 한 것은 주(周)나라의 둘째아들 주공이라고도 전한다. 왜냐하면 천하의 주인인 폭군 주왕(紂王)이 하루하루 백성들의 민심을 잃어가고 있는데 반해, 주(周)나라는 은 왕조를 섬기고 있었지만 문왕(文王) 시대에 와서 서쪽에서 큰 세력을 떨치고 있었기 때문이다.

문왕은 무왕(武王)과 주공(周公) 두 형제를 두고 있었는데, 그 형제들은 아버지에게 궐기할 것을 권했다. 그러나 아버지 문왕은 머리를 옆으로 흔들었다.

"6백 년이나 이어져 온 왕조다. 한 사람의 천자가 덕이 없다고 해서 그렇게 쉽게 무너지지 않는 법이다."

"주왕이 저토록 포학한데도 말씀입니까?"

"저 정도의 포학은 6백 년 쌓은 덕이 지탱해 줄 것이다."

"그럼 아직도 포학함이 부족합니까?"

아들들은 그렇게 말하며 서로 얼굴을 마주보았다.

그즈음 주(周)나라 문왕이 천자 주왕(紂王)에게 탄원하였다.

"제발 '포락의 형'만은 중단해 주옵소서. 저희가 가지고 있는 '낙서(洛西) 땅'을 바칠 테니 그 형벌만은 없애주소서."

문왕의 간절한 탄원이었다. 낙서란 낙수(洛水)의 서쪽에 있는 기름진 농경지였다. 거기에서는 많은 곡식이 소출되므로 풍족한 세금을 거두어들일 수가 있었다. 당시 은 왕실은 재정이 고갈되어 있었다. 주왕은 낙서 땅을 받아들이고 '포락의 형'을 폐지했으며, 주나라 문왕을 서쪽지방을 대표하는 '서백(西伯)'으로 임명하였다. 이렇게 해서 문왕은 인(仁)과 덕(德)이 있는 군주로 각 제후국에 알려졌다.

그 무렵 백성들은 은밀하게 '하늘은 왜 혼군(昏君)의 주왕, 은(殷) 왕조를 멸망시키지 않는 것일까? 천명은 어째서 이렇게 늦는 것일까? 백성들이 얼마나 더 죽어나가야 되는 것일까?' 하고 수군거렸다.

한편, 고죽국(孤竹國)은 요서(遙西) 땅에 있었다. 그 군주는 죽음에 이르러 큰아들 백이(伯夷)에게 왕위를 물려주지 않고 막내아들 숙제(叔齊)에게 왕위를 이으라고 유언하였다.

"맏이인 형님께서 뒤를 이어야 할 것입니다. 제발 군주의 자리에 오르십시오."

숙제가 형인 백이에게 간청하였다.

"아니다. 아버님께서는 너에게 이 나라를 맡기셨다."

백이는 이렇게 말하고 사양했지만 숙제는 무슨 일이 있더라도 형님이 앉아야 한다고 주장하며 듣지 않았다. 두 사람이 서로 사양하고 있는 사이에 백이는 귀찮아져서 나라를 떠났다.

이 사실을 알게 된 숙제도 형님 뒤를 따랐다. 백성들은 하는 수 없이 둘째아들을 군주로 세웠다. 백이와 숙제, 두 사람은 동쪽으로 여행을 계속했다.

"어디로 갈까?"

"천자의 주인이 있는 은나라로 갈까요?"

"아니다. 주왕은 민심을 저버린 지 오래다. 주(周)나라 서백이 어질고 인품이 훌륭하다고 하더구나. 그곳으로 가자."

형제는 은나라를 지나쳐 서쪽으로 향했다. 그들은 모르고 있었지만 그 당시 서백, 문왕은 죽고 무왕(武王)이 그 자리를 이어받았다. 그리고 그는 주(周)나라 천하를 만들고자 은 왕조 주왕을 토벌하기 위해 군사를 모으고 있었다.

'더 이상 황음무도하고 포학한 주왕(紂王)을 살려둘 수는 없다. 새로운 하늘의 명(命)을 받들자. 이제부터는 주(周)의 세상이 될 것이다.'

이렇게 궐기하여 제후들의 힘을 모아 출전하기에 이르렀다. 주(周)의 무왕은 돌아가신 아버지 문왕의 위패를 앞세워 행군하였다. 그때 백이와 숙제는 좌우에 뛰어들어 무왕이 탄 말의 재갈을 잡아끌었다.

"아버지가 죽었는데 장사도 지내지 않고 전쟁을 치른다는 것은 효(孝)라 할 수 없습니다. 그리고 신하된 자가 군주(君主)를 시살(弑殺)하려 하니 이는 인(仁)이라 할 수 없습니다."

"신하의 몸으로 군주를 시살한다고 했소?"

"주왕에 대해서는 신하지요. 아버지의 위패를 받들어 문왕(文王)으로 지칭한 것도, 스스로 무왕(武王)으로 지칭한 것도 당신이오. 하지만 본디의 왕은 은나라의 주왕뿐이오.”

“무엄하기 짝이 없구나!”

무왕의 좌우 신하들과 무왕은 그들을 베어버리려 하였다.

그때 군사(軍師)로 있는 태공망(太公望, 여상(呂尙))이 앞으로 나섰다.

“아니 되옵니다. 그 사람들은 의인(義人)들입니다.”

이렇게 해서 두 형제는 죽음을 모면하였다.

훗날 백이와 숙제는 무왕이 주왕을 죽이고 천하의 주인이 되자, 이를 부끄럽게 여겨 주나라의 녹봉(祿俸)을 받지 않기 위해 수양산에 몸을 숨기고 고사리로 연명하다가 굶어 죽었다.

오늘도 서산(西山, 수양산)에 올라 고사리를 캤네.
폭력을 없앤다면서 또 다른 폭력을 쓰고도
그 그릇됨을 알지 못하더라.
신농 · 순(舜) · 우(禹)의 좋은 시절은
꿈인 듯 홀연히 사라졌으니,
이제 우리는 어디로 가야 하는가?
아아, 이젠 가리라!
기박한 내 운명이여!

‘채미가(采微歌)’라는 노래다. 백이와 숙제는 성군(聖君)으로 추앙받는 무왕까지 비난하여 후세에 이름을 얻었다.

태공망(太公望) 여상(呂尙)은 동해 사람이었다. 그는 세상일과는 담을 쌓은 채 가난을 벗삼아 지내면서 나이 들어서까지 공부에만 전념했다. 그러다가 위수(渭水)가에서 낚시를 하다 문왕과 만나 주나라의 군사(軍師)가 되었고 무왕을 도와 은나라 주왕을 멸망시켜 천하를 평정했다.

태공망은 '육도(六韜)'에 의거하여 군사를 조련시킨 후 500명의 제후와 회동하여 진군하려 했으나 아직 천명(天命)의 때가 이르지 못함을 알고 더 기다리기로 했다.

태공망 여상(呂尙)이 낚시로 세월을 낚을 때 부인 마(馬)씨는 가난을 견디지 못하고 집을 나갔다.

어느 날 서백 희창(주나라 문왕)이 사냥을 나가기 위해 점을 치니 위수(渭水) 가에서 큰 인물을 얻으리라는 길조가 나왔다.

"하늘이 주공께 스승이 될 사람을 보내 나라를 빛나게 할 것이며 삼황(三皇)에 열(列)하는 사람을 얻게 될 것입니다."

"점괘가 그처럼 길한가?"

"그렇습니다. 그분은 상제께 죄를 지은 신선이 잠시 세상에 현신(現身)한 것이므로 극진히 모셔야 할 것입니다."

희창은 목욕재계한 뒤에 위수로 사냥을 나갔고, 위수의 강기슭에서 낚시질하는 노인을 만났다.

"노인장은 낚시를 좋아하십니까?"

"군자(君子)는 그 뜻을 얻는 것을 좋아하며 소인(小人)은 그 일을 얻는 것을 좋아합니다. 내가 낚시질을 하고 있는 것은 그와 같습니다."

여상이 잔잔한 수면을 바라보며 대답했다.

"낚시질하는 것이 그와 같은 것이라고 했는데 그 뜻이 무엇입니까?"

"낚시질에는 세 가지 권도(權道)가 있습니다. 미끼로 고기를 낚는 것은 녹봉(祿俸)을 주어 사람을 얻는 것과 같고, 좋은 미끼를 주면 큰 고기가 물리는 것은 후한 녹봉을 주는 것과 같습니다. 낚은 고기를 크기에 따라 요리를 하는 것은 인재를 어떻게 쓰느냐와 다르지 않습니다. 따라서 낚시질에서도 천하의 대사를 관찰할 수가 있습니다."

희창은 여상의 인품과 박식함에 감탄을 감출 수 없었다.

"지금 말씀은 천하를 다스리는 패왕(覇王)의 길에 대해서 하시는 말씀이 아닙니까?"

"그렇습니다. 패도(覇道)에는 '육도(六韜)'가 있습니다."

"고명하신 선생님의 육도가 있다는 말씀은 들었습니다. 육도란 무엇을 일컫는 말씀입니까?"

희창이 절하며 재촉했다.

"육도란 병법입니다. 백만 대군의 통솔에서부터 천시(天時), 지리(地理), 인화(人和)를 바탕으로 때에 따라 변하는 기변백출(機變百出)과 한없이 변화하는 천변만화(千變萬化)의 교묘한 꾀, 묘계(妙計)를 일컫는 것입니다. 여기서 반드시 명심할 것은 권모술수를 다하여 전쟁에서 이기되 전쟁의 목적은 반드시 의(義)와 인(仁)에 합치되어야 한다는 것입니다.

다시 말씀드리면 '하늘의 뜻을 따르는 순천지자(順天之者)는 창성(昌盛)하고 역천지자(逆天之者)는 망한다'는 법에 대해서 가르치고 있습니다."

희창은 여상의 말을 들을수록 고개가 숙여졌다.

『육도』는 중국 역사에 최초로 등장하는 병법서(兵法書)로 후일 『무경(武經)』이라고까지 불렸다.

"저의 조부께서는 일찍이 '언젠가 성인 한 분이 주(周)나라에 오실 것이니, 주나라는 그를 스승으로 삼아야 번창할 것이다'라고 말씀하셨습니다. 선생님이야말로 성인이 분명하니 삼가 가르침을 받고자 합니다."

희창은 여상을 아버지와 같은 스승 '상보(尙父)'로 받들었다. 여상은 희창의 조상 태공(太公)이 기다린 인물이라고 하여 '태공망(太公望)'이라는 호가 붙여졌고, 훗날 낚시하는 사람들을 일컬어 강태공(姜太公)이라고 부르게 되었다. 강태공의 강(姜)은 태공망 여상의 본성(本姓)이다.

주왕의 포학성은 날로 더해갔다. 주왕의 숙부되는 비간(比干)이 목숨을 걸고 충간(忠諫)하러 왔다. 그때 달기가 주왕에게 속삭였다.

"저 사람을 성인(聖人)이라고 합니까?"

"세상 사람들이 그렇게들 말한다만……."

주왕은 싸늘하게 웃으며 대꾸했다.

"소첩이 알기로 성인의 심장에는 일곱 개의 구멍이 있다던데……, 확인할 수 있을까요?"

달기의 눈에서는 요괴스런 빛이 엿보였다. 주왕 또한 그 빛을 받아 눈알이 희번덕거렸다.

"여봐라, 저 늙은이의 배를 갈라 심장에 일곱 개의 구멍이 있는지, 정말 성인인지 살펴보아라!"

이렇게 하여 큰숙부 비간을 죽이고, 또 작은숙부 기자(箕子)를 투옥시켜 버렸다. 기자는 인자(仁者)라고 하여 온 세상에서 모르는 사람이 없었다.

시간이 갈수록 민심은 더욱 흉흉해졌다. 무왕은 드디어 때가 이르렀다고 판단하고 제후들에게 널리 선포하였다.

〈천하의 민심은 이제 우리에게 있다. 천도(天道)를 거스른 주왕을 토벌하라! 주왕은 요사스런 달기에게 빠져 스스로 천명을 거역하고 친지인(親知人)의 정도를 어지럽혀 가족을 파괴했다. 또한 조상의 아름다운 음악을 폐기하고 음탕한 음악을 만들어 질서까지 무너뜨렸다. 이제 나는 하늘을 대신하여 주왕에게 천벌을 내리려고 한다. 자, 진격하자 장졸들이여! 기회는 두 번 다시 오지 않는다!〉

"와아!"

제후와 장졸들이 모두 우렁찬 환성으로 호응했다. 무왕의 군사들은 군령이 떨어지자 질풍처럼 내달았다. 은나라에서도 부랴부랴 군사를 동원하여 10만 군사가 대항했으나 그들은 모두가 포로들에 불과하여 맞서 싸울 의지가 없었다. 그들은 무왕의 군사가 들이닥치면 곧 투항하고 돌아서는 상태였다.

주왕은 무왕의 군사들이 은나라 수도를 겹겹이 에워싸자 절망했다. 은나라의 조정 대신들은 자취를 감춘 지 이미 오래였고, 군사들은 달아나기에 바빴다.

주왕은 온갖 보석으로 치장한 옷을 입고 달기와 함께 즐기던 녹대(鹿臺)에 올라 시뻘건 불바다로 변하는 궁전을 바라보았다. 무왕의 군사들은 황궁으로 몰려들어와 닥치는 대로 도륙하고 있었다. 궁녀들의 처절한 비명 소리가 여기저기서 들렸다.

"주왕이 저기 있다!"

그때 한 군사가 녹대 위에 서 있는 주왕을 가리키며 소리를 질렀다.

"주왕을 죽여라!"

군사들이 함성을 지르며 불길이 치솟는 녹대로 달려 올라오기 시작했다.

"앗!"

그때 주왕이 불길 속에서 녹대 아래로 뛰어내렸다. 녹대 아래는 아름다운 옥이 박힌 흰 대리석이 깔려 있었다. 주왕이 뛰어내리고 얼마 지나지 않아 '퍽!' 하는 소리와 함께 피가 사방으로 튀어 번졌다.

"혼군(昏君)이 죽었다!"

군사와 백성들은 함성을 지르며 서로 얼싸안고 춤을 추었다. 주왕의 애첩 달기는 어느새 대들보에 목을 매어 싸늘한 시체가 되어 있었다.

이로써 중국 역사상 하 왕조의 걸왕(桀王)에 이어 포학했던 주왕(紂王)과 음탕한 요부 달기(妲己)가 존재했던 은 왕조도 막을 내리고 주(周)의 시대로 바뀌었다.

무왕이 주왕을 몰아내고 천자가 되자 강태공 여상은 제후(齊

侯)가 되어 금의환향(錦衣還鄕, 비단옷을 입고 고향에 돌아온다)하
게 되었다.

그의 화려한 행차가 위수 근처에 이를 무렵, 여인 한 사람이
길에 엎드려 슬피 울며 행차를 막았다.

"무슨 일이냐?"

"웬 노파가 뵙기를 청하고 있습니다."

수하들이 대답했다. 여상이 흰 수염을 쓰다듬으며 여인을 데
려오라고 하여 살피자, 그녀는 자기를 버리고 달아났던 부인
마씨였다.

"그대는 이미 나를 버리고 가지 않았소? 그런데 왜 행차를
막는 거요?"

"첩은 다시 부군을 모시고자 하오니 옛정을 생각해서 첩의
뜻을 헤아려주소서."

여상은 측은한 듯이 여인을 내려다보다가 수하에게 물동이
에 물을 가득 담아오라 일렀다. 그러고는 그 여인에게 물동이
의 물을 땅바닥에 쏟으라고 하였다. 그녀는 의아한 얼굴로 바
라보다가 시키는 대로 하였다.

"이제 쏟아진 물을 다시 주워 담아 보시오. 그 물을 담을 수
있다면 내가 그대를 다시 부인으로 삼겠소."

마씨는 망연한 눈길로 여상을 쳐다보았다.

"복수불반분(覆水不返盆), 한 번 엎지른 물은 다시 주워 담을
수 없듯이 한 번 끊어진 인연은 다시 이을 수가 없소."

여상은 차겁게 말하고 행차를 재촉했다. 마씨는 여상의 화려
한 행차가 멀어지는 것을 하염없이 바라보며 눈물을 흘렸다.

주(周)나라
포사(褒姒)

　주(周)나라의 무왕(武王)은 천자가 된 후에 정사에 열중하다가 병을 얻어 죽고 그의 아들 송(誦)이 대를 이어 성왕(成王)이 되었다. 이렇게 강태공의 지략으로 일어난 주(周) 왕조가 3백여 년 간 무사태평을 누리며 이어져 오는 동안 13대 왕인 유왕(幽王)이 즉위했다.

　유왕은 성품이 포학하고 주색을 좋아했다. 그의 어머니 강후(姜后)가 자주 타일렀으나 듣지 않았다. 유왕은 이미 신(申) 제후국의 딸을 정후(正后)로 맞고 있었으며 선구(宣臼)라는 아들이 있어 이미 태자로 책봉하는 식을 끝마친 상태였다.

　어느 날 유왕은 후궁 처소에서 포사(褒姒)라는 궁녀를 보았다. 포사는 불과 열여섯 살이었으나 연약한 듯하면서도 기이한 매력을 풍기고 있었다.

유왕은 포사를 보고 한눈에 반해 그녀를 자신의 처소로 옮기게 하고, 그날 밤 포사를 품에 안았다.

'아아, 이토록 아름답고 나에게 안성맞춤인 여인이 있을 줄이야.'

유왕은 그날로 포사를 후궁으로 삼아 정사를 팽개치고 매일 밤낮으로 포사만을 끼고 주색에 빠져들었다. 자연히 주나라의 조정은 혼탁해지고 간신배가 들끓었다.

보다 못해 유왕의 정비 신후(申侯)가 왕의 침전으로 달려갔다. 포사는 발가벗고 유왕의 품에 안겨 있었다. 신후가 들었는데도 유왕과 포사는 서로 애무하면서 신후를 거들떠보지도 않았다. 신후는 눈꼴이 시어서 크게 기침을 했다.

"신후가 여기는 웬일이오?"

유왕은 그제야 눈을 게슴츠레 뜨고 신후를 노려보았다. 포사는 신후를 쳐다보지도 않고 하던 행위를 계속 하고 있었다. 신후가 포사에게 화를 발칵 냈다.

"네년이 궁에 들어온 뒤로 폐하께서는 정사를 돌보지 않는다. 요망한 년이 감히 천자의 나라를 어지럽히느냐? 앙큼한 년 같으니! 폐하의 심기를 어지럽히면 네년을 살려두지 않을 것이다."

신후는 금방이라도 포사를 죽일 듯이 몰아세웠다. 그러자 유왕이 변명하며 신후를 내몰았다. 신후는 내궁으로 돌아온 뒤에 눈만 감으면 유왕이 포사의 젊고 아름다운 나신을 애무하던 모습이 떠올라 잠을 이룰 수가 없었다.

"어마마마, 무슨 근심이 있으십니까?"

신후의 아들인 태자 선구가 신후에게 문안드리러 왔다가 물었다.

"폐하께서 요망한 포사만을 총애하니 내 어찌 근심하지 않겠느냐? 그 요망한 계집이 아들이라도 낳으면 너마저 위태로울까 두렵구나."

신후의 말을 들은 태자 선구는 유왕이 조회(朝會)에 나간 틈을 타서 포사를 찾아가 머리채를 잡아 흔들며 마구 두들겨 팼다. 포사는 꼼짝없이 매를 맞았다. 머리는 풀어져 산발이 되고 온몸은 시퍼렇게 멍이 들었다. 얼마 후 유왕이 돌아와 보니 포사의 꼴이 말이 아니었다.

이 일로 태자 선구는 외가인 신(申) 제후국으로 추방되었다. 태자가 신국으로 추방되자 신후는 시름시름 앓아누웠다.

포사는 유왕의 사랑을 받고 아들을 낳았다. 유왕은 포사를 더욱 총애하여, 그녀를 기쁘게 해주고 싶은 일념에서 태자를 폐하고, 포사가 낳은 아들 백복(伯服)을 태자로 세웠다.

선왕(宣王)이 죽고 유왕이 즉위했을 때의 일이다.

산뽕나무〔山桑〕의 활과
기(箕)로 만든 전통(箭筒)
주나라는 이것으로 망한다네.

저잣거리에서 기이한 노래가 퍼져나갔다. 기는 강가에 나는 풀대를 말하는 것이고, 산뽕나무는 활을 만드는 재료였다.

유왕은 저잣거리에서 불리는 노랫소리가 생각할수록 귀에 거슬렸다. 그래서 활과 전통을 팔고 있는 사람을 모두 잡아들여 죽이라 명했다. 그렇게 도성이 뒤숭숭할 때 시골에서 올라온 어느 활장수 부부가 군사들에게 쫓기고 있었다. 활장수 부부가 무성한 풀숲으로 간신히 피해 한숨 돌리려는데, 어디선가 아기 울음소리가 들려왔다. 활장수 아내가 풀숲을 헤치고 살펴보니 강보에 싸인 여자 아기가 울고 있었다.

"어마나 귀엽기도 해라."

활장수 아내가 아기를 안아올리자 아기는 울음을 뚝 그쳤다.

"뭘 하고 있어, 도망치기도 바쁜데 그 애를 어떻게 하겠다는 거야……, 그나저나 왜 우리를 잡으려고 하는지 알다가도 모를 일일세."

남편이 넉두릴 하며 아내를 재촉했다. 아내가 그 아기를 내려놓자 불에 덴 듯 아기가 마구 울어댔다. 어쩌면 자기를 데려가 달라는 듯했다. 그렇게 해서 활장수 부부는 버려진 아기를 안고 친척이 살고 있는 포(褒) 땅으로 도망쳤다.

이 아기는 전설로 내려오는 용의 침이 변해서 도마뱀과 마주쳤던 어린 처녀가 낳아서 버린 여자 아기였다. 아기는 자라면서 어찌나 예쁜지 어떤 사람이라도 한 번 눈이 마주치면 오금을 펴지 못할 정도로 매력적이고 빼어난 미인이 되었다.

얼마간 세월이 흐른 후 포 땅의 영주가 주나라에 죄를 얻었다. 그래서 제일 예쁜 미녀를 뽑아 주나라 왕실에 보내기로 하여 활장수 부부의 양녀가 뽑힌 것이었다. 그때 이름을 포사(褒姒)라고 지어 바쳤다.

그러나 그토록 아름다운 포사는 웃지 않는 여자였다. 태어날 때부터 웃어본 일이 없었다. 자기 아들을 태자로 책봉했는데도 포사는 기뻐하고 있는지 어떤지 알 수 없었지만 아무튼 웃지 않았다. 유왕은 포사를 웃게 하려고 온갖 방법을 동원했으나 뜻을 이루지 못했다.

유왕에게 있어 가장 큰 삶의 보람은 포사를 웃게 하는 것이었다.

"포사가 웃으면 얼마나 아름다울까?"

상상만 해도 온몸이 떨리며 오금이 저리는 유왕이었다.

"어떻게 하면 너를 웃게 할 수 있겠느냐? 네가 좋아하는 것은 무엇이든지 다 들어주마."

유왕이 포사에게 다정히 물었다.

"좋아하는 것은 없습니다만, 제가 어릴 때 비단 찢는 소리를 듣고 웃은 일이 있사옵니다."

포사가 잠깐 시름에 잠긴 얼굴로 말했다.

유왕은 즉시 영을 내려 궁녀들에게 포사 앞에서 비단을 찢으라고 했다. 그러자 포사의 두 뺨이 희미하게 떨리는 듯하더니 붉은 입술이 살포시 벌어지며 흰 이가 반짝 빛나는 듯했다. 유왕은 미칠 듯이 기뻐했다.

그는 포사를 웃게 하기 위해 매일같이 비단을 산처럼 쌓아놓고 찢게 했다.

"자, 비단이다. 자꾸자꾸 가져오너라. 궁중에 비단이 없으면 백성들에게서 징발해 오너라!"

유왕은 백성들과 제후들의 비단까지 착취하여 그들의 원성이 하늘을 찌를 듯했다. 이제 포사는 비단 찢는 소리에도 싫증이 났는지 먼 하늘만 바라보고 있었다.

그러던 어느 날 실수로 봉화대에 봉홧불이 올라온 사건이 있었다. 봉홧불은 외적이나 반란군이 침략했을 때 전국의 제후들에게 그 사실을 알려 군사들을 소집하는 신호였다.

그날 봉화가 오르자 전국의 제후들이 군사를 이끌고 도성으로 몰려왔다. 그런데 아무 일도 아니었다. 제후들과 무장한 병사들은 맥이 빠져 멍청히 있다가 투구를 벗어 땅에 집어던지며 화를 내면서 돌아갔다.

"호호 히히, 호호호!"

포사는 제후들이 화를 내며 돌아가는 것을 보고 처음으로 간드러지게 웃었다.

"포사가 웃는다. 봉화를 올리면 웃는구나!"

유왕은 그렇게도 보고 싶었던 포사의 웃는 모습을 보게 되어 말할 수 없이 기뻤다. 그녀의 웃는 얼굴보다 더 아름다운 것이 있을까? 꿈이 아니었다. 하늘도 땅도 포사가 웃는 이 순간을 위해 만들어진 것처럼 여겨졌다.

그 다음부터 유왕은 걸핏하면 봉화를 올리게 했다. 제후들은 속아서 몇 번은 달려왔지만 더 이상은 유왕에게 농락당하지 않았다. 그리고 아무리 봉화를 올려도 도성으로 달려오지 않게 되었다.

이때 신후(申侯)의 일족들이 군사를 모으고 변방의 오랑캐 견융(犬戎)과 연합하여 반란을 꾀했다. 이것은 실제상황으로 반란군이 주나라 도읍으로 물밀듯이 쳐들어왔다.

유왕과 중신들은 황급히 봉화를 올려 제후들에게 구원을 요청했으나 제후들은 더 이상 유왕에게 속지 않으려고 어느 누구든 구원병을 이끌고 오지 않았다.

유왕은 여산으로 도망쳤으나 견융의 병사들에게 붙잡혀 죽고, 포사는 포로가 되어 농락당하다가 목을 매어 죽었다.

주 왕실에서는 신후의 아들 선구를 왕위에 오르게 하여 평왕(平王)으로 책봉했다. 그러나 반란에 끌어들였던 서쪽 견융의 세력이 강대해져 주 왕실을 자꾸 괴롭히므로 동쪽 낙양(洛陽)으로 서울을 옮겨 갔다.

그 후부터 주 왕조는 이름뿐이고 실권은 각 지방 제후들에게 넘어갔다.

그로부터 전국이 진(秦)나라 시황제에게 멸망하여 통일(BC 221) 될 때까지 명목상 주나라는 5백여 년 계속되지만 그 전반은 춘추(春秋)시대, 후반은 전국(戰國)시대로 춘추전국시대라 부르는 것이다.

이상으로 중국 고대 국가인 하 · 은 · 주의 세 나라가 멸망해 가는 과정을 살펴보았다. 그리고 나라가 망하는 데는 몇 가지 공통적인 원인이 있다는 것도 알게 되었다.

요와 순과 우는 민의(民意)를 존중하고 덕의 정치를 펼쳤기 때문에 성군(聖君)으로 불리고, 하 · 은 · 주가 나라를 새로 일으킬 수 있었던 것도 백성의 뜻을 높이 받든 덕택이었다. 그리고 그 세 나라가 멸망하게 된 것은 민의를 저버리고 가렴(苛斂)과 학정(虐政)으로 민생을 도탄에 빠뜨렸기 때문이었다.

나라를 망친 또 하나의 원인은 여색(女色)과 사치(奢侈)였다.

하나라는 걸왕이 말희라는 계집에게, 은나라는 주왕이 달기라는 계집에게, 주나라는 유왕이 포사라는 계집에게 미처 국사를 돌보지 않고 허랑방탕한 생활로 민초들의 고혈(膏血)을 짜냈기 때문에 멸망의 길로 가게 된 것이다.

경국지색(傾國之色, 임금이 혹하여 국정을 게을리함으로써 나라를 위태롭게 할 정도의 썩 뛰어난 미녀)이란 말은 이렇게 해서 생겨났다.

색욕을 밝히는
여희(驪姬)

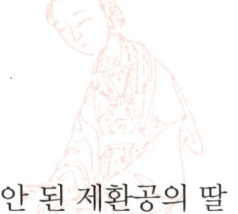

　진무공(晉武公)이 나이들어 열여섯 살밖에 안 된 제환공의 딸 제강(齊姜)을 얻었으나 늙어서 사내 구실을 못하자 그의 아들 진헌공(晉獻公)이 간통(姦通)하여 신생(申生)을 낳았다.

　본래 진헌공에게 가희(賈姬)라는 여인이 있었으나 일찍 죽어 홀아비로 지내고 있었는데, 서로 눈이 맞았던 것이다.

　얼마 후 진무공이 죽자 진헌공이 제위에 올라 아버지의 후처이고 자기에게는 서모가 되는 제강을 본처로 받아들여 신생을 태자로 삼았다.

　이때 진헌공에게는 견융(犬戎)의 질녀인 호희(狐姬)에게서 중이(重耳)를 얻고, 호희와 함께 시집온 소융(小戎)에게서 이오(夷

품)를 얻었다.

어느 덧 진헌공이 즉위한 지 15년이 되던 해에 여융(驪戎)을 공격하여 여희(驪姬)를 얻었는데 그녀는 절세가인으로 요염하고 사악하기 그지없었다.

그 뿐만 아니라 색(色)을 유난히 밝히는 여희는 진헌공이 극진히 총애하는 데도 불구하고 주위의 남자들을 유혹했다. 특히 진헌공과 남색(男色)으로 동침하는 미소년 우시(優施)를 불러들여 사통(私通)하고, 그에게서 배운 기교를 헌공에게 그대로 복습해 사랑을 듬뿍 받았다.

어느 날 여희가 후원을 걷고 있는데 얼굴이 복숭아꽃처럼 붉고 살결이 흰 미소년이 진헌공의 침전에서 나오는 것을 보았다. 이상하다는 생각에 여희가 미소년에게 몇 마디를 물어보니 늙은 진헌공과 남색(男色)하는 배우라는 것이다.

여희는 우시가 사근사근히 말하고 부끄러운 듯 홍조를 띠는 미소에 갑자기 아랫도리가 뜨겁게 부풀어오르고 춘정의 호기심이 돋았다.

여희는 자신의 처소로 미소년을 데려와 아무도 접근치 못하도록 단단히 이르고 침상에 누워 미소년으로 하여금 안마를 시켰다. 팔다리를 주무르는 안마라기보다는 차라리 애무를 시킨 꼴이었다.

미소년의 손길이 닿은 곳이면 전율이 일어나고 색정의 신음이 자신도 모르게 터져나왔다.

"음……."

여희가 입을 벌리고 신음을 삼켰다.

미소년은 여희의 눈치를 살피면서 가슴을 애무하고 허벅지 안쪽의 깊은 곳을 농락했다. 여희는 이 틈에 그의 손을 움켜쥐고서 더욱 깊숙한 곳으로 인도하며 그의 아랫도리 옷을 벗기고 남근을 잡아보니 얼굴 생김새와는 달리 꽤나 묵직한 것이 벼락맞은 대추방망이보다도 더 크고 단단하게 느껴졌다.

여희는 더 이상 참을 수 없어 그의 굳센 방망이를 자신의 숲 속에 집어넣고 두 다리를 들어 그의 몸을 휘감았다.

우시는 진헌공의 총애를 받아서 남색으로 동침까지 하다가 그의 애첩 여희와도 간통하게 되었던 것이다. 혹간은 여희가 낳은 아들 해제(亥齊)를 우시의 아들이라고도 한다.

그럼에도 그녀는 이에 만족하지 않고 헌공의 아들들에게도 차례로 유혹의 손길을 뻗쳤다. 태자인 첫째 신생(申生)과 둘째 중이(重耳)가 여희의 유혹에 넘어가지 않자 막내아들 이오(夷吾)를 꼬드겨 뜨거운 성애(性愛)를 즐겼다. 그러던 중 그녀는 아들을 낳았는데 그가 바로 훗날의 해제였다. 늙은 헌공은 삼십여 년 만에 얻은 자식인지라 해제(亥齊)를 애지중지했다.

이때 여희는 자기의 아들 해제를 태자로 앉히기 위해 헌공의 총신이자 대부인 동관오(東關五)와 양오(梁五)에게 막대한 뇌물을 건네고 그들을 차례로 불러 통간한 후 해제를 태자로 봉하도록 헌공에게 주청하게 하였다.

그리고 태자 신생을 곡옥 땅으로 보내 억울한 누명을 씌워 죽게 하고, 자신과 사통한 이오는 비밀을 보전하기 위해 죽여버리고 중이는 황량한 포(浦) 땅으로 내쫓았다.

그런데 얼마 지나지 않아 진헌공(晉獻公)의 죽음으로 진(晉)나라는 태풍속의 소용돌이로 빠져들었다.

특히 요부 여희(驪姬)의 눈물은 뭇 사내들의 심장을 들썩일 정도로 애잔했다. 그녀가 비록 나이 들었다고는 하나 초승달 같은 눈썹에 추수(秋水)처럼 깊고 서늘한 눈, 희고 뽀얀 살결, 봉긋하게 솟아오른 가슴과 허리, 풍만한 둔부……

여희가 지아비 진헌공의 죽음에 눈이 붓도록 운 것은 애달파서가 아니라, 자신이 낳은 해제(亥齊)와 자신을 지지하는 세력이 없었기 때문에 앞날이 막막하고 두려워 울었던 것이다.

그러나 공자 중이(重耳)를 따르는 세력은 진(晉)나라 곳곳에 포진해 있었다. 특히 태자 신생을 따르던 대부들은 거의 모두 중이의 편이었다. 그들이 조만간 군사들을 이끌고 자신을 죽이러 올지 모른다고 생각하니 여희는 잠도 오지 않았다.

여희는 국상 중에 여러 실세의 대부들을 꼬드겨 확실히 자기편으로 만들고 공자 중이를 모함하여 죽이고자 하였다.

중이는 나라 밖으로 떠돌 수밖에 없었다. 그리고 가는 곳마다 그를 시해하고자 하는 무리들이 있어 19년 동안이나 은신하면서 결국은 진(秦)나라에 의지하고 있었다.

진헌공이 죽게 되자 진(晉)나라의 대부들간에는 이상한 기류가 감전되고 있었다. 그것은 여희를 중심으로 한 간신배의 무리와 억울하게 죽어간 태자 신생을 애도하는 무리, 그리고 중이를 따르는 무리가 그들이었다. 그들은 진헌공의 장사를 치루기 전 거사의 칼날을 세우고 일격에 간악한 여희의 무리들을 죽여버렸다.

여희는 참살당한 두 아들의 시체를 수습할 여유도 없이 처소 근처 기화요초(琪花瑤草, 아름답고 고운 꽃과 풀)가 만발한 연못의 수면을 바라보고 슬프게 울다가 연못에 몸을 던졌다.

그리고 얼마 후 진회공(晉懷公)이 군위에 오르자, '중이를 따르는 무리 중 아들이나 친척들이 있으면 즉시 불러들이라' 는 영을 내리고 그에 따르지 않은 국구(國舅) 호돌(狐突)을 저잣거리에 처형하여 진나라가 더 한층 어지러졌다.

이때 중이는 진(秦)나라의 도움을 받고 있었다.

"때가 된 듯하오. 진(晉)나라가 크게 어지러우니 이제는 진(秦)나라의 도움을 받아 돌아가야 할 것 같소."

"그러하옵니다. 이제는 진(晉)나라로 돌아가서 군위에 오르셔야 하옵니다?"

중이는 그 날로 진(秦)목공을 찾아가 진(晉)나라로 돌아가겠다는 뜻을 밝혔다. 진목공도 쾌히 승낙하여 구룡산(九龍山)에서 제사를 지내고 병거 4백 승을 이끌고 황하를 향해 군사를 출정시켰다.

황하에는 이미 진(晉)나라로 건너갈 배가 일렬로 준비되어 있었다. 중이는 황하에서 진목공과 작별했다.

"중이는 드디어 오매불망(寤寐不忘), 꿈에도 잊지 못하던 조국 땅으로 돌아가게 되었습니다. 이는 모두 어지신 군후의 덕분입니다."

"그대가 진(晉)나라에 돌아가더라도 우리 진(秦)나라를 잊지 마시오."

중이의 일행은 노도처럼 황하를 건너기 시작했다. 그 때 중이를 수행하던 한 가신이 망명 중에 갖고 다니던 구멍 난 옹기솥이며 깨어진 질그릇 등 살림살이의 도구들을 배에 옮겨 싣는 것이 중이의 눈에 띄었다. 그는 중이를 따라다닐 때 행장을 맡아 보던 호숙이었다. 그가 옮겨 싣는 것 중에는 수레에 덮던 찢어진 차일까지 있었다.

"그 너절한 것들을 왜 배에 싣느냐? 이제 진(晉)나라로 돌아가 내가 군위에 오르면 그런 것들은 필요치 않을 텐데, 그대들은 진수성찬으로 배불리 먹고 비단옷을 입고 호의호식할 것이다. 그 더러운 물건들을 모두 버리도록 하라."

중이의 말을 듣고 있던 호언이 혼잣말로 탄식했다.

'공자께서는 어려울 때 고생하던 것을 벌써 잊었단 말인가? 만약에 진(晉)나라로 돌아가면 함께 고생하던 우리도 저 물건처럼 헌신짝 버리듯 버려지는 것이 아닌가?'

호언은 그 생각을 하자 우울해졌다. 그는 즉시 공자 중이 앞에 무릎을 꿇고 아뢰었다.

"이제 황하를 건너면 공자께서는 진(晉)나라에 이르시게 됩니다. 국내에서는 공자를 군위로 받들기 위해 기다리는 신하도 많을 뿐만 아니라, 이처럼 진(秦)나라의 대군도 많으니 진(晉)나라의 군위에 앉지 못할 까닭이 없습니다. 신은 이제 공자에게 아무런 도움이 되지 못할 것입니다. 신은 공자를 떠나 먼 곳으로 달아나려고 하니 공자께서는 용서하여 주십시오."

중이는 호언의 말에 깜짝 놀랐다.

"그대는 무엇 때문에 과인 곁을 떠나려고 하는 것이오?"

"신이 공자의 말고삐를 잡고 천하를 돌아다니기 시작한 지 어언 수십 년이 넘었습니다. 그 동안 좋은 잠자리를 마련하여 공자를 모신 것은 얼마 되지 않고, 좋은 음식을 들게 한 것은 더욱 적습니다. 우리는 언제나 남루한 돗자리에서 잠을 자고 깨어진 그릇으로 밥을 먹었습니다. 이제 부귀해진다고 해서 수십 년 동안 우리를 살게 한 것을 버리려 한다면 장차 우리 노신들이라고 어찌 버리지 않겠습니까? 신은 저 하찮은 질그릇이나 돗자리처럼 공자에게 버림을 받지 않기 위해 달아나려는 것입니다. 부디 용서해 주시기 바랍니다."

"아니 내가 어찌 그대를 버리겠소? 내가 잠시 지난 고생을 잊었던 듯하오. 그대는 부디 나를 용서하오."

중이는 눈물까지 흘리며 호언을 만류했다.

"공자께서는 맹세하실 수 있겠습니까?"

"내가 어찌 맹세를 사양하리오. 만약에 귀국하여 매사를 그대와 함께 꾀하지 않는다면 황하의 신이 나에게 벌을 내릴 것이다. 나는 황하의 신에게 맹세할 수 있소."

"공자의 말씀이 그러하니 신도 맹세를 하겠사옵니다."

중이와 호언은 황하에 흰 구슬을 던지며 서로가 맹세했다.

"황하의 신이시여! 나의 맹세를 들었을진대 증명하라! 내가 가신들을 버리면 하백(河伯, 물의 신)은 나를 벌하소서!"

개자추(介子推)는 중이와 호언이 맹세하는 것을 보고 쓴웃음을 지었다.

'우리가 공자를 도운 것은 일신의 부귀를 위한 것이 아니었다. 그런데 호언은 부귀를 누리려고 하는구나. 나는 차마 이런

사람들과 함께 할 수 없겠구나.'

중이를 호위하는 진(秦)나라 군사는 황하를 건너자 질풍처럼 영호(令狐) 땅을 향해 쳐들어갔다. 영호 유수 등혼(鄧惛)은 진(秦)나라 대군이 노도처럼 밀려오자 성문을 닫아걸고 항전했다.

그러나 4백 승에 이르는 진(秦)나라의 대군을 막을 길이 없었다. 영호성은 함락되고 등혼은 군사들에게 사로잡혀 군중에서 목이 베어졌다.

"진격하라! 군사들은 행군을 멈추지 말고 오로지 앞으로 진격하라!"

중이가 군사들에게 추상 같은 영을 내렸다. 진(秦)나라 대군은 상천(桑泉)으로 짓쳐 들어갔다. 상천은 더욱 손쉽게 점령했다. 진(秦)나라 대군은 순식간에 진군(晉軍)을 무인지경으로 휩쓸며 마침내 구쇠(臼衰) 땅에 이르렀다.

진(秦)나라 대군이 황하를 건넜다는 소식은 파발을 통해 진(晉)나라 조정에 보고되었다. 진(晉)나라는 급보를 받고 황급히 군사를 소집하는 한편 회의를 열었다.

"진(秦)나라 군대가 얼마나 된다고 하는가?"

진회공의 얼굴은 사색이 되어 있었다.

"병거 4백 승이라고 하옵니다."

"우리도 속히 군사를 일으켜 진군(秦軍)을 막도록 하라."

"진군은 이미 상천(桑泉)을 돌파하고 구쇠(臼衰) 땅에 이르렀다고 하옵니다."

"그렇다면 노류(盧柳)에서 적의 군사를 격파하라!"

진회공은 여생을 대장, 극예를 부장에 임명하여 노류 땅으로 보냈다. 진군(晉軍)은 병거 5백 승의 대군이었다. 그들이 노류 땅에 진을 치자 기치창검이 노류 들판을 가득 메우고 펄럭거렸다. 그러나 진군(晉軍)은 진군(秦軍)의 용맹에 압도되어 있었다. 게다가 진군(秦軍)이 공자 중이를 모시고 있다는 소문이 바람처럼 퍼지면서 진군(晉軍)의 진영을 뒤숭숭하게 했다. 여생과 극예는 진중이 술렁거리자 불안했다.

그때 진목공으로부터 밀서가 왔다.

〈과인은 어질고 덕이 있는 공자 중이를 진(晉)나라 군위에 앉히기 위해 병거 천 승을 이끌고 황하를 건넜다. 과인의 군사는 범처럼 사납고 승냥이처럼 날쌔다. 한번 일어서면 번개가 치는 듯하고 군마가 움직이면 벽력이 일어난다. 진회왕은 군위에 오르자 충신들을 먼저 죽이기 시작했으니 혼군이라는 것을 누구나 다 잘 알고 있을 것이다. 그대 대부들은 들어라! 그대들이 혼군과 어진 사람을 능히 분별할 줄 안다면 즉시 군사를 뒤로 물리고 중이를 영접하라. 대부들이 화가 바꾸어 복이 되는 전화위복(轉禍爲福)의 기회를 가질 수 있는 길은 이번뿐이다. 좋은 말로 타이르는 것이니 알아서 들으라.〉

진목공의 밀서를 받은 여생과 극예의 얼굴이 하얗게 질렸다. 진군(秦軍)을 상대로 전쟁을 벌이는 것은 승패를 예측할 수가 없었다.

"우리가 투항을 하려고 해도 중이에게 너무나 많은 죄를 지었소. 중이가 그 죄를 용서한다면 모르되 우리가 어찌 투항을 하리요."

진목공의 밀서를 가지고 온 공자 칩에게 여생이 탄식하며 말했다.

"내가 돌아가 그대들의 뜻을 알리고 답을 얻어 오리다."

공자 칩은 즉시 진목공에게 돌아가 여생과 극예의 심중을 알렸다. 진목공은 쾌히 승낙하고 중이에게도 알렸다. 중이 역시 전쟁을 하지 않고 입성할 수 있다면 여생과 극예를 용서하겠다고 말했다.

이로써 병거가 5백 승이나 되는 진군(晉軍)까지 싸우려 하지도 않고 일제히 투항해 버렸다.

중이는 당당하게 5백 승의 진군(晉軍)을 받아들여 지휘하게 되었다. 대군은 곡옥으로 쳐들어가고 다음 날에는 진(晉)의 도성인 강(絳)으로 입성했다. 진회공은 여생과 극예가 배반했다는 소식을 듣고 도성을 버리고 고량(高粱) 땅으로 달아났다.

중이는 백성들의 환영을 받으며 진(晉)나라의 도읍 강성(絳城)으로 입성하자 감개무량했다. 그러나 언제까지나 감회에 젖어 있을 수는 없었다. 중이는 강성에 입성하자 대부들의 추대를 받아 군위에 올랐다. 그가 춘추시대 또 하나의 패자가 되는 진문공(晉文公)이었다.

중이는 나라가 안정이 되자 대신들에게 일일이 포상을 했다. 중이가 포상한 규칙에 의하면 자신을 따라 외국으로 망명하여 고생을 함께 한 동지들을 1등, 국내에 남아 충성으로 절개를 지키고 자신을 영접한 신하들을 2등, 그가 진(晉)나라로 들어올 때 즉시 투항한 신하들을 3등으로 정하여 상을 주었다. 1등에도 차등을 두어 상하로 구별했다. 그런데 호숙은 1, 2, 3등의 공신 명단 어디에도 이름이 없었다.

"주공께 아뢰옵니다. 신은 주공(主公)께서 포성을 떠날 때부터 온갖 고생을 하면서 주공을 모셨습니다. 주공을 따라 열국(列國)을 표랑하느라 발가락은 찢어지고 발바닥은 부르텄습니다. 주공께서 공신 명단을 작성하여 각각 공 있는 자들을 포상하였지만 신은 그 명단 어디에도 이름이 없었습니다. 감히 그 까닭이 무엇인지 알고자 합니다."

중이는 호숙의 말에 그를 가까이 불렀다.

"이리 오너라. 공신 명단에 네 이름이 빠진 것은 다 이유가 있다. 과인이 어찌 너의 공로를 모르겠느냐? 그동안 바람과 이슬을 맞으며 풍찬노숙(風餐露宿, 바람을 먹고 이슬을 맞으며 잠. 객지에서 겪는 모진 고생)으로 과인의 수레를 끌며 온갖 고생을 다한 네가 없었다면 과인이 어찌 오늘 이 자리에 있었겠느냐? 허나 중요한 것이 있다. 이번 공신 명단에 상급으로 오른 자는 인의(仁義)로써 나를 지도한 사람을 으뜸으로 삼았고, 적의 칼과 창을 무릅쓰고 과인을 보호한 사람은 2등상을 주었다. 으뜸 가는 상은 덕에 내리고, 다음 가는 상은 재주에 내리고, 마지막 상은 공로에 내리는 것이다. 상이란 이런 것이다. 너는 과인이 열국을 표랑할 때 지대한 공로가 있었으니 어찌 상을 받지 않겠느냐? 다만 상이 뒤에 있을 뿐이다."

중이의 말을 들은 호숙은 부끄러움을 감출 수가 없었다.

중이는 성문에 방(榜)까지 내걸고 혹시라도 포상에 빠진 자가 있는지 찾으려고 했다. 그러나 중이를 따라다니면서 온갖 고생을 한 개자추(介子推)만이 상을 받지 않았다. 개자추는 중이가 군위에 오르자 곧바로 은거해 버렸다.

"우리 선군 헌공에게는 아홉 명의 아들이 있었으나 며칠이라도 군위에 오른 분은 해제(亥齊), 탁자(卓子), 혜공, 회공뿐이었다. 그러나 그들은 덕이 없어서 국내외의 모든 사람들에게 버림을 받았다. 그래도 나라가 망하지 않은 것은 우리 주공을 군위에 오르게 하려는 하늘의 뜻이었다. 그런데도 많은 신하들이 그것이 자신의 공로나 되는 것처럼 다투어 상을 받으니 이는 하늘을 속이는 일이다. 나는 하늘을 우러러 한 점 부끄러움이 없게 하기 위하여 상을 받지 않을 것이다."

개자추는 스스로 그렇게 말했다.

"너는 누구보다도 큰 공을 세웠다. 나라에서 상을 준다고 하는데 어찌하여 받지 않느냐?"

개자추의 어머니가 말했다.

"그들의 허물을 비난해 놓고 그들의 행동을 본뜬다면 더 큰 죄를 범하는 것입니다. 그리고 또 그들을 원망하는 말을 했습니다. 봉록을 먹을 생각은 없습니다."

"그러면 군공께 자세한 실정을 알려드리면 어떻겠는가?"

"말이란 자신을 꾸미는 것입니다. 자신을 숨기려고 하는데 무슨 꾸밈이 필요하겠습니까? 꾸미는 것은 출세를 원하기 때문입니다."

"그렇다면 나도 너와 함께 숨겠다."

개자추는 어머니와 함께 면상(縣上, 산서성 기령)의 산중으로

들어가 초막을 짓고 살았다. 개자추를 따르는 사람이 그를 불쌍히 여겨 한 편의 시를 지어 대궐 문에 붙였다.

용(龍, 문공)이 하늘로 오르려할 즈음
다섯 마리 뱀(다섯 명의 현사)이 용을 도왔다.
용은 이미 구름 위로 올라가고
네 마리의 뱀은 각각 서식할 장소로 들어갔다.
그러나 한 마리의 뱀만은 원한을 품고
끝내 어디로 갔는지 알 수조차 없노라.

그 시는 곧바로 중이에게 보고되었고, 중이는 그 시를 읽고 크게 탄식했다.

"이것은 개자추를 말하는 것이다. 나는 주왕실의 안녕만을 생각하다가 미처 그의 공로를 헤아리지 못했다."

사람을 시켜서 개자추를 불러오게 했으나 숨어버린 뒤였다.

중이는 즉시 군사를 풀어 개자추를 찾게 했다. 그러나 개자추는 면산으로 들어갔다는 소문만 무성할 뿐 찾을 수가 없었다. 중이는 면산을 샅샅이 뒤져서 개자추를 찾게 했다. 군사들은 면산을 이 잡듯이 뒤졌으나 끝내 개자추를 찾을 수가 없었다.

"개자추는 효자라, 면산에 불을 지르면 반드시 어머니를 업고 산에서 나올 것이다."

중이는 면산에 불을 지르라는 영을 내렸다. 군사들이 즉시 불을 지르자 불길이 맹렬하게 치솟았다. 불길은 때마침 불어오는 세찬 바람을 타고 면산을 모조리 태웠다. 그러나 개자추는 불을 피해 산에서 내려오지 않았다. 중이는 초조하게 개자추가 불길을 피해 걸어 나오기를 바랐다. 그러나 개자추의 모습은 끝내 보이지 않았다.

불길은 사흘 만에야 산을 모조리 태우고 꺼졌는데, 중이가 군사들을 풀어 수색하자 개자추는 어머니와 함께 한 버드나무 아래서 타 죽어 있었다.

"오오, 이럴 수가 있는가? 과인이 충신을 죽게 하다니 하늘이 원망스럽구나!"

개자추의 시체를 본 중이는 통곡하면서 하염없이 울었다. 중이를 수행하던 군사들도 개자추의 높은 절의를 생각하여 눈물을 흘리지 않는 사람이 없었다. 중이는 개자추의 충절을 기리기 위해 면산을 개자추의 사전(祀田, 제사지낼 곡식을 가꾸는 밭)으로 봉하고 면산을 개산(介山)으로 부르게 했다.

개자추가 죽던 날이 3월 초닷새, 절기로는 청명(淸明)이었다. 진(晉)나라 사람들은 불에 타 죽은 개자추를 추모하는 뜻에서 그 날이 돌아오면 일체 불을 피우지 않고 찬 음식, 한식(寒食)을 먹었다. 이로써 청명 바로 다음 날이 '한식절(寒食節)'로 유래된 배경이다.

황후의 간통,
적숙외(狄叔隗)

　중국 역사상 황제에게 오쟁이를 지게 한 황후는 적(狄)나라 제후의 딸 숙외(叔隗)가 첫 번째요, 후한(後漢) 성제(成帝) 때 물 찬 제비라 불리는 조비연(趙飛燕)이 그 다음이다.

　숙외는 적나라에서 가장 아름다운 여인이었다. 윤기 흐르는 검은 머리에 갓 피어난 버들잎 같은 눈썹, 촉촉하게 이슬 머금은 눈, 오동통 살진 앵두 같은 입술과 금방이라도 꽃봉오리 터 뜨려 달콤한 향기를 뿜은 듯한 입, 그리고 알맞게 오똑한 코, 우윳빛으로 보송보송한 뺨과 갸름한 얼굴, 둥글고 봉긋하게 터질 듯한 젖가슴과 바람에 살랑대는 버들가지처럼 가는 허 리, 부드럽고도 탄력 있게 올려 붙은 엉덩이……

절세가인(絕世佳人)이 따로 없었다. 그리고 또한 적숙외는 다른 어느 여자도 지니지 못한 경력을 지니고 있었다. 그것은 그녀가 남편을 둘씩이나 섬겼는데 두 남편이 모두 황제였으며, 서로 형제지간이기도 했다.

천자의 나라 주(周)나라가 쇠퇴해지자 남방의 양자강 유역을 중심으로 초(楚)나라가 부흥하여 많은 제후국들이 우호적으로 동조하고 있었다. 그 중 정(鄭)나라도 주왕국과 결별을 선언하고 초나라에 빌붙어 남방 진영의 괴뢰국이 되었다.

뿐만 아니라 정나라는 초나라의 위세를 등에 업고 좌충우돌 주나라의 인근 우방을 공격하여 복종을 요구했다. 다른 봉국들은 대개가 순순히 굴복했으나 유독 활국(滑國, 河南省 偃師縣 緱氏鎭)만이 정나라의 말을 듣지 않고 위(衛, 河北省 濮陽縣)나라와 우호 동맹까지 체결하여 완강히 대항했다.

하지만 군사력이 워낙 차이가 나는지라 정나라가 활나라를 공격할 때마다 활나라는 굴복하여 고개를 숙이지 않을 수 없었다. 그러나 정나라가 군대만 철수시키면 활나라는 또 위나라와 원래의 관계를 회복시키곤 했다. 이에 화가 머리끝까지 치민 정나라는 다시 활나라를 공격했다.

그러자 활나라는 이번에는 굴복만으론 무사하지 못하며, 자칫 잘못하면 망국의 화까지 입게 됨을 알고 재빠르게 위나라에 도움을 청했다.

고심에 고심을 거듭한 위나라 문공은 어쩔 수 없이 주나라 양왕에게 구원의 손길을 뻗었다. 평소에는 주나라를 멸시하던 위나라였으나 천자의 나라로서 정나라를 설득하여 군사를 이끌고 돌아가게 해달라고 청했다.

허울뿐인 천자의 나라 주왕국은 이미 기력이 쇠진하여 주먹 쥘 힘도 없는데 무엇으로 우방을 돕는단 말인가? 그렇다고 위나라 문공의 요청을 거절할 수도 없는 처지인지라 주나라 양왕은 정나라에 특사를 파견하여 자기의 얼굴을 봐서라도 제발 활나라를 침공하지 말아달라고 애걸복걸했다.

그러나 아무리 천자의 나라라지만 이미 침략에 재미 붙인 국가에게 막강한 힘의 배경도 없이 세 치 혓바닥으로 침략을 중지하라니 순순히 들을 리 만무했다. 정나라 문공은 주나라 양왕의 청을 수락하기는커녕 오히려 국경선을 넘어오는 특사를 체포하여 감옥에 처넣어버렸다.

이 소식을 들은 주왕국은 자존심이 상해 화가 머리끝까지 치밀었다. 그러나 이미 발톱과 이빨이 빠져버린 늙은 호랑이로서는 뾰족한 대책이 없었다. 생각다 못한 주왕국은 용단을 내려 마지막 수단인 오랑캐라 일컫는 적(狄)나라 군사를 빌려 정나라를 치기로 하였다.

적나라는 산서성(山西省) 태원현(太原縣) 남쪽 즉, 산서성 중남부 지역의 이미 한족(漢族)으로 동화된 이적부락(夷狄部落)을 이루고 있었다. 그러나 비록 동화되기는 했지만 용감한 무예 정신까지 완전히 상실한 단계는 아니었다.

그들은 여전히 북방 유목민족 특유의 자유분방한 생활방식을 유지하여 하나같이 튼튼한 육체를 지니고 있었다. 때문에 막강한 군대, 최강의 야전군단을 보유하고 있었다.

갑자기 주나라 양왕에게서 군사원조를 요청받은 이적부락

추장은 지금이야말로 중원대륙에 자들의 무위를 떨치고, 떡 본 김에 제사 지낸다고 재물을 마음껏 약탈할 수 있는 절호의 기회라 판단하고 흔쾌히 승낙했다.

이에 그들은 쇠뿔도 단김에 빼라는 속담을 철저히 지켜 막강한 야전군단을 이끌고 남하하여 황하를 건너 정나라의 국토 깊숙이 들어가 일격에 정나라의 수도 약성(櫟城, 河南省 禹縣)을 함락시켜 버렸다.

이렇게 되자 정나라 문공은 활나라를 침공하려던 계획을 포기하고 감옥에 가두었던 주나라 특사를 석방하고 주나라 양왕에게 잘못을 빌었다.

아무튼 주나라 양왕은 그동안 쌓였던 가슴의 한도 해소되고 체면도 살려 크게 기뻐하면서 말했다.

"오랑캐인 적나라가 짐을 위해서 공을 세웠으니 기쁘기 그지없다. 적나라 왕에게 딸이 있다던데 재색이 어떠한가?"

주나라 양왕이 기뻐하면서 근신에게 물었다.

"원래 적나라 왕은 적족(狄族)의 별종인 장고여를 함락시켜 두 딸을 빼앗아 그 중에 계외(季隗)라는 딸은 진후(晉侯)에게 시집을 보내고, 또 하나는 숙외(叔隗)라고 하는데 진나라 대부 조쇠에게 시집을 보냈습니다. 적나라 왕의 딸이름 역시 숙외(叔隗)인데 가히 절색이라고 하옵니다."

대부 도자가 말했다.

"마침 왕후가 죽어서 중궁의 자리가 비어 있으니 짐은 적나라 왕의 딸 숙외를 중궁으로 맞이하리라."

주나라 양왕은 즉시 사자를 적나라로 보내려 했다. 그러자 대부 부신(富辰)이 반대했다.

"왕께서 적나라 여자를 중궁으로 모시려는 것은 옳지 않습니다. 적나라는 예로부터 예의가 없고 행실이 바르지 못하여 왕후의 재목으로 맞지 않습니다. 특히 자유분방한 숙외를 중궁으로 모시면 내궁이 혼란에 빠질 것입니다."

"그것이 무슨 소리인가?"

"숙외는 오랑캐 풍속을 따르니 내외(內外)를 지키지 않을 것입니다."

"그것은 쓸데없는 걱정이다. 과인은 숙외를 반드시 중궁으로 데려 올 것이다."

"왕께서는 중원의 덕 있는 여자를 중궁으로 모시도록 하십시오. 신들은 오랑캐 여자를 중궁으로 모실 수가 없습니다."

"그대들은 더 이상 반대하지 말라."

주나라 양왕은 부신의 말을 듣지 않고 대부 퇴숙과 도자를 파견하여 청혼하게 했다. 적나라 군후는 즉시 딸 숙외를 주왕실에 보내 혼사에 응했다. 주나라 양왕은 숙외를 보자 그 아름다움에 넋을 잃었다.

더구나 오랑캐 풍속의 화려한 옷을 입고 하늘하늘 허리를 비틀거나 둔부를 살랑살랑 흔들 때면 주 양왕은 혼이 달아나는 듯한 기분이었다.

'경국지색의 미인이 있다고 하더니 숙외가 그렇지 않은가?'

주나라 양왕은 숙외를 볼 때마다 기쁨을 감출 수가 없어 국혼을 치르기도 전에 숙외와 합방을 하여 대만족감을 얻었다. 본시 대혼(大婚)은 태사가 점을 치고 길일을 잡아야 했다. 그러나 주 양왕은 국혼을 기다리는 일이 너무나 지루했던 것이다.

숙외는 잠자리에서도 내외를 하지 않았다. 호색가 주 양왕은 오랑캐 여자라 내외를 하지 않는 숙외가 더욱 마음에 들었다. 한 번 달라붙으면 떨어지려고 하지 않고 부끄러움도 수줍음도 생략한 채 천성적인 요부의 기질을 유감없이 발휘했다.

본래 적나라는 유목과 사냥을 생활수단으로 삼고 있었는지라 남녀를 막론하고 모두 성격이 활달하고 외향적이며 신체가 건장했다.

적숙외 역시 적국의 다른 여인들과 마찬가지로 어릴 때부터 전투요원 중의 한 사람으로 아버지가 사냥하러 갈 때마다 그녀도 한 무리의 병사들을 이끌고 말등에 앉아 활을 쏘며 험준한 산악을 평지처럼 달리는 전형적인 북방의 여장부로 자라났다. 그리고 지금까지 그녀가 꿈을 키우며 마음속으로 그려온 남편상은 자기와 모든 면에서 잘 어울리는 젊고 준수하고 건장하며, 천군만마(千軍萬馬)를 거느리고 전쟁터에 나가 승리의 영광을 안아 만인의 환영을 받으며 개선하는 왕자를 꿈꿔왔다.

그러나 지금 자신의 처지는 주 양왕의 은혜에 보답한다는 구실과 아버지의 허영심이 의기투합된 희생물이 되어 소녀적꿈이 산산이 부서지는 것 같았다. 더구나 낙양으로 호송되어 아무짝에도 쓸모없는 늙은이의 마누라가 되리라고는 예전에 미처 상상조차 하지 못했던 일이다.

물론 왕후라는 직책은 여인들의 마음을 움직이게 하는 매력을 충분히 지니고 있으며, 여인들로 하여금 물질적인 향락에 자신을 팔아먹게 만드는 위력 또한 충분히 가지고 있었다. 그러나 애정이 없는 만족은 명목뿐인 왕후의 직책을 얻고 부귀영화를 누린다해도 정서적인 공허와 허전한 마음을 채워주지도 못하게 마련이다.

적숙외의 첫 번째 불만은 연령과 체력적인 건강의 차이였다. 늙은 남편과 젊은 아내 사이가 처음 얼마 동안은 그런대로 다정해 보이는 듯싶었으나 두 달도 채 넘기지 못하고 부부싸움이 일기 시작했다.

그것도 모두 잠든 밤에만 내궁 깊숙한 침실에서 싸우는 소리가 새어나오니 부부싸움을 하는 이유가 무엇인지 모를 까닭이 없었다. 견디다 못한 주나라 양왕은 이제 밤이 무서워졌고, 내실에 들어가는 것이 마치 형장으로 끌려가는 기분이었다. 그도 그럴 것이 마음은 간절하지만 몸이 말을 듣지 않는데도 젊은 아내가 온갖 자존심을 상하게 하는 말을 지껄이며 귀찮게 구니 어찌 내궁을 편안한 휴식처라 여길 수 있겠는가!

젊은 아내의 앙탈이 날이 갈수록 심해지자 주 양왕은 감히 내궁으로 들어갈 용기가 나지 않아 아무도 몰래 혼자 다른 방을 사용했다. 주 양왕은 남자 구실을 제대로 못하는 자신이 밉고 안타까웠지만 젊음을 폭발할 길 없어 밤이면 밤마다 몸부림만 쳐야 하는 적숙외 또한 그녀대로 자신의 기구한 운명을 한탄하고 한숨지었다.

적숙외의 두 번째 불만은 궁중의 폐쇄적인 생활과 엄격한 남녀분별, 그리고 평형의 원칙을 무시한 일부다처제도였다.

그 당시 주왕조 시대에는 왕궁이 외부와 완전히 단절되었으며, 왕은 합법적으로 백 스물다섯 명의 아내를 거느릴 수 있게 했다. 그 가운데는 한 명의 왕후, 세 명의 부인, 아홉 명의 빈(殯), 스물일곱 명의 세부(世婦), 여든한 명의 여어(女御)가 포함되어 있다.

별 볼일 없는 사내 한 명이 이렇게 많은 마누라를 거느릴 수 있다니 남자의 이기주의적 입장에서 본다면 주왕조의 법률은 너무나도 귀엽고 사랑스럽기조차 하지만 문제는 일개 별 볼일 없는 사내가 이렇게 많은 꽃처럼 아름다운 여인을 상대로 매일 밤 한 명씩과 잠자리를 가진다면 물론 당장 죽지는 않겠지만 늙기도 전에 몸이 망가져버릴 것이다.

물론 아내들이 예의범절에 얽매여 속으로 자신의 기구한 운명만 한탄하고 감히 담을 뛰어넘지 않는다면 아무 일도 발생하지 않겠지만 아내들 가운데 적숙외 같은 사람이 한 명만 나와도 세상이 발칵 뒤집혀 버릴 것이다.

사건의 발단은 적숙외가 사냥을 가자고 요청한 데서부터 비롯되었다. 주 양왕은 나이도 있고, 격렬한 운동을 좋아하지 않는지라 달갑지 않게 생각했지만 왕후의 청을 거절할 용기가 나지 않아 흔쾌히 승낙했다. 하지만 젊은 사람들처럼 활동이 자유롭지 못한 주 양왕인지라 어쩔 수 없이 자신의 동생인 태숙 대(戴)에게 적숙외를 보살피라고 했다.

태숙 대는 주 혜왕의 차자로 주 혜왕이 천자의 위에 앉히려다가 제환공과 관중의 반대로 천자가 되지 못한 위인이었다.

적숙외가 수포(繡袍)를 벗자 그 속에 미리 입고 있던 몸에 찰싹 달라붙는 속옷이 나타났다. 속옷의 황금 단추는 팽팽한 가슴의 압력을 견디지 못하고 당장에라도 터져버릴 것 같았으나 철제로 만든 가벼운 갑옷 덕분에 간신히 버티고 있었다.

버들가지보다 가느다란 허리에 두른 연녹색 허리띠는 너무 잘 어울려 마치 몸의 일부분 같았으며, 먼지를 막기 위해 이마에 두른 투명 면사는 그녀의 아름다운 용모를 한층 돋보이게 해주었다.

허리띠에 비스듬히 매단 전통(箭筒, 화살통)과 왼손에 들고 있는 화살이 그녀의 옷차림과 멋진 조화를 이루어 궁중에서 보아왔던 아름다움이 아닌 또 다른 젊고도 싱싱한 아름다운 면을 보였다.

적숙외는 말을 잘 타고 무예도 뛰어났다. 능력도 없는 주제에 새로운 것만 밝히는 주 양왕은 몹시 흐뭇해하며 연거(輦車)가 도착하기를 기다렸다. 이때 적숙외가 그에게로 한 걸음 다가서며 사람의 혼을 뺏는 눈웃음을 쳤다.

"저는 어려서부터 말타기를 좋아해요. 그리고 내가 시집올 때 함께 데려온 하녀들도 모두 말을 잘 타고요."

하며 말등에 뛰어오르려 하자 주 양왕이 얼른 제지시켰다.

"잠깐!"

하고 사냥길에 동행한 관리 중에서 같은 성을 지닌 제후(諸侯)들에게 물었다.

"기마술이 뛰어나고 왕후를 차질 없이 경호할 자신이 있는 사람이 누구냐?"

이때 태숙 대가 얼른 앞으로 나섰다.

"제가 기꺼이 왕후를 경호해 드리겠습니다."

그곳에 있는 사람 중 제일 젊고 영준하며 건장한 태숙 대가 경호원 역할을 자청하자 적숙외의 마음은 구름을 탄 기분이 되었다. 그녀는 하녀들과 함께 무리를 형성하여 말등에 뛰어 오르기 무섭게 맨 먼저 질주해 나갔다. 태숙 대도 천리 명마에 몸을 싣고 그녀의 뒤를 바짝 따랐다.

적숙외는 태숙 대의 앞에서 자기의 기마 실력을 한껏 자랑하고 싶어했고, 태숙 대 역시 적숙외에게 어떤 것이 진정한 남자인지 몸소 행동으로 보여주고 싶었다. 그리하여 두 사람은 사냥을 하기 전에 경마부터 먼저 시작했다.

적숙외가 말 엉덩이에 채찍질을 몇 차례 가하자 준마(駿馬)는 요란한 발굽소리와 함께 시위를 떠난 화살처럼 앞으로 질주해 나갔다. 태숙 대의 천리 명마도 뒤질세라 땅을 박차고 날아나 갔다. 우연인지 고의인지는 알길 없지만 두 필의 명마는 산허리를 돌자 나란히 달리는 상태가 되어 있었다.

적숙외가 고삐를 당겨 말을 멈추게 한 후 입에 침이 마르도록 태숙 대를 칭찬했다.

"왕자님의 재능이 비범하다는 말은 오래 전부터 들은 바 있지만 이토록 뛰어난 인물인 줄을 미처 생각지 못했어요."

태숙 대는 말등에 앉은 채 허리를 굽혔다.

"나는 이제 겨우 배우는 단계인지라 왕후의 만분지일에도 미치지 못합니다."

적숙외의 마음은 날아갈 것 같은 기분이었다.

"내일 아침에 입궁하여 태후께 문안드릴거죠? 당신에게 긴히 할 말이 있으니 그곳에서 만나기로 해요."

말을 막 끝내자 하녀들이 탄 말이 뒤쫓아왔다. 그때 적숙외가 눈으로 애정을 표시하자 태숙 대는 무슨 의미인지 잘 알았다는 뜻으로 고개를 끄덕여 보였다.

다음 날 태숙 대는 입궁하여 국왕에게 형식적인 문안 인사를 올리고 곧장 생모가 거처하는 태후궁(太后宮)으로 갔다. 그곳에는 이미 적숙외가 먼저 도착하여 뇌물로 수행 궁인들을 매수해 놓아 멀찍이 보내놓고 태숙 대가 들어오자 묘한 눈짓을 했다. 그녀의 눈짓이 무엇을 말하는지 모를 까닭이 없는 태숙 대는 회심의 미소를 지어보이고 태후에게 문안을 올리기 무섭게 물러나와 적숙외와 둘이서 옆방의 밀실로 들어갔다.

두 남녀는 누가 먼저랄 것도 없이 서로 달려들어 뜨겁게 포옹했다. 태숙 대는 적숙외의 아름다운 몸을 미친 듯이 탐하다가 옷을 벗기고 침상에 쓰러뜨렸다. 적숙외 또한 뱀처럼 태숙 대를 휘감으며 열락에 빠져들었다. 그들은 똑같이 육욕에 굶주린 처지인지라 마음껏 청춘을 불사르며 서로를 탐닉했다.

그때부터 비밀정사는 두 사람 생활의 일부분이 되었다. 처음 얼마 동안은 행여나 자기들의 애정행각이 탄로날까 두려워 극히 조심스럽게 행동했지만 횟수가 잦아짐에 따라 담이 커진 탓도 있겠지만 두 사람이 함께 있는 것을 보고도 사람들이 별로 의심하는 눈치를 보이지 않자 점점 남의 이목을 두려워하지 않게 되었다.

그러던 어느 날 주 양왕은 태후전의 궁녀로부터 태숙 대와 적숙외가 간통하고 있다는 사실을 낱낱이 듣게 되어 화를 냈지만 그렇다고 드러내놓고 까발릴 처지도 못되어 주 양왕은 우선 적숙외를 감금해 버렸다. 주 양왕의 동생 태숙 대는 적숙외가 구속되었다는 소문을 듣고 그 즉시 적나라로 삼십육계 줄행랑을 쳤다. 태숙 대의 심복인 퇴숙(頹叔)과 도자(桃子)도 뒤따라 적나라로 달려갔다.

일당 세 작자는 갑자기 이마를 맞대고 숙의한 끝에 사실의 전말을 정반대로 와전시켜 퇴숙과 도자가 적나라 국왕 앞에서 가슴을 치며 탄원했다.

"국왕께서는 지금까지 모르고 계시겠지만 지난날 저희들이 이곳에 왔을 당시는 현재의 왕후를 주 양왕의 동생인 태숙 대와 짝짓게 하라는 명령을 받았었습니다. 그러나 주 양왕 늙은이는 신부의 용모가 천하일색임을 보더니 왕의 권위를 내세워 궁중의 법도까지 무시하고 아내를 사랑해 줄 능력도 없는 주제에 자기가 차지해 버렸습니다. 이 일은 이미 지나간 과거이니 따지지 않는다 하더라도 이번 일만은 신하인 우리로서도 도저히 묵과할 수 없습니다. 실은 얼마 전 왕후께서 태후궁으로 문안인사를 드리러 갔다가 그곳에서 우연히 태숙 대 왕자를 만나 지난 일을 이야기하며 서로 인연이 닿지 않았음을 아쉬워했을 뿐인데, 악의를 품은 몇몇 궁인들이 당치도 않은 유언비어를 퍼뜨렸습니다. 우둔하고 어리석기 짝이 없는 주 양왕은 지난날 국왕께서 그 늙은이를 도와 정나라를 공격한 은혜와 그 동안 쌓아온 왕후와의 부부애도 생각지 않고, 그 소문이 거짓임을 뻔히 알면서 왕후를 차가운 감방에 수감하고 친동생인 태숙 대 왕자를 이리로 추방해 버렸으니 이런 배은망덕이 또 어디 있겠습니까? 바라옵건대 국왕께서 한 번 더 대군을 이끌고 낙양성을 공략하여 왕후를 구출하고 태숙 대 왕자를 왕위에 오르게 하여 빈 껍질뿐만이 아닌 진정한 두 부부가 백년해로를 할 수 있도록 도와주십시오.”

오쟁이를 진 것만 해도 분하고 원통한데 주 양왕은 또 역적의 입에 의해 배은망덕한 악한으로 몰렸으니 세상일이란 진실을 규명하기가 여간 어렵지 않음이 여기서도 증명되었다.

적나라의 국왕은 퇴숙과 도자의 일방적인 변론을 액면 그대로 받아들였을 뿐 아니라 태숙 대의 젊고 준수한 용모를 보자 사윗감으로 늙은 주 양왕보다 훨씬 낫다고 생각했다.

그리하여 적국 국왕은 천하무적이라 불리워 조금도 부끄러움 없는 대군을 이끌고 낙양성을 공격했다. 그 당시 전쟁이 발발하면 대개가 전차를 사용했다. 그러나 중국의 고대 전차는 두 필의 말이 끄는 사륜마차(四輪馬車)인지라 전투력은 강할지 모르나 마치 거북이가 움직이는 것처럼 기동성이 약했다. 적나라의 군대는 모두 기마를 타고 공격하기 때문에 날렵하기가 번개 같아 파죽지세로 일거에 낙양성 밖까지 진격했다.

보고를 받은 주 양왕은 낙양성이 함락되는 것은 시간문제임을 알고 신발을 찾아 신을 겨를도 없이 뒷문을 이용하여 도주했다. 낙양성을 탈출하는 데는 성공했지만 주위를 둘러보니 부근 일대의 제후국, 즉 진국(晉國), 채국(蔡國), 위국(衛國) 등은 하나같이 군사력이 허약하여 적국의 군대가 추격해 오면 살아날 길이 없으며, 오직 정나라만이 그런대로 필적할 수 있었다. 그러나 불과 1년 전에 적나라의 군대를 요청하여 정나라의 수도를 폐허로 만들어 버렸는데 지금 형세가 바뀌었다고 해서 그곳으로 망명하자니 체면이 말이 아니었다. 또한 정나라 문공이 순순히 받아들일지도 문제였다.

심사숙고한 끝에 체면이 손상되는 것보다 목숨을 부지하는 게 더 우선인지라 용단을 내려 정나라를 선택했다.

정나라 문공은 이 기회를 빌려 불편해진 관계를 만회하기 위해 친히 범성까지 나가 주 양왕을 맞이했다. 이로 인해 두 사람의 서먹서먹하던 관계가 봄눈 녹듯 사라지고 지난날보다 더욱 친분이 두터워졌다.

문무백관과 백성들의 열렬한 환영을 받으며 정나라의 수도에 입성한 주나라 양왕은 친필로 작성한 전문을 각 봉국의 제후들에게 보내어 도움을 요청했다.

한편 왕후의 정부 태숙 대는 낙양성에 진입하기 무섭게 곧장 감금되어 있는 적숙외를 석방하고 그간의 그리움을 표시했다. 이 무렵 태후는 그렇지 않아도 병환이 우중하여 거동조차 하기 어려운 상태였는데 자식들의 내분으로 심한 충격까지 받아 유언 한 마디 제대로 남기지 못하고 숨을 거두었다.

태숙 대는 태후의 유언에 따라 자신이 주나라 제21대 국왕에 취임했음을 선포하고 적숙외를 왕후로 맞이했다.

그러나 낙양의 분위기는 그들이 살기에 적합하지 않았다. 아무리 주나라 양왕이 무능했다 하더라도 왕위를 찬탈하고 형수까지 빼앗아 마누라로 만든, 중국 전통의 윤리도덕에 어긋난 행위는 귀족뿐 아니라 백성들까지도 용납하려 하지 않았다. 그리하여 태숙 대는 수도를 낙양에서 황하 이북에 위치한 온성(溫城, 河南省 溫縣)으로 옮겼다.

온성은 그의 근거지인지라 여기라면 마르고 닳도록 국왕 노릇을 해먹을 수 있다고 판단했기 때문이다. 그러나 이렇게 중차대한 시기에 또 하나 오판을 했는데 그것은 천하가 안정되었다고 생각하고 적나라의 군대를 철수시킨 점이다.

태숙 대가 적숙외와 마치 물고기가 물을 만난 듯이 밤낮없이 침실에 처박혀 서로가 서로의 육체만 탐닉하고 있을 때 봉국의 군대도 서서히 집결하기 시작했다.

이때 진(晉)나라 문공(文公)이 진(秦)나라 목공(穆公)보다 한 발 앞서 주 양왕을 앞세우고 태숙 대와 난신적자(亂臣賊子) 숙외(叔隗)를 처단하기에 이른다.

"저 오랑캐 계집은 음탕하기 짝이 없어서 시동생과 통정했다. 저 계집의 옷을 벗겨서 매달아라."

이는 곧 주 무왕(武王)이 달기에게 내린 벌로 활을 세 번 쏘고 현월(玄鉞, 검은 칼)로 목을 잘라 소백기(小白旗)에 매달듯이 온갖 군사들이 달려들어 적숙외의 옷을 벗기고 활을 쏘아 벌집을 만든 다음 검은 도끼로 목을 자르고 그 수급을 성루에 매달아 후일의 경계로 삼았다.

이에 진나라 문공은 명성을 떨치고 장차 패자(霸者)의 기틀을 마련하게 된다.

대붕(大鵬)의 애첩,
허희(許姬)

춘추시대 초(楚)나라는 호북(湖北)과 호남(湖南), 안휘(安徽) 등 여러 성을 차지하고 있었다. 즉 양자강 유역의 거의 전부를 차지하여 막대한 세력을 떨쳤다. 도성은 지금의 호북성 강릉현(江陵縣) 근처에 있었는데, 그때는 영(郢)이라 불렸다.

당시 초나라는 야만인의 나라라 하여 중원에서 열리는 제후회의에도 참석하지 못했다. 그러나 호걸 임금 장왕(莊王)이 군위에 오르자 세력이 걷잡을 수 없이 커졌다.

초나라 장왕은 군위에 오르자 정사를 전혀 돌보지 않고 사냥놀이와 주색잡기에 빠져 지내느라 3년 동안 한 번도 정사를 논하지 않았고, 조정(朝廷)에도 나오지 않았다. 점차 초나라 조정은 어지러워지고 뜻있는 대신들은 혀를 찼다.

"왕께서 정사를 돌보지 않으니 장차 이 나라의 운명이 걱정이구려."

대신들이 초 장왕에게 조정에 나올 것을 날마다 상주하였다. 이에 장왕은 일일이 물리치기가 귀찮아 아예 조문(朝門)에 표찰을 써서 걸어두었다.

"앞으로 과인에게 상주하는 자는 그 자리에서 가차없이 목을 칠 것이다."

이때부터 초 장왕에게 간(諫)하는 대신들의 발길이 뚝 끊어졌다. 장왕은 이제야 살판이 났다고 오히려 더 밤낮으로 사냥놀이에 몰두했고, 미인들에 둘러싸여 잔치를 벌이고 풍악을 즐겼다.

그러던 어느 날 오거(伍擧)라는 사람이 술판에 나타났다. 초 장왕은 왼쪽에는 진(秦)나라에서 맞아온 후궁을 안고, 오른쪽에는 월(越)나라에서 데려온 후궁을 안고, 술에 취한 채 희희낙락하고 있었다.

"경은 어찌하여 들어왔는가? 조문에 걸린 글귀를 보지 못했는가?"

장왕이 게슴츠레한 눈으로 오거를 쏘아봤다.

"보았사옵니다."

"그렇다면 직간하러 온 것은 아닐 테고, 허면 술을 마시러 왔는가?"

"신은 술을 마시거나 직간하러 온 것이 아니라 시중에 떠도는 수수께끼를 들려드리려고 왔는데, 알아맞혀 보시겠습니까?"

"수수께끼라, 그것 참 재미있겠구나!"

오거는 부드러운 미소를 지으며 차분하게 말을 이어갔다.

"어느 날, 오색영롱한 큰 새 한 마리가 초나라 언덕에 날아와 높이 앉아 있었습니다. 그런데 그 새는 3년이 지나도록 날지도 않고 울지도 않으며 세상을 둘러보지도 않은 채 그저 앉아만 있습니다. 대왕께서는 그 새의 이름이 무엇인지 아시겠습니까?"

장왕은 허허 웃다가 술 한 모금으로 입술을 축였다.

"3년이나 앉아 있었단 말이지. 그 새의 이름은 대붕(大鵬)이다. 3년을 날지 않았으니 언젠가 한 번 날개를 펴서 날면 하늘을 찌를 듯이 높이 솟아오를 것이고, 3년을 울지 않았으니 한 번 울음을 토하면 반드시 세상을 놀라게 할 것이다. 경은 돌아가서 때를 기다려라."

장왕은 자신을 두고 하는 말임을 알면서도 못 알아들은 척 여전히 술타령만 하고 있었다. 이번에는 대부 소종(蘇從)이 죽기를 작정하고 나섰다. 수수께끼 같은 간접화법이 아니라 정면으로 들이댈 심산이었다.

"그대는 문 밖에 내걸린 표찰을 보았겠지?"

장왕은 성난 빛을 띠며 무거운 목소리로 말했다.

"보다뿐입니까? 그까짓 신이 죽더라도 대왕께서 바른 마음으로 돌아오시게만 된다면 기꺼이 죽겠습니다."

죽음도 두려워하지 않고 소종이 왕의 잘못을 지적하자 장왕이 벌떡 일어나 칼을 뽑았다.

"좋다."

거기에 있던 모든 사람들은 이제 대부 소종의 목이 달아나는 구나 하고 가슴이 섬뜩했다. 그러나 칼은 한 번 번쩍이는가 싶더니, 즐겨 놀이삼던 종과 북을 달아맨 끈을 끊어버리고 칼집으로 들어갔다.

왕은 그 길로 천천히 정당(政堂)으로 나아가 정무를 보기 시작했다. 오거와 소종을 그날로 등용시켜 나라 정사를 맡기고, 수백 명의 간신배들을 벌하고, 전국에 있는 현자 수백 명을 도성으로 불러들여 임무를 맡겼다.

장왕이 3년 동안 놀자판 먹자판을 벌인 것은 신하들의 올바름과 주변의 상황을 엿보기 위한 연극이었던 것이다. 이제 초나라는 인재들을 적재적소에 등용함으로써 나라의 기틀, 초석(礎石)을 다지고 중원에서 가장 강성한 나라가 되고자 했다.

초나라는 주(周)나라의 육혼(陸渾) 땅을 정벌하고 주위의 작은 부족들을 차례로 굴복시켜 속국으로 삼았다.

국경이 안정되고 나라가 태평성대를 이루자 하루는 성대한 잔치를 베풀었다. 산해진미가 차려지고 악사들이 흥겨운 음악을 연주했다. 시간이 흐를수록 주연은 화기애애해져 갔다. 초장왕을 비롯하여 많은 대신들이 유쾌하게 술에 취했다. 낮부터 시작한 주연은 어둠이 깔린 뒤에도 계속 이어졌다.

장왕 후원의 누각은 오색의 화등(花燈)을 밝혀 분위기가 한껏 고조되고 있었다.

"허희(許姬)는 들어라. 여기 있는 대신들은 우리 초나라의 대들보, 동량지재(棟梁之材, 한 집안이나 한 나라의 기둥이 될 만한 인물)들이다. 모두 한결같이 소중한 분들이다. 과인을 대신하여 친히 술을 따라 과인의 고마움을 전하라!"

장왕이 총애하는 후궁 허희에게 영을 내렸다. 허희는 허나라에서 시집을 온 장왕의 젊은 부인이었다. 미색이 뛰어날 뿐만 아니라 자태가 유난히 고왔다.

허희가 아름다운 목소리로 대답하고 가냘프고 고운 손, 섬섬옥수(纖纖玉手)로 대신들에게 술을 따르기 시작했다. 주연의 오른쪽에는 대부들이, 왼쪽에는 장군들이 앉아서 술을 마시고 있었다. 허희는 먼저 대부들에게 차례로 술을 따른 다음, 왼쪽으로 돌아가서 장군들에게 술을 따르고 있었다.

'휘익!'

그때 한 줄기 바람이 불더니 누각의 화등이 일시에 꺼져버렸다. 대신들과 장수들이 놀라서 웅성거릴 즈음, 술을 따르던 허희도 당황하여 어찌할 바를 몰랐다. 그때 한 장수의 억센 손이 허희의 허리를 덥석 끌어안더니 가슴을 움켜쥐고 번개처럼 입술을 덮쳤다.

"이 방자한 놈이!"

허희는 장수의 품에서 간신히 빠져나오면서 그 장수가 쓰고 있던 관(冠) 끈을 떼어냈다. 그리고 초 장왕에게 급히 돌아가서 고해 바쳤다.

"첩이 대왕의 명으로 술을 따르는데 한 장수가 첩에게 무례한 짓을 했습니다. 첩이 그 자의 관끈을 떼어왔으니 대왕께서는 불이 켜지면 그 자를 색출하여 처벌해 주십시오."

장왕은 허희의 말을 듣고 급히 영을 내렸다.

"불을 켜지 마라. 과인이 태평연(太平宴)을 베푼 것은 군신(君臣)들이 함께 마음껏 즐기기 위함이다. 경들은 답답한 관부터 벗고 술을 마시되 모두 관끈을 떼어내라. 관끈을 떼지 않은 자는 과인과 이 자리에서 즐기는 것을 싫어하는 자일 것이다."

장왕의 영에 대신들은 일제히 관끈을 떼어냈다.

후에 사람들은 관을 벗어놓고 마시는 술의 모임을 '절영회(絕瓔會)'라 불렀고, 그러한 장소에서는 사소한 잘못이 있어도 탓하지 않았다.

어둠속에서 잡아끈 손은 취중의 행동인 것을
여인은 섬섬옥수로 바람처럼 관 끈을 끊었도다.
군왕의 도량이 바다처럼 깊다 하리오.
물이 맑으면 고기가 살 수 없기에.

그 후 세월이 흘러 초나라가 정나라와 싸울 때의 일이다. 항상 선봉에 서서 용감하게 싸우는 장수가 있었다. 그는 가는 곳마다 죽기를 각오하고 정나라 군을 진격하여 대승을 거두었다. 초 장왕이 뒤늦게 와서 그 장수에게 푸짐한 상을 내리고자 하였다.

"신은 이미 대왕께 하해와 같은 은혜를 입었습니다. 그 은혜에 보답하고자 신명을 바쳐 싸운 것이니 대왕께서는 따로 상을 내리실 필요가 없으십니다. 지난날 태평연을 베풀었을 때 저는 그만 술에 취한 나머지 대왕께서 총애하시는 허희(許姬)를 희롱한 바가 있습니다. 그때 대왕께서는 신을 벌하지 않으셨습니다. 당시에 신은 죽은 목숨이었으나 대왕께서 너그러운 마음으로 살려주셨으니 이보다 더 큰 은혜가 어디 있겠습니까?"

그 장수의 말에 주위에 있던 장수들이 모두 놀랐다.

초 장왕도 감탄을 금할 수 없었다.

양기를 빨아들이는
하희(夏姫)

초나라 장왕이 손숙오(孫叔敖)를 영윤으로 임명하여 중원의 패자가 되었을 때, 진(陳)나라에서는 '하희(夏姫)'라는 전대미문의 요녀가 살고 있었다. 그녀는 정(鄭)나라 목공(穆公)의 딸이었는데 진나라의 대부 하어숙(夏御叔)에게 시집을 왔다.

하어숙은 선대에 공을 세워 주림(株林)이라는 땅을 식읍으로 받아서 살고 있는 진나라의 대부호였다. 그는 하희가 미인이라는 말을 듣고 정나라에 막대한 뇌물을 뿌려서 그녀를 아내로 맞이했다.

'천금이 아깝지 않은 여인이로다.'

신방을 치른 하어숙은 젊은 아내 하희에게 정신없이 빠져들었다. 우아한 눈썹이며 가을의 맑은 물 추수처럼 깊은 눈, 오뚝한 콧날……. 뺨은 복숭아꽃처럼 붉고 입술이 도톰하여 색정적이었다. 살결은 오얏꽃처럼 희고 탱탱한 탄력을 갖고 있었다.

사람들은 하희를 보고 그 아름답고 기이한 미모에 넋을 잃었다. 한 번 눈웃음을 치면 열 사람이 넋을 잃고, 두 번 눈웃음을 치면 백 사람이 밤잠을 못 이뤄 상사병을 앓는다는 소문이 파다하게 나돌았다.

하희가 하어숙에게 시집오기 전 정나라에서 살고 있을 때의 일이었다. 어릴 때부터 미모가 출중했던 하희는 15세가 되자 만개한 부용꽃처럼 아름다웠다.

어느 날 밤에 하희는 꿈을 꾸었는데 이목구비가 준수한 신인(神人)이 구름을 타고 그녀의 방에 나타났다.

"그대는 누구요?"

하희는 깜짝 놀라서 옷깃을 여미며 물었다.

"나는 하늘에서 내려온 신선이오."

신인이 신비스러운 미소를 지으며 대답했다.

"신선이 어찌하여 나에게 찾아왔소?"

"하하하! 내가 그대에게 하늘의 쾌락을 가르쳐주려고 하는데 그대는 배울 용의가 있는가? 그것을 배우면 영원히 늙지 않고 장생(長生)할 수 있노라."

"그대가 장생을 가르쳐주겠다는데 어찌 배우지 않으리오."

하희는 이름도 출신도 모르는 신인과 정을 통했다. 그는 하희에게 남자의 정기를 빨아들이는 놀라운 성교의 기술을 백일

동안 상세하게 가르쳐주었다. 남자의 양기를 흡수해서 음기를 강하게 하는 법이었다. 그리하여 성의 기교가 대단하게 된 그녀는 교접할 때마다 남자의 양기를 모조리 흡입하여 자기의 음기를 보충했다. 그래서 그녀는 나이를 먹을수록 오히려 더 젊어져 평생 세 번이나 왕후가 되었고, 일곱 번이나 제후의 부인이 되었다. 그렇지만 그녀와 교접한 남자들은 날로 쇠약해져 비실거리다가 얼마 살지 못하고 목숨을 잃었다.

하희는 타고난 색기를 갖고 있는데다가 신인에게 양생법을 배운 뒤에 더욱 음탕해졌다. 하희는 정목공의 서모(庶母)에게서 태어난 형, 사촌오빠 공자 만(蠻)을 유혹하여 교정했다. 결국 공자 만은 하희와 교정하면서 점점 몸이 말라가는 것이었다. 시간이 흐를수록 그는 피골이 상접하고 병자처럼 눈이 움푹 들어갔다. 공자 만은 3년 만에 젓가락처럼 바짝 말라서 죽으니 사람들이 하희가 정기를 빨아서 요사(夭死)했다고 수군거렸다.

어쨌든 하희는 진나라의 대부 하어숙의 아내가 되어 하징서(夏徵舒)를 낳았다. 그 아들이 바로 훗날 왕, 영공(靈公)을 죽인 장본인이다.

하어숙은 하희와 운우지정을 즐기기 위해 벼슬을 사직하고 봉읍인 주림으로 내려왔다. 아들 하징서는 공부를 시키기 위해 진나라 도읍에 남겨두었다. 하어숙과 하희는 주림으로 내려오자 밤낮없이 껴안고 뒹굴었는데 하어숙도 결국 하희에게 양기를 빼앗겨 말라 죽고 말았다.

하희는 하어숙이 죽자 더욱 노골적으로 사내들을 끌어들여 양기를 빼앗았다. 하희는 어느덧 40이 넘었으나 나이와 상관없이 젊은 여자들처럼 살결이 곱고 피부가 탱탱했다.

하어숙과 절친한 사람들 중에 진나라 대부 벼슬에 있는 공손령(孔孫寧)과 의행보(儀行父)라는 사람이 있었다. 유유상종(類類相從)한다는 말이 있듯이 이들 세 사람은 하어숙이 살아 있을 때부터 친구이면서 진나라의 유명한 간신들이기도 했다.

그 당시 진나라는 진공공(陳共公)의 아들 평국(平國)이 군위에 올라 나라를 다스리고 있었다. 그는 훗날 진영공(陳靈公)이라는 시호를 얻지만 나라를 제대로 다스리지 않고 간신들과 어울려 음탕한 짓만 되풀이했다. 그렇지 않아도 초나라와 중원의 강대국들 사이에 끼어 잦은 침략을 당하고 있던 진나라는 더욱 어지러워졌지만 그들은 별로 나라일에 개의치 않았다.

공손령은 하어숙이 죽자 천하의 요부인 하희에게 눈독을 들였다. 하어숙이 살아 있을 때 주림에 놀러갔다가 우연히 하희를 본 공손령은 그녀의 요염한 모습에 넋을 잃었다.

어느 날 공손령은 작심하고 하부(夏符, 하어숙)의 집에 가서 하희의 시녀 하화(荷華)에게 많은 뇌물을 주고 하희를 소개해 달라고 말했다.

하화는 하희에게 남자들을 공급하는 거간꾼 같은 시녀였다. 공손령으로부터 많은 뇌물을 받자 그녀는 즉시 공손령의 뜻을 하희에게 전했다. 하희는 천하의 음탕한 요부라 기다렸다는 듯이 공손령을 그녀의 방으로 끌어들여 운우지정을 즐겼다.

하룻밤에 몇 번이나 꿀맛 같은 하희의 속살을 접한 공손령은 새벽에 하희의 비단 속옷을 훔쳐 가지고 나왔다.

"마침내 나는 하희를 품에 안았네. 소문에 들던 대로 하희는 방중술이 절묘하기 짝이 없었네."

공손령은 하희의 속옷을 의행보에게 보여주며 자랑했다.

"그토록 뛰어난 여자이던가?"

의행보는 하희의 속옷을 보자 가슴이 벌렁거리고 오금이 저린듯, 눈이 뒤집히는 것 같았다.

"이를 말인가? 하희의 속살을 접하지 않으면 그 묘미를 알 수가 없느니……."

공손령이 낄낄대고 웃었다. 공손령의 자랑에 입맛만 다시고 있던 의행보는 이튿날 날이 밝기가 무섭게 주림으로 달려갔다. 그리고 하화를 은밀하게 만나 하희와 동침할 수 있도록 해 달라고 청했다.

"호호호! 우리 아씨께서는 아무나 만나주시지 않습니다."

주인이 천하의 요부니 시녀 또한 음란하기 짝이 없었다. 하화는 의행보에게 눈웃음을 치며 추파를 던졌다.

"내가 어떻게 하면 너의 주인과 동침할 수 있겠느냐?"

"나으리는 얼마나 방중술을 알고 있습니까?"

"나 또한 진나라에서 둘째라고 하면 서러워하는 난봉꾼이다. 힘은 장사요, 재주가 절묘하니 너의 주인은 반드시 만족할 것이다."

"그렇다면 제가 시험을 해 봐도 되겠습니까?"

"내가 바라는 바다."

의행보와 하화는 그 자리에서 옷을 벗고 동침했다. 과연 의행보는 절륜한 정력을 갖고 있었다. 하화는 만족하여 의행보의 뜻을 하희에게 전했다.

"의행보를 밤중에 내 방으로 들어오게 하라."

하희는 냉큼 좋다고 말했다. 하희는 전부터 의행보가 마음에 들었다. 의행보는 기골이 장대하고 코가 유난히 컸다. 그러나 여자의 몸으로 의행보에게 추파를 던질 수가 없어서 속으로 끙끙 앓고 있던 참이었다.

"하희가 절륜한 기교를 갖고 있다고 하니 나는 힘으로써 한 방에 제압해야지."

하화의 전갈을 받은 의행보는 우선 강장제를 잔뜩 복용하고 시간을 기다렸다.

서로가 의기투합한 천하의 난봉꾼과 색녀인 하희는 만나자마자 끌어안고 뱀처럼 뒤엉켜 떨어질 줄을 몰랐다. 천하의 음탕한 두 사람이 만났으니 그 정경이 가히 볼 만했다. 범이 포효하고 해일이 몰아치는 듯이 격렬하게 몰아치는데 피가 튀고 정액이 홍수를 이루었다. 의행보는 하희에게 잘 보이려고 갖은 기교를 다부려서 하희의 음욕을 채워주었다.

하희는 양기를 빨아들이는 여자였다. 수많은 남자들의 정액을 받아먹고 양기를 빼앗아 살결이 매끄럽고 속살이 피둥피둥 살이 쪄 있었다. 비록 나이가 들었으나 강장제까지 먹고 달려들어 온갖 해괴한 방법으로 노니는 의행보가 하희는 더할 수 없이 마음에 들었다.

두 사람의 음행은 희뿌옇게 날이 밝은 새벽이 되어서야 끝이

났다.

"공손령 대부는 임자에게 비단 속치마를 받아 갔더군. 내게도 뭔가 선물을 줘야 하지 않겠소?"

의행보가 하희에게 음침한 목소리로 속삭였다.

"호호호. 공대부의 비단 속옷은 첩이 선물한 것이 아니라 그가 훔쳐간 것입니다. 동침을 했어도 첩을 만족시킨 것은 당신뿐이에요."

"그럼 내게 무엇을 주겠소? 나는 그대를 충분히 만족시켰으니 신표로 무엇이든 줘야 하지 않겠소?"

"대부께는 첩의 속저고리를 드리지요."

하희는 그 자리에서 입고 있던 하늘색 속저고리를 벗어 의행보에게 입혀 주었다. 의행보는 크게 만족하여 하희를 다시 한번 더 끌어안았다.

의행보는 하희에게 속저고리를 얻어서 공손령에게 달려가서 침을 튀기며 한껏 자랑했다. 공손령은 의행보가 하희의 속저고리를 입고 있는 것을 보고 배알이 뒤틀려 주림으로 달려가 하희에게 만나줄 것을 청했으나 일언지하에 거절하며 문전박대했다.

"흥! 여자의 마음이 조석으로 변한다고 하더니 이제는 나를 거들떠보지도 않는다는 말이냐? 내 품에 안겨 웃던 때를 생각하라고 하라!"

공손령이 하화에게 내뱉었다. 하화가 하희에게 쪼르르 달려가서 공손령의 말을 전했다. 하희는 공손령의 말에 콧방귀도

꿰지 않았다.

"그러면 이렇게 전하여라. 대부가 절륜한 정력을 갖고 있다고 하기에 한 번 만나주었더니 문전옥답만 버려놓고 도리어 큰소리를 치는구나, 적반하장(賊反荷杖)도 유분수라고 하여라."

하희의 말을 전해들은 공손령은 부끄러워 얼굴을 제대로 들지 못했다.

'내가 어찌 너에게 하희를 넘겨주랴.'

공손령은 의행보와 하희가 계속 염문을 뿌리자 슬그머니 질투심이 발동하여 그들의 사이를 갈라놓기 위해 진영공(陳靈公)을 찾아갔다.

"대부가 어찌하여 과인을 찾아왔는고?"

진영공이 의아한 표정으로 물었다.

"주공께서는 어찌 지내시고 계시는지 궁금하여 왔사옵니다."

"임금이 정사를 보고 대신들과 나라 일이나 상의하지 무엇을 하겠는가?"

진영공이 퉁명스럽게 내뱉었다.

"그렇다면 즐거움이 별로 없으신 듯하옵니다."

"그렇다네. 임금 노릇이란 즐거움이 하나도 없다네. 대부가 과인을 찾아온 이유가 있을 텐데……."

"주공께 절색의 여인을 천거하려고 하옵니다."

공손령이 주위에 아무도 없는 틈을 타서 진영공에게 말했다.

"절색이란 누구를 말하는 것이냐?"

호색한인 진영공은 구미가 당겼다. 그는 공손령에게 바짝 무릎을 당겨 맞으며 눈알을 희번덕거렸다.

　"죽은 하어숙의 아내 하희이옵니다."

　공손령이 낮게 속삭였다.

　"과인도 하희가 절색이라는 소문을 들었지만 하희의 나이가 벌써 마흔이 넘지 않았는가? 여자가 마흔을 넘겼는데 무슨 묘미가 있을 것이며 어찌 어여쁜 빛을 다시 찾을 수 있겠는가?"

　진영공은 저으기 실망한 표정이었다.

　"그렇지 않사옵니다. 하희는 정기를 빨아들이는 방술을 익혀 살결이 매끄럽고 속살이 피둥피둥하여 어린 계집이나 다름이 없다고 합니다. 또한 남자와 교접하는 방법이 기묘해서 일단 교접을 하면 삭신이 녹아버린다고 하옵니다. 주공께서는 반드시 시험해 보십시오."

　"하희의 속살이 그토록 묘미가 있다는 말이냐? 그렇다면 그대는 과인을 위하여 중매를 주선하라."

　"하희는 주림에 살고 있습니다. 그 곳은 대나무 숲이 무성하여 풍치도 수려하옵니다. 내일 아침에 주공께서는 주림으로 산책을 나오십시오. 하희는 반드시 음식을 장만하여 주공을 영접할 것입니다."

　"과인은 경만 믿을 것이니라."

　진영공은 한시바삐 하희를 만나고 싶었으나 일단 공손령에게 맡기기로 했다. 공손령은 어전을 물러나오자 즉시 하희에게 통고했다.

　"호호호! 첩에게 주공을 모시라는 말씀이 아니오이까?"

하희는 이미 공손령의 속마음을 간파하고 있었다.

"내 말이 바로 그 말이오."

공손령은 따로 지시를 내릴 필요가 없었다. 이튿날 날이 밝자 진영공은 산책을 한다는 핑계로 약간의 수행원과 공손령을 데리고 하어숙의 주림으로 행차했다. 하어숙의 주림을 구경하는 것은 한낱 핑계에 지나지 않았다. 진영공은 대충대충 주림을 둘러본 뒤에 하희의 집으로 찾아갔다. 하희는 예복을 갖추고 시종들을 거느리고 거대한 장원의 일주문까지 나와 진영공을 영접했다.

"아녀자의 몸으로 외람되게 주공을 영접하는 것을 용서하시옵소서. 천첩의 지아비는 죽고 자식 징서는 공부를 하느라고 집에 없어서 부득이 아녀자의 몸으로 영접하나이다."

하희가 날아갈 듯이 절을 올리며 말했다.

진영공은 하희를 유심히 살폈다. 듣던 대로 하희의 미모는 절륜했다. 요염한 기운은 두 눈에 촉촉히 젖어 있었고, 탐스럽게 솟아오른 가슴과 버들가지처럼 하늘거리는 허리, 살랑대는 둔부는 농염해서 가히 세상 밖의 여자라 할 만했다.

진영공은 자신도 모르게 마른침을 꿀꺽 삼켰다.

"과인이 잠시 산책을 나왔다가 들른 것이니 주인은 괴이하게 생각지 마라, 과인은 집만 둘러보고 돌아가리라."

진영공은 제 발이 저려 멋쩍은 표정으로 말하자, 하희가 고운 아미를 살짝 접고 재빨리 대답했다.

"주공께서 하림하시었는데 어찌 그냥 가시려고 하시나이까? 이는 우리 주림을 업신여기는 것이라 예가 아닙니다. 첩이 약소한 안주와 술상을 마련하였으니 목이라도 축이고 돌아가십시오."

하희가 은밀하게 눈웃음을 치며 수작을 걸었다.

"벌써 음식을 장만했다고 하니 이를 거절하는 것도 무정한 일이 될 법하구나. 허나 번잡하게 예를 차릴 것은 없다. 과인이 들으니 이 집 후원의 정취가 그윽하고 풍경이 아름답다고 하니 후원도 관상할 겸 그리로 안내하라."

진영공과 하희는 손발이 척척 들어맞았다.

"첩이 어찌 주공의 영을 거역하겠사옵니까? 하오나 남편이 죽은 뒤로 청소를 하지 않아 누추하오니 주공께서는 미리 양해하시기 바랍니다."

하희가 은근한 목소리로 대답했다. 진영공은 하희의 모습이 더욱 아름다웠다.

"격식 차릴 것 없다. 주인은 복장을 간소하게 하고 과인을 안내하라."

"황공하옵니다. 잠시만 지체하여 주시옵소서."

하희는 생긋이 미소를 지은 뒤에 안으로 들어가 평복으로 갈아입고 나왔다. 진영공이 다시 보니 살결이 은은하게 내비치는 얇은 비단옷이었다. 그녀의 아름답고 요염한 자태는 휘영청 밝은 달 아래 핀 배꽃이요, 소복히 눈 싸인 가운데 핀 설중매, 매화였다. 진영공이 바라보고 있노라니 눈이 부시고 황홀했다.

하희는 진영공을 주림의 깊숙한 후원에 있는 누각으로 안내했다. 그곳은 이름에 걸맞게 기암괴석이 즐비하고 기화요초가 만발해 있었다. 소나무와 잣나무가 늘어선 오솔길을 따라 안으로 들어가자 연못이 있고, 연못 안의 작은 섬에는 팔각형의 정자가 세워져 있었는데 행각의 끝에는 아늑한 방까지 딸려 있었다.

진영공이 후원을 한 바퀴 돌아 정자에 이르자 이미 주안상이 차려져 있었다. 진영공은 북쪽 상석에 앉고 공손령은 오른쪽에 앉았다. 하희는 술병을 들고 다소곳이 서 있었다.

"주인이 서 있는 법도가 어디 있는가? 이는 손님을 맞는 예의가 아니니 주인은 과인의 옆에 앉으라."

진영공은 하희를 옆에 앉히고 싶었다.

"천첩이 어찌 감히 주공의 옆에 맞으오리까? 첩은 시중을 드는 것만으로도 무한한 영광입니다."

하희가 사양하는 시늉을 했다.

"주인이 어찌 과인의 옆에 앉지 못하리. 사양하지 말고 이쪽에 앉으라."

진영공은 한사코 사양하는 하희를 억지로 옆에 앉혔다.

"오늘은 군신간에 번잡한 예의를 차리지 말고 다만 유쾌하게 놀지어다."

이에 공손령과 하희도 진영공과 주거니받거니 술을 마셨다. 진영공은 술을 마시면서도 하희에게서 한시도 눈을 떼지 않았다. 하희 또한 진영공에게 은밀히 추파를 보내는 것을 잊지 않았다. 진영공은 취기가 오를수록 끓어오르는 욕정을 참을 수가 없었다. 공손령은 옆에서 진영공의 비위를 맞추었다. 그러는 동안 서서히 해가 기울고 밤이 왔다. 하희는 자리를 옮겨 후원의 별채에 새로 술상을 차렸다. 진영공은 자리를 바꾼 지 얼마 되지 않아 술에 취해 쓰러져 잠이 들었다.

"주공께서는 그대와 동락코자 찾아온 것이니, 그대는 주공을 모시는 데 소홀함이 없도록 하시오."

공손령이 하희에게 말하고 자신은 휘적휘적 집으로 돌아갔다. 하희는 미소로 답하고 정자에 비단 이불을 내보냈다. 그리고 자신은 향탕(香湯)에 들어가서 목욕을 하고 정성스럽게 단장했다. 별채에서는 하화가 진영공을 모시고 있었다.

"그대는 누구뇨?"

진영공은 잠이 깨자 하화에게 물었다.

"천비(賤婢)는 하화라고 부르옵니다."

하화는 다소곳이 대답을 하고는 술이 깨고 강장에 효과가 있다는 매탕을 바쳤다.

"이 매탕의 맛이 참으로 희한하다. 누가 만들었느냐?"

진영공은 매탕을 마시고 나서 하화에게 물었다. 진영공이 매탕을 마시자 머릿속이 상쾌해지면서 기운이 솟는 것 같았다.

"천비가 만들었사옵니다."

"네가 매탕을 만들 줄 아는 것을 보니 중매도 할 줄 알겠구나. 과인을 위하여 중매를 하는 것이 어떠냐?"

"천비가 어찌 주공의 영을 거역하오리까? 주공은 어느 여인에게 마음이 있으시옵니까?"

하화가 은근슬쩍 변죽을 놓았다.

"과인은 이 집 주인에게 마음이 있다."

"이 집 주인은 과부인지라 주공을 모시기에는 합당치 않사옵니다. 하오나 주공께서 굳이 뜻이 있으시다면 천비가 내실로 안내하겠사옵니다."

진영공은 하화의 말을 듣고 뛸 듯이 기뻐했다. 하화는 청사 초롱을 밝혀 들고 진영공을 안내하여 내실에 이르렀다. 하희는 내실의 불을 밝히고 다소곳이 앉아 있었다. 밖에서 가까이 오는 발소리를 듣고 일어서는데 문이 열리면서 벌써 진영공이 방 안으로 들어서고 있었다. 진영공은 하희를 쳐다보았다. 하희는 속살이 훤히 내비치는 간단한 비단 적삼만 걸치고 있었는데 일렁거리는 촛불에 여자의 희고 보드라운 속살이 굴곡진 대로 은은하게 내비치고 있었다.

"어서 납시옵소서."

진영공을 보자 하희가 눈웃음을 쳤다.

"오, 그대는 정녕 하늘의 선녀로다."

진영공은 다짜고짜 하희를 번쩍 안아서 침상에 눕히고 방사를 즐겼다. 듣던 대로 하희는 천하에 짝을 찾기 어려운 우물(尤物)이었다. 진영공은 하희와 늦은 아침이 올 때까지 운우지락(雲雨之樂)의 정을 즐겼다.

"과인이 많은 여자를 접했으나 그대처럼 뛰어난 여인은 처음이오."

진영공은 만족하여 하희에게 말했다.

"첩은 일찍이 신선에게 양생법을 배웠습니다. 해산을 하더라도 사흘이면 처녀와 다름없이 되옵니다."

하희가 진영공의 품속으로 파고들며 말했다.

"나도 그 이야기를 들었소. 그대는 내게 선물을 하나 줄 수 없겠소?"

진영공은 하희로부터 속옷을 선물받고 싶었다.

"선물이라니요?"

"내게도 그대의 정표를 주시오."

하희는 그제야 진영공이 속옷을 달라는 것을 알아차렸다.

'공손령과 의행보가 자랑을 한 것이 틀림없어.'

하희는 속으로 혀를 찼다. 그러나 상대는 이 나라의 임금이었다.

"천첩이 무엇을 숨기겠사옵니까? 천첩은 팔자가 부박하여 상부(喪夫)한 뒤에 제 일신을 단속하지 못하고 외간 남자에게 실절(失節)을 하였습니다. 주공께서는 너그러이 용서하십시오."

"이는 과인이 그대를 탓하고자 하는 것이 아니오."

"천첩은 공손령과 의행보, 두 대부와 동침을 한 적이 있습니다. 이제 주공을 모신 몸이오니 다시는 그들을 가까이 하지 않겠사옵니다."

"하하하! 좋소."

진영공은 만족하여 웃었다.

하희는 속적삼을 벗어서 친히 진영공에게 입혀 주었다. 진영공은 해가 높이 솟을 무렵 대궐로 돌아갔다. 그날 아침 백관들이 조례를 드리고 돌아갈 때 진영공은 공손령과 의행보를 남게 했다.

"그대들은 하희와 신선처럼 지냈구려. 그처럼 즐거운 일을 왜 진작 과인에게는 알리지 않았소?"

진영공이 미소를 머금고 물었다.

"신들은 그런 일이 없사옵니다."

공손령과 의행보는 깜짝 놀라서 부인했다.

"시치미 뗄 것 없소. 하희가 과인에게 다 실토했는데 새삼스럽게 부인하는 것은 뭐요?"

"임금의 음식은 신하가 먼저 맛을 보며 아버지의 음식은 아들이 먼저 맛을 보옵니다. 맛이 나쁘면 감히 권할 수가 없는 것이옵니다."

공손령과 의행보는 재빨리 변명했다.

"그래서 그대들이 하희를 먼저 시식한 것이오?"

"황공하옵니다."

공손령과 의행보는 얼굴을 들지 못했다.

"그대들은 하희와 동침을 했어도 정표를 받지는 못했으리라."

진영공은 웃으며 하희가 입혀 주었던 속적삼을 살짝 보여 주며 자랑을 했다.

진영공이 꺼낸 하희의 속적삼을 본 공손령과 의행보는 아연 실색하지 않을 수 없었다. 임금과 두 신하가 한 여인과 동침을 했으니 기가 막힌 일이었다.

그러나 자신들도 하희의 속옷을 갖고 있다는 말을 하기가 민망하여 고개를 떨구고 앉아 있었다. 진영공은 공손령과 의행보가 잠자코 있는 것을 보고 더욱 기고만장하여 곤룡포를 벗고는 속적삼을 보여 주었다. 남자가 여인네의 적삼을 입고 있는 꼴은 해괴하면서도 우습기 짝이 없었다. 공손령과 의행보는 서로 곁눈질을 하면서 억지로 웃음을 참았다.

"어떤가? 하희의 속적삼이 참으로 보드랍지 않은가? 나는 이 속적삼을 입고 있으면 마치 하희를 안고 있는 듯한 기분이 든단 말이야. 여자들 적삼이 이렇게 좋은 것인지 몰랐네."

진영공은 아예 곤룡포를 벗어 던지고 하희의 속적삼을 입은 채 술을 마시기 시작했다. 공손령과 의행보도 시간이 흐르자 대취했다. 이제는 서로 군신간이라는 것도 잊고 입이 근질거려 더 이상 참을 수가 없었다.

"신이 사실을 아뢰도 괜찮겠습니까?"

"무슨 말인가? 이 자리는 군신이 흉허물을 모두 털어놓는 자리니 개의치 마라."

"실은 신도 하희로부터 정표를 받았습니다."

공손령이 목소리를 낮추어 말했다. 진영공의 얼굴이 금세 찌푸려졌다.

"그대는 무엇을 받았는가?"

"신도 적삼을 받았사옵니다. 신만이 아니라 의행보도 받았사옵니다."

"의행보는 무엇을 정표로 받았는가?"

"신은 치마입니다."

"치마?"

진영공은 입을 딱 벌리고 놀란 표정을 짓다가 파안대소했다.

"하하하! 그리고 보니 우리 모두 하희의 서방일세."

"하희의 주인은 당연히 주공이십니다."

"그런데…… 시식은 자네들이 먼저 했지 않은가?"

"당치 않으신 말씀, 저희는 살짝 맛만 본 것에 지나지 않습니다."

진영공과 공손령, 의행보는 국가의 정사를 논하는 자리에서 웃고 떠들며 음담패설을 즐겼다. 처음에는 삼가고 조심하던 공손령과 의행보도 대놓고 음담패설을 하기 시작했다.

"신들은 사실을 말씀드리고 있사옵니다."

"이럴 게 아니라 날을 잡아 우리 셋이 모두 하희를 만나는 것이 어떻겠는가? 하희에게 네 몸뚱이의 주인을 고르라고 하면 되지 않겠는가?"

진영공의 말에 왁자하게 웃음이 터졌다. 그날 이후 진영공과 공손령, 의행보는 곧잘 하희의 집에 몰려가 술을 마시고 하희와 번갈아 동침했다.

진영공은 음탕한 인물이었다. 한 번 하희와 교정하면 떨어질 줄 몰랐다. 공손령과 의행보를 데리고 다니면서 오로지 음사에만 탐닉했다.

마침내 하희는 세 남자를 거느리게 되었다. 그들은 하희의 말이면 무엇이든지 복종했고 하희의 말을 무엇이든지 들어주었다. 하희는 세 남자를 거느리고 살아 춘추시대 가장 음탕한 여인으로 기록에 남는다.

진영공이 하희에게 빠져 정사를 돌보지 않고 음사를 즐기고 있는 동안에도 세월은 유수같이 흐르고 있었다.

하희의 아들 하징서는 자라면서 차차 사람들이 수군대는 어머니의 음행을 듣게 되었다.

진나라 백성들은 모두 뒤에서 하징서를 손가락질하고 비난을 일삼았다. 하징서는 그런 말을 들을 때마다 가슴이 찢어지는 것처럼 아팠으나 이를 악물고 무예만 열심히 익혔다. 어머니 하희와 진영공의 음행을 생각하면 살이 떨리고 머리끝이 곧추섰으나 상대가 임금이었기 때문에 어쩔 수가 없었다.

"천하의 음탕한 것들, 내가 너희들을 반드시 단칼에 쳐죽일 것이다."

하징서는 성장하여 어느새 18세가 되었다. 그는 명실상부한 아버지 하어숙과는 달리 기골이 장대했고 활을 잘 쏘았다. 하희는 하징서가 성년이 되자 진영공에게 관직에 임명해 줄 것을 청했다. 진영공은 하희에게 잘 보이기 위해 18세밖에 되지 않는 하징서를 사마(司馬)의 벼슬에 임명했다. 사마는 군권을 총괄하는 벼슬이었다.

하징서는 도읍에 돌아오자 장수들과 군사들을 일제히 소집하고 군율을 엄격하게 시행했다. 그가 소집령을 내렸는데도 어슬렁거리고 늦게 나타난 장수는 군령으로 목을 베어 죽이고 군사 하나는 매질을 했다. 음탕한 하희의 아들이기 때문에 위인이 변변치 않으리라고 생각했던 진나라의 장수들은 정신이 번쩍 들었다. 하징서는 사마에 임명된 지 사흘 만에 진나라의 장수들을 완전히 장악하여 명령 한마디에 일사분란하게 움직이게 만들었다.

"주공께서 신의 집으로 행차해 주시기를 청하옵니다. 삼가 박주와 소찬을 차려 정사에 바쁜 주공을 위로할까 하옵니다."

하루는 하징서가 조당으로 들어와 진영공을 정중하게 초대했다.

진영공은 기꺼이 하징서의 초대에 응했다. 공손령과 의행보도 진영공을 수행하여 주림으로 갔다. 하희의 세 서방이 모두 모인 꼴이었다.

주연은 화기애애한 가운데 점차 무르익어 갔다. 아들이 주인의 입장에서 진영공을 모시는 술자리라 하희는 참석하지 않았다. 하징서는 진영공에게 공손히 술을 따라 올리곤 했다. 진영공은 한 잔 두 잔 마시면서 취기가 오르기 시작했다. 공손령과 의행보도 거나하게 취했다. 그들은 술이 취하자 평소처럼 거리낌없이 음담패설을 주고받기 시작했다. 하녀들을 껴안고 춤을 추는가 하면 노래를 부르고 한바탕 법석을 떨어대더니 다시 자리에 앉아 술을 마시기 시작했다.

하징서는 그들이 음담패설을 나누기 시작하자 슬며시 밖으로 나와 몸을 피했다. 그리고는 문 밖에서 안의 동정에 귀를 기울였다.

"징서가 저토록 장대하니 대체 누구를 닮은 것인가?"

진영공이 거나하게 취해 두 대부에게 혀 꼬부라진 목소리로 물었다.

"글쎄옳습니다. 아비인 하어숙을 닮은 것이 아니겠습니까?"

의행보가 고개를 갸우뚱하면서 대답했다.

"하어숙이 어디 저렇게 기골이 장대했나?"

"그렇다고 하부인(夏婦人)을 닮은 것도 아닙니다."

"흐흐흐. 징서가 큰 것을 보면 아무래도 자네를 닮은 것 같아. 혹시 자네가 징서의 아비가 아닌가?"

진영공이 의행보를 가리키며 웃음을 터뜨렸다.

"당치 않으신 말씀입니다. 징서의 눈은 주공을 닮았습니다. 징서를 만든 것은 주공이십니다."

의행보가 황급히 반박하는 소리가 들려왔다.

"예끼."

방 안에서 와자한 웃음소리가 터졌다. 밖에서 엿듣고 있던 하징서는 얼굴이 화끈거렸다.

"주공이나 의행보는 징서처럼 큰 자식을 둘 만한 나이가 못 됩니다. 하징서는 분명히 잡종일 것입니다."

"그렇다면 하부인에게 물어보아야 누구의 자식인지 알겠군, 그렇지 않은가? 하하하!"

"하부인은 상대한 남자가 너무 많아서 누가 징서의 진짜 아비인지 모를 것입니다."

공손령이 말했다. 공손령의 말에 진영공과 의행보는 박장대소하며 즐거워했다.

'죽일 놈들!'

하징서는 피가 역류하는 듯한 기분이 들었다. 그는 슬그머니 집을 빠져나와 군사를 주림으로 소집했다. 그가 군령을 내리자마자 순식간에 군사들이 주림으로 빽빽하게 모여들었다.

"잘 들어라! 나는 이제 천하에서 가장 추악한 임금을 제거할 것이다! 너희들은 우리집을 철통같이 에워싸고 개미 새끼 한 마리 빠져나가지 못하도록 하라!"

하징서는 눈을 부릅뜨고 외쳤다. 하징서의 눈에서 무시무시한 살기가 번들거렸다.

"예!"

군사들이 일제히 대답하고 주림을 빽빽하게 에워쌌다. 하징서는 장사를 거느리고 집 안으로 들어가 어머니 하희가 있는 방의 문에 못질을 했다. 이어서 하징서는 진영공과 공손령, 의행보가 술을 마시는 중당(中堂)으로 쳐들어갔다.

"저 안에 있는 음물(淫物)들을 당장에 쳐죽여라!"

하징서가 영을 내리자 군사들이 우렁차게 대답하고 중당으로 뛰어들려고 했다. 그러자 중당을 지키던 진영공의 위사들이 일제히 앞을 가로막았다. 하징서의 군사들과 진영공의 위사들은 치열하게 싸웠다. 진영공의 위사들은 모두 무예가 뛰어난 인물들이었기 때문에 하징서는 쉽사리 안으로 들어갈 수가 없었다. 위사들과 군사들이 맹렬하게 싸우는 소리가 진영공이 술을 마시는 중당까지 들렸다.

"이게 무슨 소리냐?"

술에 취해 음담패설을 나누고 있던 진영공이 놀라서 물었다.

"징서가 우리를 죽이려고 장수들을 동원했습니다. 속히 피하셔야 하옵니다."

공손령이 밖을 내다보고는 돌아와서 진영공에게 아뢰었다. 공손령의 얼굴이 하얗게 변해 있었다.

"이, 이런 변이 있나?"

진영공은 술이 확 깨는 기분이었다. 그는 경악하여 술자리에서 일어나 허겁지겁 뒷문으로 달아나기 시작했다. 그는 하희에게 도움을 청하려고 내실로 달려갔다. 그러나 하희가 거처하는 내실은 문에 못질이 되어 있었다. 진영공은 비틀거리며 맨발로 후원으로 달려갔다. 하징서는 그제야 진영공의 위사들을 물리치고 달려오다가 진영공이 후원으로 달아나는 것을 보고 뒤쫓았다. 하징서는 얼마 지나지 않아 진영공이 허둥지둥 마구간으로 달음질치는 것을 따라잡을 수 있었다.

"더러운 임금아, 네가 달아나봤자 어디까지 갈 수 있을 것 같으냐?"

하징서는 크게 외치고 활을 쏘았다. 화살은 날카로운 파공성을 일으키며 날아가 진영공의 머리 위를 지나갔다. 진영공은 혼비백산하여 마구간으로 뛰어들어갔다. 그러나 말들이 놀라서 뒷발질을 하는 바람에 겁이 나서 다시 뛰어나왔다.

"앗!"

그때 한 줄기 바람처럼 화살이 날아왔다. 진영공은 크게 놀라 몸을 피하려고 했으나 이미 늦었다.

"헉!"

화살이 그의 가슴 깊숙이 박혔다. 하징서가 달려와 쏜 화살이었다. 진영공은 눈을 부릅뜨고 부들부들 떨다가 꼬꾸라져 죽었다. 하징서가 달려와서 보니 화살이 꽂힌 진영공의 가슴에서 피가 콸콸 흘러내리고 있었다. 마구간 앞이 피로 벌창을 이루었다.

"개 같은 놈!"

하징서는 진영공의 시체를 발로 차서 마구간으로 밀어넣었다.

'임금을 죽였으니 이제는 뒷처리를 해야 한다.'

하징서는 전신이 팽팽하게 긴장되는 것을 느꼈다. 하징서는 즉시 중당으로 나왔다. 군사들은 창검을 움켜쥐고 삼엄하게 도열해 있었다. 너희들은 주림에서 있었던 일을 누구에게도 발설하지 마라! 알겠느냐?"

하징서가 살기 넘치는 눈빛으로 군사들을 노려보며 외쳤다.

"예!"

군사들이 일제히 대답했다.

"너희들은 나를 따르라!"

하징서는 군사를 이끌고 도읍으로 돌아와 진영공이 괴질로 급사했다고 발표했다. 이에 진나라는 발칵 뒤집혔다. 진영공의 시신이 어디 있는지 몰라 우왕좌왕했다. 하징서는 군사들로 대궐을 에워싸게 했다. 그러는 동안 진영공이 주림에서 하징서에게 시해되었다는 말이 은밀하게 나돌았다. 그러나 병권을 장악하고 있는 하징서의 위세에 눌려 대부들은 입을 꾹 다물었다.

하징서는 태자 오(午)를 군위에 앉혔다. 그가 진성공(陳成公)이었다.

한편 공손령과 의행보는 하징서가 진영공을 쫓는 틈을 타서 뒷문을 통해 초나라로 달아났다. 하징서가 진나라를 샅샅이 뒤져 공손령과 의행보를 찾으려고 했으나 소용이 없었다. 공손령과 의행보는 죽을 둥 살 둥 초나라에 이르자 장왕을 찾아가 애원했다.

"역신 하징서가 반란을 일으켜 우리 임금을 시해했습니다."

공손령과 의행보는 자신들이 저지른 음탕한 행위는 일체 언급하지 않고 진영공이 하징서에게 시해되었다고 초나라 장왕에게 고한 뒤에 억울하다는 듯이 소리내어 울었다.

"진나라에 반란이 일어났다고 한다. 이를 어찌하는 것이 좋겠는가? 장왕이 대부들에게 물었다.

"신하가 임금을 시해하는 것은 용서할 수 없는 대죄이옵니다. 군사를 일으켜 진을 쳐야 하옵니다."

대부 굴무(屈巫)가 말했다. 굴무는 여색을 좋아하는 사람으로 문무에 뛰어나 대부의 벼슬에 있었다. 그는 진영공의 죽음이 하희로 인해 일어났다는 것을 알고 있었다. 그는 진나라를 토벌한 뒤에 절세가인이라는 소문이 있는 하희를 품에 안으려는 속셈으로 출병을 요청했다.

초장왕은 즉시 삼군을 편성한 뒤에 장수들을 임명하고 진나라에 격문을 보냈다.

〈과인이 진나라에 알린다. 사마 하징서가 무엄하게도 너희 선군을 시해하였으니 천인공노할 노릇이 아닌가? 그런데도 너희들은 역신을 문죄하지 않고 있으니 이 어찌된 일이뇨? 과인이 군사를 이끌고 가서 역신을 문죄할 것이나 대부들이나 백성들에게는 하등의 죄를 묻지 않을 것이니 스스로 경거망동하지 마라.〉

초나라에서 온 격문을 본 진나라는 발칵 뒤집혔다. 진나라의 대부들과 백성들은 하징서로 인해 장왕이 군사를 이끌고 쳐들어온다는 사실을 알게 되자 모두 하징서를 원망했다. 초나라 군사들은 질풍처럼 병거를 달려 진나라로 쳐들어왔다.

그러나 진군(陳軍)은 초군을 막으려고 하지 않았다. 장왕이 대부들과 백성들을 일체 다치게 하지 않겠다고 포고했기 때문에 군사들은 창을 거꾸로 쥐고 길을 비켜 주었다.

　초나라 장왕은 친히 군사들을 이끌고 하징서가 있는 주림으로 달려갔다. 하징서는 수레에 보물을 가득 싣고 밤을 이용해 진(秦)나라로 달아나려다가 벌떼처럼 달려드는 장왕의 군사들에게 체포되고 말았다.

　"하희는 어디에 있느냐?"

　이내 군사들이 우물 속에 숨어 있는 하희를 찾아서 끌고 왔다. 장왕이 하희를 내려다보니 과연 천하에 둘도 없는 절색이었다.

　"듣던 대로 미색이 뛰어나구나."

　"천첩은 팔자가 부박하여 상부(喪夫)하는 불행을 당한 뒤에 또 가화(家禍)를 당하게 되었습니다. 사람들은 첩을 '살부(殺夫)하는 계집'이라고 부르옵니다. 첩이 무슨 염치로 하늘을 우러러보겠나이까? 하오나 미물도 자신의 목숨은 아낀다고 하옵니다. 첩의 목숨은 이제 대왕께 달렸사옵니다. 대왕께서 천첩을 용서하신다면 천첩은 기꺼이 비녀(婢女)로서 대왕의 발이라도 닦으면서 살겠나이다."

　하희의 목소리는 처연하면서도 아름다워 장왕의 심금을 울렸다. 다소곳이 무릎을 꿇고 죄를 청하는 자태 또한 금방이라도 달려들어 껴안고 싶을 정도로 요염했다.

　"과인에게 후궁이 많기는 하나 하희와 같은 여자는 없다. 과인은 하희를 데려다가 빈으로 삼고자 하는데 경들은 어찌 생각하는가?"

장왕의 말에 굴무가 펄쩍 뛰었다.

"그것은 불가하고 또 불가한 일이옵니다. 대왕께서 손수 삼군을 이끌고 진나라로 출정한 것은 오로지 군주를 시해한 하징서의 죄를 다스리기 위한 것입니다. 이는 대의명분에 맞는 것이니 이제 천하의 모든 제후가 대왕을 우러러 받들 것입니다. 그러나 대왕께서 하희를 데려다가 빈으로 삼으신다면 제후들은 대왕께서 여색을 탐한 것으로 치부할 것입니다. 하징서를 문죄하는 것은 대의명분이요, 여색을 탐하는 것은 음란한 일이옵니다."

굴무는 하희를 장왕에게 빼앗길까 봐 필사적으로 반대했다.

"혹시 그대가 하희에게 마음이 있는 것은 아니오?"

장왕이 게슴츠레한 눈으로 굴무를 살피며 물었다.

"신이라고 해서 어찌 아름다운 여인이 마음에 없겠사옵니까?"

굴무의 대답은 의외로 솔직했다.

"그렇다면 그대가 하희를 갖겠다는 것이오?"

초장왕이 굴무를 노려보았다.

"신은 아내가 있사옵니다. 어찌 하희를 탐하겠사옵니까?"

"좋소. 그렇다면 하희를 제 갈 곳으로 가게 하는 것이 좋겠다. 과인도 하희를 빈으로 삼지 않겠노라."

장왕이 말했다. 그때 공자 측이 갑자기 장왕 앞에 무릎을 털썩 꿇고 말했다.

"신이 아뢰옵니다. 신은 어느덧 중년의 나이에 이르렀으나 아내가 없습니다. 대왕께서는 하희를 신의 아내로 하사해 주십시오."

공자 측이 말하자 대신들이 일제히 웅성거렸다. 천하의 요부 하희를 앞에 놓고 왕과 대부들이 다투고 있었다.

"대왕께서는 공자 측에게 하희를 하사해서는 안 됩니다."

굴무가 대뜸 반대했다. 굴무는 하희가 멀리 떠나면 뒤쫓아가 아내로 삼으려다가 뜻밖의 복병이 나타나는 바람에 반대를 한 것이다.

"내가 하희를 맞이하겠다는데 그대가 반대하는 이유가 무엇이오?"

공자 측이 화를 벌컥 냈다.

"하희는 보통 여자가 아니라 불상지물(不祥之物)이오. 그 여자와 사는 남자들은 모두 명대로 살지 못하고 죽었소. 정나라의 공자도 그녀와 정을 통하다가 3년 만에 죽고, 하어숙이 죽은 것도 그녀의 음기가 지나치게 강했기 때문이오. 또 진후(陳侯)가 죽은 원인도 따지고 보면 하희로 인해 비롯된 것이오. 세상에는 아름다운 여자도 많은데 하필이면 살부하는 음물을 데리고 살 필요가 어디 있소? 내 그대가 하희를 갖는 것을 반대하는 것이 아니오."

굴무는 공자 측을 그럴 듯한 말로 설득했다.

"굴무의 말을 듣고 보니 과연 이 여자는 인간 세상의 여자라고 할 수 없다."

장왕이 고개를 끄덕거리며 말했다. 공자 측도 굴무의 말이 전혀 터무니없다고 생각되지는 않았다. 그러나 굴무에게 하희를 빼앗길 수는 없었다.

"대왕께서 후궁으로 삼으려고 해도 안 되고 내가 아내로 삼아도 안 된다니 하희는 장차 어찌할 것이오? 대부가 거느릴 속셈이오?"

공자 측이 굴무를 노려보며 퉁명스럽게 말했다.

"천만의 말씀입니다."

굴무는 황급히 고개를 흔들어 부인했다.

"하하하! 임자 없는 물건이라 사람마다 가지겠다고 다투는구나. 여럿이 다툴 필요 없다. 과인은 상처한 지 얼마 되지 않는 연윤(連尹) 양로(襄老)에게 하희를 하사할 것이다. 양로를 불러와라."

장왕이 영을 내렸다. 공자 측과 대부 굴무는 닭 쫓던 개 지붕을 쳐다보는 격이었고 뜻밖에 횡재를 한 것은 초군의 후대에 편입되어 있던 연윤 벼슬의 양로였다. 양로는 즉시 주림으로 달려와서 장왕에게 사은하고 하희를 아내로 맞이했다.

'생선을 사다가 고양이에게 먹인 꼴이구나.'

굴무는 공자 측의 반대로 하희를 차지하지 못하게 되자 속으로 이를 갈았다.

'그렇지만 양로는 중늙은이다. 하희를 아내로 맞이했으니 분명히 반 년이나 1년이 되기 전에 죽을 것이다. 그때는 내가 하희를 차지하리라.'

굴무는 하희를 빼앗겼으나 후일을 기약할 수밖에 없었다.

장왕은 진도(陳都)로 돌아와 하징서를 거열형(車裂刑)에 처했다. 거열은 사지를 찢어 죽이는 형벌이었다. 하징서는 음탕한 진영공을 시해했으나 임금을 죽인 역적이라는 혐의를 피할 수가 없었다. 당시에는 어떠한 이유로도 임금을 시해하는 것은 대죄였다.

초나라 장왕은 하징서를 죽인 뒤에 아예 진나라를 멸망시켜 버렸다.

장왕은 하희를 늙은 부하 양로(襄老)에게 주었다. 그러나 얼마 후 양로 역시 양기를 모두 빼앗기고 횡사했다. 하희는 다시 양로의 아들 흑요(黑要)를 유혹하여 통정했다. 하희에게 정신을 빼앗긴 흑요는 아버지의 초상도 치르기 전에 하희의 치마폭 속으로 휘감겨 들어갔다.

세간에 서모와 그 아들이 정을 통했다는 소문이 퍼지자 하희는 친정인 진나라로 달아나려고 했다. 이를 눈치챈 굴무는 하희를 꾀어 적국인 진나라로 데리고 가서 이름도 바꾸어버리고 숨어서 함께 살았다.

굴무 역시 방중술의 달인이었으나 하희의 욕정을 못 이겨 얼마 가지 않아 죽고 말았다. 미인 앞에서는 왕이고 신하고 할 것 없이 모두 하나의 짐승에 불과했다.

며느리를 겁탈한
초 평왕(平王)

초나라 장왕으로부터 5대째 왕이 평왕(平王)이다. 초 평왕의
맏아들 건(建)은 15세의 성년으로 성장해 있었다.

초 평왕은 오거의 아들 오사(伍奢)를 태사(太師)로 임명하여
태자 건을 보살피게 했다. 비무기(費無忌)는 초 평왕의 근시(近
侍)로서 아첨을 잘하여 초 평왕이 총애하고 있었다.

초나라 평왕은 나라가 안팎으로 평온해지자 주색에 골몰했
다. 비무기는 위인이 소인배라 초 평왕을 모시고 항상 음탕한
놀이의 주역을 담당하고 있었다. 그는 자기보다 잘난 충신들
을 모함하여 죽이고 세자 건(建)의 환심을 사기 위해 일을 꾸미
고 있었다.

"이제 태자마마께서 성년이 되셨으니 혼례를 준비해야 될 줄로 사료되옵니다. 지난날 진(秦)나라에 청혼한 일이 있습니다."

하루는 비무기가 초 평왕에게 아뢰었다. 초 평왕은 잠시 생각을 더듬다가 옥음을 내렸다.

"이제 태자도 다 자랐으니 비를 얻어야겠지. 그대가 진나라에 가서 공주를 모셔오도록 하라."

초 평왕은 황금과 백옥 등 많은 예물을 주고 진 애공(秦哀公)의 여동생 맹영(孟嬴)을 데려오게 했다. 맹영은 무상공주(無祥公主)로 불릴 정도로 절색인 미인이었다.

비무기는 진나라에 가서 정중하게 사례하는 한편, 혼례의 예물을 바쳤다. 진 애공은 초 평왕의 예물을 받고 크게 기뻐하여 공자 포(浦)를 시켜 맹영을 초나라까지 호송하게 했다.

맹영의 혼례행렬은 호화로웠다. 보물과 짐을 실은 수레가 1백 대나 되었고, 태자비와 함께 따르는 잉첩(媵妾)이 수십 명이나 되었다. 수레는 초나라까지 가는 데 오랜 시간이 걸렸다.

어느 날 비무기가 역참(驛站)에 닿아 하룻밤 묵어갈 때 뜰에 서서 하늘을 우러르는 맹영을 보고는 그녀의 자색에 놀라움을 금치 못했다. 저 공주가 이토록 아름다웠단 말인가. 비무기는 몸을 떨며 황홀해서 넋을 잃었다.

'저런, 이 세상에 비길 사람이 없을 만큼 빼어난 미인, 절세가인(絶世佳人)을 태자에게 주기에는 너무나 아까운 일이다.'

교활한 비무기는 맹영을 이용하여 자기의 출세에 도움이 되도록 하려는 생각을 품었다.

'태자는 아직 어리다. 여자의 아름다움 같은 것을 알 리 없

을 테고, 안타까운 일이지만 적당한 여자를 물색하여 안겨주면 그것으로 충분할 것이다.'

이런 생각이 머리에 퍼뜩 떠올랐다. 비무기는 성도 근처 여관에 일행들을 머무르게 하고 자신은 먼저 궁궐로 발걸음을 재촉하여 초 평왕 앞에 나아갔다.

"공주는 어찌되었는가?"

초 평왕이 궁금하여 물었다.

"그 일에 대해 드릴 말씀이 있어 먼저 달려왔습니다. 맞이하는 공주님은 절세가인입니다. 가히 선녀라 해도 좋을 것입니다. 도저히 이 세상 사람으로는 생각되지 않습니다. 이런 아름다운 여인은 대왕께서 맞아들여야 마땅합니다. 태자를 위해서는 달리 적당한 여인을 골라 맞아들이면 됩니다."

비무기가 맹영을 입에 침이 마르도록 칭찬하자 초 평왕은 호기심 가득 찬 눈빛으로 음심(淫心)이 동했다.

"그토록 미인이던가?"

"가인(佳人)이 어찌 용모만 출중하겠습니까? 목소리는 그대로 노래가 되옵고, 몸은 희고 팽팽하니 곱고 요염한 염기(艶氣)가 저절로 흘러서 가장 뛰어나게 잘생긴 우물(尤物, 미모가 빼어난 여인)이라고 할 만하겠습니다."

비무기의 말을 들은 초 평왕은 깊이 탄식했다.

"우리 태자는 복이 많구나. 그토록 아름다운 여자를 아내로 맞이하다니……. 나는 어찌 그처럼 아름다운 여자를 만날 수 없는고?"

초 평왕의 탄식에 비무기가 머리를 조아리고 낮게 속삭였다.

"대왕께서 먼저 진녀(秦女)를 품에 안으십시오. 모든 일은 신이 알아서 주선하겠습니다."

"며느리로 데려왔는데 시아버지가 차지한다는 말인가? 그것은 인륜에 벗어난다."

"일을 도모하려면 어찌 계책이 없겠습니까? 대왕께서는 아무 걱정 마시고 저에게 일임해 주십시오."

비무기는 초 평왕이 대답도 하기 전에 어전을 물러나와 자신의 계획대로 일을 추진하였다.

맹영의 일행이 궁에 당도하자 비무기는 초 평왕에게 먼저 문후(問候, 웃어른의 안부를 물음)를 드려야 한다고 속이고, 맹영을 왕궁으로 들여보낸 뒤에 동궁에는 잉첩 중에서 가장 뛰어난 진(秦)나라 여인을 맹영으로 분장시켜 들여보내 혼례를 올리게 했다. 물론 그 여인에게는 많은 보물을 주어 입단속을 단단히 해두었다.

초 평왕은 그날 밤 맹영과 가장 뜨거운 운우지정(雲雨之情)을 나누었다.

'진나라 태자가 어찌 이렇게 늙었을꼬?'

맹영은 의아했으나 신랑이 바뀌었으리라고는 꿈에도 생각지 못하였다. 초 평왕은 며느리를 취함으로써 오륜(五倫)과 오상(五常)을 짓밟는 멸륜패상(滅倫敗常)을 저질렀다.

그 사실을 뒤늦게 안 맹영은 땅을 치고 울었다.

비무기는 오직 부귀영달욕(富貴榮達欲)에 사로잡혀 있는 간악한 사람이었다. 그로서는 평왕이 죽고 태자 건이 왕이 되었을 경우를 생각하면 불안해 견딜 수가 없었다. 건은 틀림없이 자기를 죽이리라 생각했다. 그래서 기를 쓰고 태자 건(建)이 잘못되어가는 쪽으로 참소를 했다.

평왕이 태자인 건에 대한 애정이 점차 식어갈 즈음 진나라 공주가 평왕의 아들을 낳았다. 이름은 진(珍)이라 불렀다. 비무기는 이제 되었다 싶었다.

'진을 다음 대의 왕으로 만들 수 있다면, 내가 그의 어머니를 왕비로 삼은 만큼 틀림없이 나한테 고마워할 것이다.'

태자 건을 참소하는 비무기의 혀는 한층 힘을 얻게 되어, 마침내 평왕은 건을 초나라 동북쪽 국경지대 성보(城父)에 국경 수비의 임무를 주어 보내기로 했다.

건은 부왕의 명을 받들어 순순히 성보로 갔다. 태사인 오사(伍奢)가 따라갔다.

오사는 일찍이 초 장왕에게 직접 간언했던 오거의 아들이고, 오씨 집안은 초나라의 명문 귀족이었다. 비무기의 목적은 건을 태자의 자리에서 쫓아내는 것이었고 될 수 있으면 죽이는 데 있었다.

"태자는 성보에서 강력한 병권을 쥐고 태사 오사와 짜고 왕위를 빼앗으려고 역모를 꾀한다고 합니다. 은밀하게 제나라와 진(晉)나라에 사람을 보내 군사를 빌린다고도 합니다. 태사 오사를 불러 죽인 뒤에 태자를 폐하셔야 할 것입니다."

초 평왕은 비무기의 말대로 오사를 불러들여 심문했다.

"근거 없는 의심이옵니다. 대왕께서는 어찌 간신배의 말만 믿고 자식을 내치려 하십니까? 부자유친(父子有親)과 부부유별

(夫婦有別)은 인륜의 대강(大綱)이옵고, 예의와 염치를 존중하는 것은 국가의 대유(大儒)라고 하옵니다. 그러하온데 대왕께서는 간신배의 거짓 참소에 현혹되시어, 먼저는 부부간의 윤리를 어지럽히더니, 이제는 또 부자간의 의리조차 끊으시려 하십니까? 이러면 나라가 망하지 않을 수 없습니다. 바라옵건대 대왕께서는 간신배 비무기를 참하시고 국가의 기틀을 바로 잡아 주시옵소서. 내가 죽는 것은 억울하지 않으나 이 나라 사직이 어찌될지 통탄할 뿐입니다."

오사는 초 평왕 앞에서 조금도 굽히지 않았다.

"저자를 옥에 가두어라!"

이에 군사들이 일제히 오사에게 달려들어 포박한 뒤에 옥에 끌고 가 감금했다. 초 평왕은 성보의 사마(司馬)로 있는 분양에게 태자 건을 죽이라 명하였으나 분양은 태자에게 미리 연통하여 달아나라 이르고 자신은 스스로 죄인이 되었다.

소식을 들은 태자 건은 이웃 송나라로 도망쳐 몸을 의탁하였다. 그로써 초 평왕은 맹영의 아들 진(珍)을 태자로 책봉하고 비무기를 태사로 임명하였다.

비무기는 태자 건을 추방하는 데 성공하였으나 옥에 갇힌 오사가 마음에 걸렸다. 오사에게는 두 아들 오상(伍尙)과 오원(伍員)이 있었다. 그들은 문무를 겸비한 인걸로 초나라에서 명성이 쟁쟁했다.

특히 둘째아들 오원, 자서(子胥)는 호랑이를 맨손으로 때려잡은 담력과 천군만마(千軍萬馬)를 호령할 지략을 갖추고 있었다. 무엇보다도 가장 두려운 것은 불의를 보면 참지 못하는 뜨거운 열정의 소유자였기 때문이었다.

비무기가 또 꾀를 내었다. 아비를 용서한다는 구실로 두 아들을 부를 참이었다.

"그대의 두 아들을 부르라. 그들이 오면 벼슬을 내리고 그대의 죄를 용서하리라. 만일 오지 않는다면 반역을 꾀한 것이 틀림없으니 그대는 살아남지 못하리라."

초 평왕이 은근한 말로 오사에게 이르자 오사는 고개를 흔들었다.

"큰자식 상(尙)은 온순하고 아비에 대한 효성이 있으므로 내 편지를 보면 의심을 하면서도 아비의 명령을 거역하지 못해 찾아올 것이나, 둘째 원(員), 자서는 지혜롭고 용맹하여 천하에 뜻을 두고 있는지라 자신이 이곳에 오면 아비의 죄가 용서되기는커녕 자신과 함께 더 빨리 죽게 된다는 것을 파악하고 오지 않을 것입니다. 내 짐작으로는 그 아이가 원수를 갚을 것입니다."

오사는 아들을 부르려 하지 않았지만 평왕은 오사의 두 아들에게 사자를 보냈다.

"아비의 죄를 용서하기로 하였다. 그래서 오상을 재상에 임명하는 한편 그대 형제를 후(侯)에 봉작키로 했다. 빨리 와서 아비를 만나고 작위를 받도록 하여라."

사자는 왕의 명령을 큰아들 오상에게 전했다. 그리고 인수(印綏)까지 건네주었다.

"아버지께서 풀려나신 것만도 감사하거늘 어찌 벼슬까지 받을 수 있겠습니까? 사양하겠습니다."

오상은 정중히 인수를 거절하였다. 이에 사자는 빨리 왕명을 받들고 길을 떠날 것을 재촉하였다. 오상은 사자에게 잠깐 기다리라 하고 안으로 들어가 동생 자서를 만났다.

"아버님께서 사면되셨단다. 나라에서 우리에게 후(侯)의 직위를 내리고자 인수까지 가지고 왔다. 아우가 사자를 한 번 만나보겠는가?"

자서는 코웃음을 쳤다.

"형님, 모두가 거짓입니다. 우리 아버지와 아들 둘을 함께 죽이기 위한 술수에 불과합니다. 오히려 우리가 가지 않으면 아버지를 죽이시지 못합니다. 절대로 가면 아니 됩니다."

"나도 그것은 알고 있다. 그러나 아버지가 만나고 싶어한다는 말을 듣고 자식된 도리로 외면할 수 있느냐. 만일 아버지가 살해된 뒤에 우리가 그 원수를 갚지 못한다면 우리는 죽음이 두려워 가지 않았다고 천하의 웃음거리가 될 뿐이야."

오상이 눈물로써 답했다.

"그럼 어쩔 수 없습니다. 서로 뜻하는 바대로 합시다. 형님은 가십시오. 저는 가지 않겠습니다. 저는 살아남아 아버지와 형의 불공대천(不共戴天), 원수를 갚겠습니다."

오자서는 형을 떠나보내고, 활과 칼 한 자루를 챙겨들고 길을 나섰다.

오자서는 초나라를 벗어날 때 오(吳)나라를 목적지로 삼지는 않았다. 그는 송(宋)나라로 망명한 태자 건을 마음에 두고 있었다. 태자 건을 도우면 제후의 힘을 빌리기가 수월하다고 생각했던 것이다.

오자서는 초나라를 탈출할 때 다른 나라 사신으로 갔다가 돌아오는 신포서(申包胥)와 마주쳤다. 신포서는 어질고 충성스러운 사람으로 일찍부터 오자서와 함께 동문수학(同門修學)한 친한 사이였다.

"어찌된 일이오? 혼자서……. 그리고 그 행색은?"

신포서가 놀라 물었다. 오자서는 지난 일을 대강 말하고 이렇게 끝을 맺었다.

"아버지와 형이 초 평왕에게 살해당했소. 친구로서 어떻게 생각하시오?"

"그랬군요. 어찌 위로해야 할지. 자식의 도리는 정해진 것이다. 그에 따라 대답하자면 초나라에 복수하는 것이 마땅한 일이 되고, 그러나 그렇게 말하면 나는 임금에 대해 불충(不忠)한 자가 됩니다. 그렇다고 원수를 갚아서는 안된다고 한다면, 당신과의 우정을 저버리는 일이 됩니다. 어찌 뭐라 할 말이 없습니다. 그만 헤어집시다."

신포서는 슬픈 표정으로 눈물을 떨어뜨렸다.

"부모의 원수와는 함께 하늘을 이지 않고 땅을 밟지 않는다고 나는 들었소. 또 형제의 원수와는 한 마을에 살지 않는다고 들었소. 반드시 초나라를 쳐 없애서 아버지와 형의 원수를 갚겠소."

오자서가 화가 치밀어 말했다.

父之讎弗與共戴天 부지수불여공대천

아버지의 원수와는 하늘을 함께 이고 살 수 없고

兄弟之讎不反兵 형제지수불반병

형제의 원수를 보고 무기를 가지러 가면 늦으며

交遊之讎不同國 교유지수부동국

친구의 원수와는 나라를 같이해서는 안 된다.

不俱戴天之讎 불구대천지수

하늘을 함께 이고 살 수 없는 원수(반드시 죽여야 할 원수).

"만일 당신이 초나라를 망하게 한다면 나는 초나라를 다시 세울 것이고, 초나라를 위태롭게 하면 나는 이를 구할 것입니다."

한참을 생각하던 신포서가 응답했다.

"어디 두고 봅시다!"

두 사람은 서먹하게 헤어졌다.

훗날 오자서가 초나라를 멸망시켰을 때 신포서는 일주일간 진(秦)나라 조정에서 울부짖으며 그들을 설득하여 구원병을 이끌고 초나라를 되살린다.

오자서는 송나라로 가 태자 건을 만나 지난 이야기를 하며 통곡한 뒤 앞으로의 일을 의논했다.

두 사람은 송나라의 힘을 빌 작정이었는데, 마침 송나라에 반란이 일어나 그럴 처지가 못되었다. 오자서는 건을 모시고 정나라로 갔다. 정나라에서는 고을까지 내주고 후한 대우를 했으나 힘이 약한 나라였다.

태자 건은 다시 강대한 힘을 가진 진(晉)나라로 갔다.

그때 진나라 임금은 경공(頃公)이었다. 경공 또한 건을 후히 대접했으나 그에게는 다른 생각이 있었다.

"정나라에서 공자를 끔찍이 위한다더군요?"

"그렇습니다. 간신배의 참소로 아비의 버림을 받고 갈 곳 없는 저를 불쌍히 여겨 후히 대해주고 있습니다. 그러나 작고 약한 나라이므로 저의 목적을 달성할 수가 없습니다. 하여 진나라의 도움을 받고자 이렇게 찾아왔습니다."

건이 대답하자, 경공이 소리를 낮추어 속삭였다.

"나는 정나라를 우리 속국으로 만들고 싶소. 공자께서 내응만 해주신다면 가능하리라 봅니다. 정나라는 작은 나라이면서 형편에 따라 우리 진나라에 붙었다 초나라에 붙었다 하고 있어요. 그래서 이참에 아주 우리 진나라의 속국으로 만들고 싶은데, 공자께서 협력해 주시겠습니까? 그렇게만 되면 정나라 왕위에도 오를 수 있고, 초나라 왕위에도 오를 수 있도록 도와주겠습니다."

태자 건으로서는 고민스러울 수밖에 없었다. 정나라와의 의리를 생각하자니 목숨이 달린 문제라 결국 승낙하고 잠자리로 돌아왔다. 정나라에서는 예전과 똑같이 후대해 주었다.

그러나 진나라와의 음모가 얼마 후 발각되어 건은 불행하게도 타국에서 처형당하는 신세가 되었다. 오자서는 재빨리 건의 아들 승(勝)을 데리고 정나라를 탈출하여 오나라로 향했다.

오왕 요는 오자서의 풍채와 믿음직스러운 표정에 우선 호감이 갔다. 키는 대들보를 받치고 허리가 한 아름이나 되었으며 짙은 눈썹에 두 눈 사이가 한 뼘이나 되었다. 표정은 부드럽지 않으나 사람을 내리누르는 영웅의 기상을 감추고 있었다.

오왕은 흡족하여 오자서에게 여러 가지를 물었다. 오자서의 대답은 막힌 데가 없었다. 그의 의견과 웅변은 뛰어났다. 종일 이야기해도 시간이 가는 줄도 모르고 싫증도 나지 않았다.

이튿날도, 그 다음 날도 두 사람의 회담은 끝이 나질 않았다. 오왕은 침식을 같이하며 사흘 동안을 이야기한 뒤에야 오자서를 돌려보냈다.

공자 광(光)은 나름대로 오자서를 자기 사람으로 만들어야겠다고 다짐했다.

훗날 오자서는 공자 광의 사람이 되어 요왕을 죽이고 공자 광이 제위에 오르는데 큰 역할을 한다. 공자 광은 오나라 왕 합려(闔廬)다. 그리고 병법의 대가 손자와 함께 오나라 군사를 양성하여 초나라에 철저히 복수한다.

천상선녀의 서시(西施)

오왕(吳王) 합려(闔廬)는 월왕(越王) 윤상(允常)이 죽고 그의 아들 구천(句踐)이 왕위에 오르자, 국상(國喪) 중인 틈을 타서 월나라를 정벌코자 군사를 내었다.

그런데 어이없게도 월나라 군사들에게 기습당하여 오른발에 부상을 당하고 대패했을 뿐만 아니라 상처가 덧나 부차(夫差)에게 '월나라 사람이 너의 아버지를 살해했음을 잊지 말라'는 유언을 남기고 죽었다.

부차는 아버지의 복수전에 전의(戰意)를 상실치 않기 위해 섶위에서 잠을 자고[와신(臥薪)], 신하들로 하여금 자기 방을 드나들 때마다 '부차여, 월왕 구천이 아버지를 죽였다는 것을 잊어서는 안된다!' 라고 소리치게 했다.

그러면서 부차는 '잊지 않았습니다. 3년 뒤에는 반드시 원수를 갚겠습니다' 라고 대답했다.

월왕 구천의 생김새는 목이 길고 까마귀의 입부리 같은 장경오훼(長頸鳥喙)상이었는데, 그런 사람은 대개 불우한 시기에는 다른 사람과 사이좋게 지낼 수 있지만, 성공하게 되면 함께 지낼 수 없게 된다고 하였다. 곧 시기심과 의심이 많으며 자기중심적으로 독점욕이 강하다는 말이 될 것이다.

구천은 오왕 부차가 부왕의 복수전을 꾀한다는 소식을 듣고 먼저 출병코자 하는 바를 말리며 극구 간하는 중신, 범려(范蠡)와 문종(文鍾)을 도성에 남겨두고 국경지대로 출정하였다.

오군은 월군이 도착하자 충돌을 피하여 달아났다가 추격하고, 또 달아나기를 몇 차례 했다. 그러자 월군은 명령에 따라 이리 뛰고 저리 뛰다가 지쳐버렸다.

결국 월군은 산산이 찢어지고 흩어져 구천은 회계산(會稽山)으로 도망쳐 들어가는 꼴이 되었다. 그것도 범려와 문종이 도성에서 이끌고 온 군사 5천 명과 만나게 되어 가까스로 목숨을 구해 살아났다.

"과인이 경들의 말을 듣지 않아 씻을 수 없는 참패를 당하였소. 경들을 볼 면목이 없구려."

하면서 자결코자 하였다.

"대장부로서 이만한 치욕을 견디지 못하고 목숨을 끊으려 하십니까? 살아남아 설욕할 마음을 가지셔야 합니다."

범려가 두 번 절하고 말하였다.

"과인도 그렇게 생각지 않는 것은 아니나 어찌 살아남을 수 있겠소. 그렇게 할 수 없으니까 죽음으로써 몸을 더럽히지 않으려는 것이지요."

"무릇 가득 찬(滿) 것을 오래 유지하려면 천도(天道)를 지켜 어긋남이 없어야 하며, 기울어가는 국운을 다시 일으켜 세우려면 신하와 백성들의 마음을 얻어 함께 노력해야 하며, 재산을 쌓으려면 땅의 힘에 의지하여야 한다고 하였습니다. 오늘의 일을 거울삼아 다시 일으켜 세워야지요. 우선 전하께서는 오나라의 용서를 받아야 할 것입니다. 믿을 만한 사신을 보내어 말을 낮추고 예를 다하여 오왕에게 선물을 후하게 주고 탄원(歎願)하십시오. 만일 오왕이 허락할 것 같지 않으면, 대왕 스스로 오왕의 신하가 되고 왕후께서는 비첩(婢妾, 종으로 첩이 된 여자)으로 오왕을 모시겠다고 하십시오. 이렇게까지 하는데 어찌 용서하지 않겠나이까?"

구천은 격분한 듯 입을 꾹 다물고 있었으나 범려는 냉정하게 말했다. 구천은 하늘을 우러러 신음했다.

이윽고 월왕 구천은 보고(寶庫)에 쌓여 있는 온갖 금은보화를 다 내어 수레에 바리바리 싣고 아름다운 여자 330명을 뽑아 천리 먼 땅 오나라로 끌려갔다.

오나라의 대궐에 들어온 구천은 웃통을 벗고 무릎걸음으로 기어들어가서 계하에 꿇어 엎드렸다. 왕비도 기어들어가서 남편이 하는 대로 따라했다. 범려는 가지고 온 보물과 여자와 물건의 목록을 바쳤다.

구천은 두 번 절한 후 머리를 조아려 사죄했다.

"동해에 사는 어리석은 신이 제 주제도 모르고 대왕께 큰 죄를 지었습니다. 그러나 대왕께서 하해와 같은 아량으로 목숨을 구해주신다면 황공하기 그지없겠습니다. 이제 신은 충실한 노복(奴僕)이 되어 대왕을 받들겠습니다."

"과인은 선왕의 원수를 갚고자 섶 위에서 잠을 자며 복수를 맹세하였다. 네가 어찌 살기를 바라느냐?"

오왕 부차가 옥좌에 앉아서 구천에게 호통을 쳤다.

"신(臣)의 죄는 죽어야 마땅합니다. 오직 바라건대 대왕께서는 축생(畜生) 같은 신을 불쌍히 여기소서."

구천은 더욱 깊숙이 머리를 조아려 사죄했다. 부차는 초라한 구천의 모습에 동정심이 일었다.

하여 그는 선왕 합려의 묘 옆에 석실(石室)을 짓고 그곳에서 구천 부부를 살게 하라고 분부했다. 구천 부부는 석실에서 마른 짚을 깔고 기거하면서 낮에는 말을 기르며 묘를 돌봤다. 그리고 오왕 부차가 수레를 타고 행차할 때면 언제나 구천은 말고삐를 잡고 걸었다.

오나라 백성들이 손가락질을 하며 조롱해도 구천은 그저 머리를 숙이고 걷기만 하였다.

구천이 석실에 있은 지도 2년이 흘렀다. 범려는 아침저녁으로 월왕 구천을 모시고 그 곁을 떠나지 않았다.

어느 날 구천은 오왕 부차의 부름을 받고 궁에 들어가 꿇어엎드렸다. 범려는 구천의 뒤에 서 있었다. 오왕이 범려에게 가까이 오라고 손짓하였다.

"과인이 듣건대 '어진 여자는 망한 집으로 시집가지 않으며 현명한 사람은 망한 나라에서 벼슬을 하지 않는다' 하였소. 월왕 구천은 무도(無道)하여 나라까지 망치고 자기 신세까지 망쳤소. 그대가 우리 오나라를 섬기겠다면 죄를 용서하고 높은 벼슬을 주겠소. 어찌하겠소?"

부차의 말에 범려는 머리를 더 깊숙이 숙였다. 구천은 엎드려 흐느껴 울기만 했다.

"예로부터 '망한 나라의 신하〔망국지신(亡國之臣)〕는 정사를 말하지 않으며, 싸움에 진 장수〔패군지장(敗軍之將)〕은 용맹을 말하지 않는다' 했습니다. 지난날 신이 불충하여 월나라를 망치고 대왕에게까지 큰 죄를 지었습니다. 다행히 대왕께서 죽이지 않으시고 이렇듯 저희에게 일거리를 주시고 의식주를 해결해 주시니 신은 이것만으로도 족합니다. 어찌 감히 부귀를 바라겠습니까. 그저 감사할 따름입니다."

범려는 완곡하게 오왕 부차의 제의를 거절했다.

"과인이 호의를 베푸는 데도 싫다면 그만두어라!"

부차는 화를 내고 돌아섰다.

구천은 눈이 오나 비가 오나 부차의 선왕인 합려의 묘를 돌보고 짚을 썰어 말을 길렀다. 부인은 촌락의 여느 아내들이나 다름없이 헌 통치마에 남루한 저고리를 입고 물을 길었다.

범려는 매일같이 산에 올라가 나무를 해가지고 와서 아궁이에 불을 지폈다. 그들은 하루 한시도 쉬지 않고 그저 일만 했다.

그렇게 3년이 지난 어느 날 오왕 부차에게 병이 들어 3개월

동안이나 일어나지 못하고 있다는 소문이 들렸다. 이에 구천이 범려에게 산가지로 점을 치게 했다.

"오왕의 병은 별게 아닙니다. 백일거리에 걸려 있습니다. 이제 석 달이 지났으니 열흘 후면 완쾌될 것입니다. 이참에 궁에 가서서 병문안하시고 대변(大便)을 달라고 하여 그것을 맛보시고, 얼굴을 찬찬히 살펴본 후에 열흘 후 임신(壬申)일이면 완쾌될 것이라고 하십시오. 그렇게 되면 오왕이 감탄하여 대왕을 석방하실 것입니다."

"내 어찌 오왕의 변을 맛본다는 말인가? 차마 그 짓은 못하겠소."

구천이 절레절레 고개를 흔들었다.

"신이 할 수 있는 일이라면 대왕에게 청하지도 않사옵니다. 고향 땅으로 돌아가기 위한 일인데, 이보다 더한 굴욕도 참으셔야 합니다."

구천은 흐르는 눈물을 억제하지 못하였다. 그러나 월나라로 돌아가기 위해서는 무슨 짓이든 하지 않을 수 없었다. 범려는 그동안 많은 뇌물을 써서 길들여진 오나라의 간신배 백비를 통해 구천이 병문안을 하겠다는 뜻을 부차에게 전하게 했다.

"오오, 구천이냐. 병문안을 오다니 기특하구나."

"제가 지난날 동해에서 의술을 조금 배운 바 있어 도움을 드리고자 왔습니다. 대왕의 변 맛을 보면 대강 그 병세를 짐작할 수가 있습니다. 신에게 대왕의 변 맛을 볼 수 있도록 허락해 주십시오."

"네가 과인의 변 맛을 보겠다는 말이냐?"

오왕 부차가 깜짝 놀라서 구천에게 물었다.

"신이 배운 바로는 변(인분)은 곡식이 변하여 된 것입니다. 그러므로 변 맛이나 색깔로 병을 알 수 있다고 하였습니다."

"고금(古今)을 통틀어 충성스러운 신하의 얘기는 많았으나 임금의 변을 먹어보겠다고 말한 사람은 내 일찍이 들어본 일이 없었다. 그 말이 사실이냐?"

"신이 어찌 거짓을 아뢰오리까?"

"그렇다면 과인의 변으로 병을 알아보아라. 네가 내 병을 고치기만 하면 너를 월나라로 보내줄 것이다."

오왕 부차는 사람들을 물러가게 하고 변기를 들이라 하여 변을 본 후, 밖으로 내보냈다. 구천은 공손히 꿇어앉아 변기의 변을 만져보고 핥아먹으며 얼굴색 하나 변하지 않았다. 그곳에 있던 오나라의 중신들은 모두 코를 쥐고 외면하였다.

이윽고 구천은 다시 편전에 들어가서 꿇어 엎드렸다.

"어떠한가?"

"우선 축하드립니다. 신이 대왕의 변 맛을 보니 천지의 기운과 조화를 이루고 계절의 생기와 순응하고 있었습니다. 대왕께서는 삼사 일 후부터 차도가 있을 것이고, 열흘째 되는 임신일에 쾌차하실 것입니다."

"그 말이 정녕 사실인가?"

"신이 어느 안전이라고 감히 거짓을 아뢰오리까?"

"내 병이 나으면 너를 곧바로 귀국시키리라."

부차는 기뻐하며 말했다. 구천은 더욱 깊숙이 머리를 조아리고 물러갔다.

부차의 병은 범려가 예언한 대로 3, 4일 후부터 차도가 있더니 열흘째 되는 임신일이 되자 거짓말처럼 말끔히 완치되었다. 별다른 약을 쓴 일도 없는데 완치되자 부차가 뛸 듯이 기뻐한 것은 두말할 필요도 없었다.

부차는 자신이 약속한 대로 연회를 베풀고 구천을 불렀다.

"월왕 구천은 성인처럼 덕이 있는 사람이다. 내 어찌 그를 죄수의 반열에 있게 하겠는가?"

부차는 구천을 대에 오르게 하여 정중하게 술잔을 권했다.

구천은 몇 번이나 사양하다가 마지못해 잔을 받았다.

"대왕, 만세무강하소서."

범려도 부차에게 술잔을 바치고 축하했다.

"황상이 높이 계시어 그 은혜로움이 봄날 같습니다. 그 인자하심 또한 비할 바 없고 그 덕은 날로 새로우시니 아름답습니다. 그 덕을 길이 전하시어 만세에 이르도록 수(壽)를 누리소서. 길이 오나라를 다스리시고 천하를 바로잡으소서. 모든 제후들이 복종할 것이니 이 술잔을 받으시고 만복을 누리소서."

부차는 중원의 패자가 되기라도 한 듯이 기뻐서 한껏 취한 뒤에야 잔치를 파했다.

부차는 왕손웅으로 하여금 구천을 객관까지 전송하게 한 다음 3일 안에 월나라로 보내줄 것을 구천에게 언약했다.

오나라의 충신 오자서는 그동안 부차에게 월왕 구천이 항복할 때부터 기회 있을 적마다 구천을 죽이라고 여러 번 간청했으나 그 간청은 받아들이지 않았다. 그런데 또 부차가 구천에게 주연을 베풀어 대접했다는 말을 듣고 이튿날 아침 일찍 입궐하여 간절히 충간했다.

"신이 죽음을 무릅쓰고 충간하는 것은 오직 오나라의 사직을 위해서입니다. 구천이 대왕의 변 맛을 본 것은 살아서 돌아가기 위한 흉계입니다. 구천은 돌아가면 반드시 10년 동안 충성하는 체하면서, 그 후 또 10년간 군사를 양성하여 오나라를 공격할 것입니다. 대왕은 뇌물을 받아 아첨하는 대신들의 말을 듣고 승냥이의 검은 마음을 감추고 있는 구천을 용서하시려고 합니다. 장차 오나라에 닥칠 후환을 어찌 막으려 하십니까?"

오자서의 충간에 부차가 벌컥 화를 냈다.

"과인이 석 달이 넘도록 앓아누웠을 때 승상은 한 번이라도 와준 적이 있었소? 이것만 봐도 승상은 불충(不忠)한 사람이오. 또 그간 한 번이라도 내게 좋은 물건을 보낸 일이 있었소? 이것만 봐도 승상은 어질지 못하오. 불충하고 어질지 못한 신하를 어디에 쓰겠소. 거기에 비해 월왕 구천은 자기 나라를 버리고 과인에게 와 있으면서도 재물을 바치고 종노릇을 하고 있으니 그 충성이 어떠하오. 월왕 구천이야말로 어진 사람이오. 그대는 이제 늙은 것 같소. 군주에게 아름다운 덕을 함양하게 하지 않고 제후를 죽이라고만 하니 중원에 나의 덕이 미치지 않을까 걱정이 되오. 그러니 더 이상 말을 마시오."

"대왕께서 그리 말씀하시니 신은 송 양공(宋襄公)의 고사를 말씀드리지 않을 수 없습니다. 송 양공은 인자(仁者)인 척하다가 초나라에 크게 낭패를 당하고, 결국은 그것이 화근이 되어 죽었습니다. 호랑이가 몸을 잔뜩 움츠리는 것은 사냥감을 노리기 위해서입니다. 대왕께서는 선왕의 원수를 갚기 위해 와

신(臥薪)의 고통도 달게 감내하셨습니다. 하온데 그 고통을 잊으시고 원수를 놓아 보내려고 하니 장차 오나라는 망하게 될 것입니다."

오자서는 피를 토하듯이 절규했다.

"내 그대가 선왕의 충신이기에 용서를 하겠소. 두 번 다시 과인을 모욕하지 마시오!"

오왕 부차는 벌떡 일어나서 안으로 들어가버렸다. 오자서는 탄식하며 대궐을 물러나왔다.

부차는 그날 다시 구천을 불러 성대한 전별연(餞別宴)을 베풀었다. 구천을 전별하는 자리에는 오나라의 모든 신하들이 모였으나 오자서만은 참석하지 않았다.

"과인은 그대의 죄를 용서하고 본국으로 돌려보내니 그대는 앞으로도 우리 오나라 은혜를 잊지 마오."

오왕 부차가 구천에게 전별주를 따라주며 말했다.

"대왕께서 신을 불쌍히 여기사 살아서 고국으로 돌아가게 해주시니 자손 대대로 오나라에 충성을 다하겠습니다."

부차는 구천에게 술 석 잔을 권하고 수레에 오르게 했다.

구천은 눈물을 비 오듯이 흘리면서 공손히 재배(再拜)한 후 수레에 올랐다. 동시에 범려는 수레에 올라 말채찍을 잡았다. 구천의 부인도 초췌한 얼굴로 부차에게 재배하고 수레에 오르는데 가련하기 그지없었다.

범려는 구천과 부인이 수레에 오르자 남쪽 절강(浙江)을 향해 쏜살같이 수레를 몰았다. 수레가 몹시 흔들거렸으나 구천과 부인은 손을 잡은 채 입을 꽉 다물고 있었다.

3년 전, 죽을지 살지 모르는 상황에서 오나라로 끌려오던 일이 주마등처럼 뇌리를 스쳤다. 산천은 의구(依舊)했으나 햇살도 초목도 옛날과 달리 더욱 푸르고 더욱 더 싱그러운 기분이었다.

구천이 탄 수레가 절강에 이르렀다. 수레에서 내려 절강을 바라보는 구천의 눈에서 눈물이 비 오듯이 쏟아졌다.

"대왕마마, 고국산천으로 돌아가는데 어찌하여 눈물을 흘리시나이까?"

부인이 구천에게 물었다. 부인의 눈에도 눈물이 그렁그렁했다. 그들은 오나라에서 어찌나 고생을 했던지 머리가 하얗게 세어 있었다.

"과인은 오나라로 떠날 때 다시는 돌아오지 못하고 오나라 땅에서 죽는 줄 알았소. 온갖 고생을 하다가 3년 만에 돌아오게 되니 감개무량하여 눈물이 나는구려."

구천의 말에 부인도 울고 범려도 울었다. 드디어 그들 일행이 배에 올라탔다.

문종(文鍾)은 월왕 구천이 돌아온다는 기별을 받고 모든 신하들을 데리고 강변에서 기다리고 있었다. 백성들 또한 소식을 듣고 구름처럼 몰려들었다. 그들은 구천 일행이 강을 건너자 만세를 부르고 함성을 지르며 환영했다.

월왕 구천은 나라로 돌아오자 문종에게 정사를 맡기고 범려에게 군사를 맡겼다. 그리고 그는 어진 선비와 노인들을 공경하고 소외되고 가난한 백성들을 도왔다.

"과인은 반드시 오나라에 대한 치욕을 씻으리라!"

구천은 오나라에 복수하기 위해 자신을 엄격하게 다루었다. 그는 밤에도 잠을 자지 않고 절치부심했다. 잠이 오면 송곳으로 무릎을 찌르고, 겨울에 발이 시리면 오히려 찬물에 발을 담그고 자신을 꾸짖었다. 겨울이면 방에 얼음을 갖다놓고 여름이면 화로를 끼고 살다시피 하였다.

방문에는 곰쓸개를 매달아놓고 드나들 때마다 곰쓸개를 핥았다〔상담(嘗膽)〕. 그리고는 오나라에서 당한 치욕을 상기하며 밤마다 복수를 다짐했다.

와신(臥薪)은 오나라 왕 부차가 마른 짚을 깔고 잔 데서 유래했고, 상담(嘗膽)은 구천이 곰의 쓸개를 핥았다는 데서 유래한 것이다. 오늘날 와신상담(臥薪嘗膽)은 치욕을 씻기 위해 온갖 고통을 참고 견딘다는 의미로 쓰인다.

복수를 하기 위한 구천의 일념은 처절했다.

오나라가 월나라를 침략했을 때 많은 백성들을 노비로 끌고 가거나 오나라로 이주시켰기 때문에 월나라에는 인구가 적었다. 농토는 황폐해지고 집들은 무너져 흉가가 되었다.

이에 구천은 인구 증산 계획을 세웠다.

"젊은 남자는 늙은 여자와 결혼해서는 안 되고, 젊은 여자는 늙은 남자와 결혼하지 말라. 여자가 열일곱 살이 되어도 시집을 보내지 않거나 남자가 스무 살이 되어도 장가를 들지 않으면 부모에게 벌을 주라. 임산부는 나라에서 극진히 돌봐주고 아들을 낳으면 개 한 마리와 술을 주고, 딸을 낳으면 돼지 한 마리와 술을 주라. 쌍둥이를 낳으면 나라에서 한 사람 양육비를 부담하고, 세 쌍둥이를 낳으면 둘의 양육비를 나라에서 부담하라."

물론 이러한 일련의 계책들은 모두 범려와 문종에게서 나온 것이었다.

그러나 구천은 몸소 모든 계획을 실행에 옮겼다. 백성들이 죽으면 친히 문상을 가서 가족들을 극진히 위로했다. 수레를 타고 밖으로 나갈 때는 음식을 싣고 가다가 아이들을 만나면 불러서 머리를 쓰다듬어 준 뒤에 음식을 나누어 주었다.

농사 때가 되면 친히 들에 나가서 밭을 갈고 왕비는 늘 베틀에 앉아 베를 짰다. 7년 동안이나 백성들로부터 세금을 걷지 않았고, 고기도 먹지 않았으며 비단옷도 입지 않았다.

그리고 한 달에 한 번씩 오나라로 사자를 보내어 오왕 부차에게 문안을 드렸다. 뿐만 아니라 때가 되면 궁중에 있는 보물을 긁어모아 오나라에 실어 보냈다.

오왕 부차는 구천이 성실하게 조공을 보내오자 봉지를 넓혀 주었다. 월나라 영토는 다시 8백 리에 이르게 되었다.

이때 오왕 부차는 초나라의 장화궁(長華宮), 진나라의 사기궁(虒祁宮)을 능가하는 대궐을 짓기 위해 대대적인 역사를 벌이기 시작했다. 그리고 선왕 합려가 기거하던 고소대(姑蘇臺)를 개축하고자 크고 질 좋은 목재를 널리 구했다.

"오왕이 궁궐을 호화롭게 짓는다고 하니 우리는 어찌하면 좋겠소?"

월왕 구천이 범려와 문종에게 물었다.

"옛날부터 나라를 망하게 하는 임금들은 역사를 크게 벌여 왔습니다. 초나라는 장화궁을 지은 뒤에 멸망했고, 진나라는 사기궁을 지은 뒤에 기울었습니다. 높이 날던 새는 먹이를 물기 위해 낮게 날다가 죽고, 깊은 물속의 물고기는 미끼를 물다가 죽는다고 했습니다. 그러므로 좋은 목재를 오나라에 보내서 국력을 쇠진하게 해야 합니다.”

문종이 아뢰었다.

월나라는 벌목공을 동원하여 신목(神木)을 구해 다듬어서 오나라에 보냈다. 오나라는 3년 동안 천지사방에서 재목(材木)을 모으고 5년 동안 공사를 강행하여 마침내 고소대를 완공했다.

그러나 막대한 공사를 강행하는 바람에 오나라는 국고가 탕진되고 노역에 시달리던 백성들이 죽어가면서 원성이 하늘을 찌르게 되었다.

범려와 문종은 어떻게 하든지 오나라를 무너뜨리기 위해 수단 방법을 가리지 않았다. 그들은 오왕 부차가 고소대를 낙성한 뒤에 밤낮으로 술과 여자들에 빠져 산다는 사실을 접하게 되었다.

“이제는 미인을 보내 오왕 부차를 방탕하게 하는 일밖에 없습니다.”

범려가 구천에게 아뢰었다.

“오나라에도 미인이 많지 않은가?”

“평범한 미인으로 어찌 호걸을 방탕하게 하겠습니까? 부차가 비록 우리의 원수이기는 하나 호걸임에는 틀림없습니다. 임금이 혹하여 나라를 위태롭게 할 미색, 경국지색(傾國之色)의 미인을 보내야 합니다.”

“그렇습니다. 용모만 아름다운 것이 아니라 가무음곡(歌舞音

曲)도 잘해야 합니다."

"그러면 미인을 선발하여 가무음곡을 가르치시오."

구천이 영을 내렸다.

범려는 월나라의 전국에 사람을 보내 미인을 찾아보게 하였다. 그 결과 저라산(苧蘿山) 나무꾼의 딸인 서시(西施)가 절세가인이라는 보고가 들어왔다.

"서시의 미모가 어떠하더냐?"

"서시는 매일같이 저라산에서 흘러내리는 냇가에서 빨래를 하는데, 그 모습이 한 떨기 연꽃이 핀 듯하다고 합니다."

"그렇다면 부모에게 황금 백 일(鎰, 1일은 24냥)을 주고 데려오도록 하라!"

범려는 저라산 자락에서 서시를 본 순간 가슴이 설레었다.

'사람이 어찌 저토록 아름다울 수 있는가? 오나라 부차에게 보내기에 아깝지 않은가?'

학문과 천문에 능통하여 신선(神仙)다운 범려 역시 서시를 보는 순간 한눈에 반하고 말았다.

범려는 서시를 위하여 집을 지어주고 궁중 법도와 문장을 가르치고 가무음곡(歌舞音曲), 시(詩), 서(書), 예(禮)를 가르쳤다.

어느덧 3년의 세월이 흘렀다.

범려는 곱게 단장을 한 서시(西施)를 보고 또 한 번 놀라움을 금치 못했다. 눈은 가을 맑은 물 추수(秋水)처럼 서늘하고 이마는 희고 반듯했다. 오뚝한 콧날과 앵두 같은 입술, 버들가지처럼 하늘거리는 허리는 금방이라도 안아주고 싶을 정도로 염기(艶氣)를 뿌렸다. 찡그리는 모습조차도 그녀만큼 아름다운 여자는 없을 듯싶었다.

'경국지색(傾國之色)의 여인이 있다고 하더니 서시야말로 나라를 망치게 할 여인이다.'

서시가 저라산의 냇가에서 채홍사에게 발탁되었을 때는 불과 15세의 소녀였으나 범려에게 가무음곡을 배우면서 어느덧 18세가 되어 있었다.

범려는 서시를 데리고 오왕 부차를 찾아갔다. 부차는 오랫동안 제나라를 침공했다가 회군했을 때라 고소대의 주연(酒宴)을 그리워하고 있었다.

부차가 옥좌에서 지긋이 내려다보니 천상선녀가 내려온 듯하여 정신이 아찔했다. 부차는 그만 정신이 몽롱해지면서 넋을 빼앗겼다.

이때 갑자기 천둥번개치듯 외치는 소리가 들렸다.

"아니 되옵니다. 물리치십시오. 이제 중원에서는 초나라와 제나라가 유명무실해져 오로지 우리 오나라만이 강성한 나라이옵니다. 대왕께서는 천하를 호령할 패자(覇者)가 되셔야 합니다. 저 옛날 하(夏)나라는 말희(妺姬) 때문에 망했고, 은(殷)나라는 달기(妲己) 때문에 망했고, 주(周)나라는 포사(褒姒) 때문에 망한 사실을 잊으셨습니까? 무릇 아름다운 여자는 나라를 망치는 요물입니다. 월나라에서 온 여자를 받아들이지 마십시오."

선왕 합려를 모시고 충성을 다한 늙은 대신 오자서가 죽음을 각오하고 간곡히 아뢰었다.

"하하하! 자서는 너무 고루해서 탈이오. 옛날 임금들이 망한 것은 정사를 돌보지 않았기 때문이지 여자들 때문이 아니었소. 너무 걱정하지 마시오."

부차는 오자서의 말을 깨끗하게 거절하고 그날로 서시를 품에 안고 잤다.

서시는 나이에 어울리지 않게 요염하기도 했지만 잠자리에서의 방중술 또한 절묘했다. 부차는 서시와 동침하여 삭신이 녹아버리는 듯한 열락(悅樂)의 밤을 보냈다.

"이것이 사람인고, 요물인고?"

서시가 범려에게 배운 방중술을 유감없이 발휘했기 때문에 부차는 정사(政事)를 팽개친 채 날마다 고소대(姑蘇臺)에서 서시의 치마폭에 휘감겨 주색에 빠져 지냈다.

오왕 부차가 정사를 보기 위해 조정에 나가고자 하면 서시가 미리 알아차려 술상을 봐오고, '조정에는 재상과 대부들이 있는데 직접 나갈 필요가 있느냐'며 강짜까지 부리는 바람에 부차는 서시의 유혹에 빠져 더욱 주색에 골몰했다.

"대왕마마 첩에게 집을 한 채 지어주십시오."

"집이라니? 궁궐이 있는데……."

"첩은 산에 있는 집을 좋아합니다. 낮이면 청풍(淸風)이 불고 밤이면 명월(明月)이 교교한 산자락에 집을 한 채 지어주소서. 또한 그곳에 높은 대(臺)를 지으면 적이 내습하는 것도 한눈에 알 수 있을 것입니다."

"아무렴, 좋도다. 지어주고말고."

오왕 부차는 서시를 위해 영암산(靈巖山)에다 별궁(別宮)을 짓게 했다.

구리로 만든 도랑에 맑은 물이 흐르게 하고, 옥돌로 난간을 만들고 주옥으로 궁실(宮室)을 장식했다. 그리고 궁녀들이 신고 다니는 나막신 소리가 쟁쟁 울리는 복도를 만들도록 했다. 빈 항아리를 땅에 묻고 그 위에 두꺼운 판자를 깔았는데, 걸을 때마다 빈 항아리에서 울리는 소리가 청아했다.

또 완화지(浣花池)와 완월지(浣月池)라는 연못을 파고 오왕정(吳王井)이라는 샘물을 팠다. 서시가 아침마다 그 샘물에 가서 세수를 하고 머리를 감으면 오왕 부차는 손수 긴 머리를 빗질해 주었다.

부차는 서시와 어울러 지내느라 오궁(吳宮)으로 돌아갈 줄을 몰랐다. 이로써 오나라는 점점 국력이 쇠퇴해지기 시작했고, 백성들의 삶은 더욱 피폐해졌다.

오왕 부차가 서시에게 빠져 정사를 외면하고 있을 동안 월나라에서는 군신(君臣)들이 일치단결하여 군사를 양성하고 군량미를 비축했다.

이때 중원은 많은 변화를 겪고 있었다.

제(齊)나라가 노(魯)나라를 칠 준비를 서두르자 노나라의 공자(孔子)는 조국이 제나라에 짓밟히는 것을 볼 수가 없어 제자 중 자공(子貢)을 시켜 오나라에 구원을 요청했다.

"제나라는 해마다 조공을 바치겠다고 해놓고는 약속을 지키지 않았다. 내가 어찌 이를 정벌치 않으랴."

오나라 부차는 제나라를 치기로 하고 월나라에도 구원병을 요청했다. 이에 구천은 3천 명의 군사들을 보내 부차를 돕도록 했다.

부차는 10만의 대군을 동원했다. 부차가 출정한다는 말을 들은 오자서가 황급히 대궐로 들어와 만류했다.

"대왕께서 제나라를 치는 것은 뱃속의 병을 놔 두고 겉의 부스럼을 다스리려는 것이나 다름없습니다. 대왕은 10만 대군을 이끌고 나라를 비우실 작정입니까? 제나라를 치는 것은 중요치 않으니 월나라 구천을 먼저 치십시오. 제나라를 쳐 이긴들 무슨 소용이 있습니까?"

"과인이 출병하는데, 어찌 불길한 말을 하는가? 물러가 있거라!"

부차의 눈꼬리가 사납게 찢어졌다. 오자서가 틈날 때마다 직간을 했기 때문에 부차는 진저리를 치고 있었다.

오나라 도성을 나서는 10만 대군은 위풍이 당당했다. 8괘(八卦)에 따라 병거와 군사들이 기치창검을 나부끼며 연도를 가득 메우고 제나라를 향해 보무도 당당하게 나아갔다.

부차는 스스로 중군의 원수가 되어 간신배 백비를 부장으로 삼았다. 월군 3천 명도 오군과 함께 제나라로 출병했다. 오자서는 늙었다는 핑계로 출병에 참여하지 않았다.

"영웅은 흐르는 물의 거품과 같다. 오자서가 영웅으로 이름을 드날렸으나 이제는 늙은 호랑이에 지나지 않는다. 흐르는 물과 함께 거품처럼 사라질 것이다."

부차는 출병에 참가하지 않은 오자서를 비웃었다.

제군이 대패했다는 보고를 받은 제 간공(齊簡公)은 간담이 서늘했다. 그는 많은 예물을 바치고 오왕 부차에게 화평을 청했다. 부차는 제 간공이 정중한 국서로 사죄하자 다시는 노나라를 침략하는 일이 없도록 하라는 영을 내리고 개선하기 시작했다.

그는 서시가 보고 싶어서 더 이상 전쟁을 할 생각도 없었다. 서시는 제나라와 가까운 오궁(吳宮)에 머물면서 부차가 개선하기만을 손꼽아 기다리고 있었다.

"천승의 나라인 제나라 대군을 격파하심을 하례드립니다. 대왕께서는 패업을 이룰 만한 일세의 영웅이십니다."

부차가 오궁으로 돌아오자 서시가 날듯이 달려와 절을 하며 아뢰었다.

"하하하! 과인은 손수 출전하여 적의 장수를 활로 쏘아 죽였느니라!"

부차가 기뻐하며 자랑했다.

"첩이 대왕을 위해 주연을 마련하였사옵니다. 어서 대에 오르시옵소서."

부차는 산해진미로 차려진 주연에 참석하여 술을 마시고 서시와 오랫만에 회포를 풀었다. 그러고는 도성으로 개선하여 문무백관의 하례를 받았다.

모든 대신들이 부차의 영웅스러움을 축하했으나 오자서는 입을 꾹 다물고 아무 말도 하지 않았다. 부차는 심통이 나서 오자서를 향해 입을 열었다.

"그대는 제를 쳐서는 안 된다고 하였으나 나는 제를 쳐서 이기고 돌아왔소. 그대의 충언이 부질없는 기우(杞憂)였음이 증명되지 않았소."

부차가 유쾌하게 웃으며 말했다.

"월나라는 반드시 우리 오나라를 공격할 것입니다. 그때는 후회해도 늦을 것입니다."

오자서가 퉁명스럽게 또다시 반박했다.

"하하하! 이번에 제나라를 토죄(討罪)하는 데 공을 세우지 않은 사람은 그대뿐이오. 우리가 전쟁을 할 때 몸이 아프다는 핑계로 빠진 사람이 무슨 낯으로 충간이오?"

부차는 오자서를 비웃고 내쫓았다.

"오자서는 자기 아들 오봉을 제나라 대부 포식에게 맡겼답니다. 초나라를 배신할 때처럼 우리 오나라를 배신하려는 것이 틀림없습니다. 후환이 생기기 전에 없애야 합니다."

간신배 백비가 오자서를 모함했다. 그리고 민심이 동요할지 모르니 참수시키는 것보다 자결토록 하는 게 좋다는 간교한 꾀까지 냈다.

"그대의 말이 옳다. 내 손으로 죽이는 것보다 스스로 죽게 하는 것이 모양새가 좋다."

오왕 부차는 오자서에게 '촉루검(蜀鏤劍)'을 보냈다. 촉루검을 받은 오자서는 비감했다. 그는 하늘을 향해 큰소리로 울부짖었다.

"하늘이여! 부차가 어떻게 하여 임금이 되었는지 알리라! 선왕은 부차를 잔인하다고 하여 세자로 세우려고 하지 않았으나 내가 그를 천거하여 왕이 되었다. 나는 부차를 위해 초(楚)를 치고 월나라를 이겼으며, 오나라의 위엄을 중원에 떨치게 하였다. 부차는 나의 충언을 듣지 않고 나에게 자진하라는 영을 내렸다. 나는 오늘 왕의 명에 따라 죽을 것이나 장차 월군이 쳐들어와 오나라의 사직을 멸할 것이다. 하늘이 나를 대신하여 무도한 혼군(昏君)을 응보(應報, 길흉화복의 갚음)하리라."

오자서는 처절하게 울부짖었다. 가족들 또한 무릎을 꿇고 울음을 터뜨렸다.

"나는 옛날에 초나라를 떠나 부형(父兄)의 원수를 갚았다. 이제 또다시 오왕을 배신하면 사람들은 오자서를 열혈남아(熱血男兒)가 아니라고 할 것이다. 내가 죽은 뒤에 나의 두 눈을 빼어 동문에 걸어다오. 월나라 군사들이 쳐들어오는 것을 보기 전에는 결코 눈을 감지 않으리라!"

오자서는 가족들의 통곡 속에 촉루검으로 목을 찔러 자결했다. 오자서의 목에서 피가 분수처럼 흘러내리고 눈이 부릅떠졌다. 이때 사방이 갑자기 캄캄해지고 일진광풍이 불면서 흙먼지가 자욱하게 날리더니 빗줄기가 쏟아지기 시작했다.

가족들은 오자서의 시신 앞에서 곡을 하고 울었고, 오나라의 충신 열사들도 오자서의 죽음에 관한 소식을 듣고 비통한 눈물을 흘렸다.

오자서를 죽인 부차는 거리낄 것이 없었다. 이제 꿈은 오직 하나, 중원의 맹주(盟主)가 되어 천하를 호령하는 일이었다. 그는 즉시 열국(列國) 제후들에게 통고하여 맹회(盟會)를 열고자 했다. 그러자 태자 우(友)가 풍자와 비유를 들어 간하기로 했다.

어느 날 태자 우가 진흙탕 물에 흠뻑 젖은 옷차림으로 활을 들고 부차 앞에 나타났다.

"그 꼴이 무엇이냐? 태자가 점잖지 못하게."

부차가 눈살을 찌푸리고 질책했다.

"소자가 후원에 갔다가 매미가 우는 것을 봤습니다. 그래서 매미를 잡으려고 가까이 가는데 사마귀 한 놈이 그 매미를 노리고 나뭇가지를 따라 접근하고 있었습니다. 제가 매미 대신 사마귀를 잡으려고 활을 당기는데 나뭇잎 사이에서 참새가 사마귀를 쪼아 먹으려고 눈을 번뜩이고 있었습니다. 저는 사마귀 대신 참새를 잡으려고 살금살금 다가가다가 그만 진흙탕에 빠지고 말았습니다."

태자 우의 말이었다.

"하하하! 너는 눈앞의 이익을 탐하여 발밑을 보지 못했구나. 그러니 한심한 일이 아니냐?"

부차가 껄껄대고 웃으며 아들 우를 조롱했다. 아들이 하는 짓이 어처구니없게만 보였다.

"대왕께서는 어찌 소자만 한심하다고 하십니까? 제나라는 노나라를 치려다가 우리 오나라의 침략을 받았습니다. 대왕께서는 이제 맹주가 되기 위해 대군을 이끌고 출정하려고 하십니다. 발밑에 월나라가 있다는 것을 모르고 계시니 어찌 한심하지 않겠습니까?"

세자의 말에 부차의 얼굴이 붉어졌다.

"오자서의 말버릇과 똑같구나! 내가 맹주가 되려고 하는데, 아들이 방해를 해서야 되겠느냐? 썩 물러가라! 너는 내 아들도 아니다!"

부차는 대로하여 세자 우를 어전에서 물러가게 했다.

세자 우의 충언에도 불구하고 오왕 부차는 맹회를 소집하기 위해 10만 대군을 동원했다.

오왕 부차가 대군을 이끌고 또다시 오나라 도성을 비우고 출정했다는 소식이 월나라에 전해졌다.

구천이 어전회의를 열고자 군신들을 불러들였다. 이에 범려는 오나라가 패망하지 않을 수 없는 현실적인 이유를 조목조목 열거했다.

"손무가 쓴『손자병법』에서 이르는 대로, 전쟁에 승리하려면 군주와 군(軍)과 민(民)이 삼위일체가 되어야 하는데, 오나라는 어느 하나도 단결된 것이 없습니다. 첫째 부차는 향음에 빠져 국고를 탕진했고, 둘째 부차의 명분 없는 출정으로 모든 군사들이 피로에 지쳐 있고, 셋째 오나라 백성들은 오랫동안의 학정으로 굶주림에 허덕이고 있습니다. 그러니 우리는 이제부터 싸워서 이기는 것이 아니라, 이미 이겨놓은 승리를 확인하기 위해 출전하는 것입니다."

구천은 그 말을 듣고 크게 기뻐했다.

"옳은 말씀이오. 이번 싸움은 건곤일척(乾坤一擲, 운명을 걸고 단판걸이로 승부를 겨룸)의 정신으로 하루속히 승리로 끝내도록 합시다!"

구천은 그날로, 수군 2천 명과 육군 4만 명, 검술과 궁노수 정예부대 6천 명을 거느리고 바다와 강을 따라 일제히 오나라로 쳐들어갔다.

오나라 군사 중 정예부대는 모두 오왕 부차를 따라갔기 때문에 성에 남아 있는 군사는 힘 없고 늙은 병사, 예비군에 불과

했다.

그와 반대로 월나라 군사는 오늘을 위해 갈고 닦은 강병들이며, 특히 검술과 궁노 쓰는 법을 연마한 정예병들이었다. 게다가 뛰어난 노장 범려와 문종을 어찌 오나라 군사가 당해낼 수 있겠는가.

오군은 대패했다.

이때 오왕 부차는 황지에 제후들을 소집해 놓고 있었다. 그러나 중원의 맹주 노릇을 하고 있는 진 정공(晉定公)이 맹주 자리를 내놓으려고 하지 않았다.

오나라의 왕손낙과 진나라의 조앙이 맹주 자리를 놓고 며칠째 옥신각신하고 있을 때 오나라로부터 밀사가 달려왔다.

"월나라가 쳐들어와 도성을 에워쌌습니다. 대왕께서는 속히 회군하여 오성을 구원하소서!"

사자가 다급하게 아뢰었다. 부차는 대경실색(大驚失色, 몹시 놀라 얼굴빛이 하얗게 변함)했다. 천하의 맹주가 되려는 순간에 월나라가 침략을 했다는 말은 마른 하늘의 청천벽력(靑天霹靂)이었다.

"구천을 죽였어야 했구나……."

부차는 뒤늦게 땅을 치고 후회했다. 간신배 백비의 안색도 하얗게 변했다.

"이 일을 어찌하는 것이 좋겠는가?"

"나라 안의 상황이 위태롭다고 해서 군사를 거두어 돌아간다면 우습게 됩니다. 그러니 일단은 군사로 위협하여 진 정공을 굴복시켜야 합니다."

부차가 군사들을 휘몰아 진군을 공격할 태세를 갖추고 오군의 함성 소리가 천지를 진동시키자 진 정공은 굴복했다.

이로써 오나라 부차는 천하의 제후들 앞에서 맹주(盟主)가 되었다. 맹회문의 내용은 여전히 주(周) 왕실을 받들고 열국들과 친밀하게 지낸다는 것이었다.

맹회를 마친 부차는 귀국을 서둘렀지만 장강을 거쳐 회수(淮水)를 건너 오성을 에워싼 월군을 맞아 싸워야 했다. 월군은 사기가 충천해 있었고, 오군은 긴 여정에 지쳐 있었다.

오군은 월군과 접전한 지 얼마 되지 않아 대패했다. 도성 앞의 드넓은 벌판이 온통 오군의 피로 물들었다.

"월군이 의외로 강하다. 더 이상 싸웠다가는 대패하여 사직을 지킬 수도 없을 것이다."

부차는 월왕 구천에게 백비를 보내 화평을 청했다. 이번에는 오나라가 구천에게 사죄를 하고 조공을 바치는 조건이었다.

"아직 부차를 아주 없애버릴 수는 없습니다. 일단 화평을 맺고 백비에게 생색을 내게 해주십시오. 앞으로는 오나라가 힘을 쓰지 못할 것입니다."

범려의 말에 월왕 구천은 부차의 항복을 받고 월나라로 돌아갔다.

오자서가 예측한 대로 20년 만에 치룬 오월대전(吳越大戰)은 월나라의 대승으로 명암이 엇갈렸다.

중원의 제후국들은 신흥대국 월나라를 주목하기 시작했다.

오왕 부차는 월나라와 굴욕적인 화평을 맺고도 더욱 주색에 빠져 나라 정사를 돌보지 않았다. 어쩌면 서시가 날마다 부차를 현혹시켜서 술과 여자에 빠져 지내게 만들었는지도 모를 일이다.

어쨌든 오나라는 간신들만이 들끓어 나라 안이 뒤숭숭했다. 더구나 해마다 흉년이 들어서 오나라 민심은 더욱 어지러웠다.

월왕 구천은 다시 군사를 일으켰다. 범려와 문종도 오나라를 멸망시킬 시기가 도래했다고 아뢰었다.

구천은 10만 대군을 동원하여 오나라로 진군하기 시작했다.

월나라 군사가 성 안으로 밀어닥치자 오군은 혼비백산하여 뿔뿔이 흩어져 달아났다. 부차는 다급하여 백비를 불렀으나 백비는 이미 월군에게 항복하고 없었다.

"충신 오자서의 말을 듣지 않고 간신배의 참소만을 듣다가 이런 꼴을 당하는구나."

부차는 탄식하며 양산으로 달아났다. 월군의 추격을 피해 밤낮으로 도주하는 동안 먹을 것은 떨어지고 의복은 헤어졌다. 성을 떠난 지 벌써 닷새가 지났다.

이때 구천이 군사 천여 명을 이끌고 뒤쫓아왔다. 그들은 부차의 주변을 에워쌌다. 부차는 다급히 글을 써서 화살에 꽂아 월군에게 쏘아 보냈다.

범려와 문종에게 보내는 글이었다.

"토끼 사냥이 끝나면 그 토끼를 잡을 때 공을 세운 사냥개를 삶아 먹는다고 한다. 부려먹고 나서 쓸모가 없으면 죽이는 것이 인간사요. 이제 오나라가 망하면 그 다음은 범려와 문종, 두 대부의 차례일 것이요. 그러니 자신의 처지를 생각해서라도 과인에게 자비를 베푸는 것이 어떻겠는가?"

토사구팽(兎死狗烹, 토끼가 죽고 나면 토끼를 잡던 사냥개도 삶아 먹힘. 필요할 때는 쓰고 필요없을 때는 버리는 야박한 세상의 인심의 비유)을 말함이었다. 범려와 문종은 상의 끝에 훈계하는 답장을 보냈다.

"그대는 오자서 같은 충신을 죽이고 간신 모리배를 등용했다. 또한 아버지를 죽인 원수를 죽이지 않고 살려 보냈으며, 하늘이 월나라를 오나라에 주었는데도 받지 않은 어리석음을 범했다. 이제 와서 자비를 베풀라니 어불성설이다. 오나라를 월나라에게 준 것은 하늘의 뜻이다. 그대는 천명을 외면했으나 우리는 그 천명을 받을 것이다. 또한 그대가 죽어야 할 이유가 또 있다. 그대는 일국의 군주로서 선정을 베풀 생각은 안 하고 황음으로 백성들을 도탄에 빠뜨렸으니 그 죄가 하나요, 인접 국가 간에 화친을 도모할 생각은 안 하고 불의(不義)로 침략했으니 그 죄가 둘이요, 교만하기 짝이 없어 만승천자를 사칭(詐稱)했으니 그 죄가 셋이라, 이에 마땅히 단두(斷頭)로써 처형하리라!"

글월을 받아본 오왕 부차는 통곡했다. 모든 게 자신의 잘못으로 이루어진 일이었고, 돌이킬 수 없는 일이었다.

"내가 저승에 간다면 오자서와 같은 충신들을 볼 면목이 없겠구나. 내가 죽으면 비단으로 내 얼굴을 가려다오."

부차는 스스로 목을 찔러 자결했다. 왕손낙은 대성통곡한 뒤 자신의 옷을 벗어 부차의 얼굴을 덮고 자신도 자결했다.

구천은 비록 적국의 임금이었지만 부차를 성대히 장사지내 주었다. 이렇게 오나라는 멸망했다.

월왕 구천은 오나라의 고소성에 들어가 오나라 군신들, 문무 백관의 하례를 받았다. 그들 속에 백비가 끼어 서서 의젓이 뽐 내고 있었다.

그는 지난날 여러 가지로 월나라 형편을 도와주었다 해서 생 색을 내는 것이었다. 그가 뒷구멍으로 받은 뇌물은 부차보다 도 더 많았다.

구천은 백비를 끌어내어 본보기로 아니, 그보다는 오자서의 원수를 갚기 위해 처단했다. 그리고 오나라 군신들에게 다음 과 같이 선포했다.

"당신들은 오늘부터 모두가 월나라 백성임을 명심해 주기 바라오. 당신들의 벼슬은 그대로 제수할 터이니, 지금부터 나 라 안의 모든 창고 문을 열어 백성들에게 궁휼미를 나눠 주도 록 하라!"

오나라를 평정한 월왕 구천은 군사를 이끌고 장강을 건너서 회수(淮水)를 지나 서주(舒州)에 이르렀다.

구천은 그곳에서 주 왕실에 사신을 보내 제(齊)·진(晉)·송 (宋)·노(魯)의 제후들과 맹회를 열고 명실공히 중원의 패자가 되었다.

이후 범려는 모든 관직을 사직하고 강호(江湖)에 물러났으나 문종은 관직에 미련이 남아 머물러 있다가 결국은 구천으로부터 촉루검을 받고 죽었다.

오왕 부차가 오자서에게 자결을 명했던 그 검이었다.

여기서 오왕 부차의 마음을 뒤흔들고 나라를 피폐케한 천상 선녀 서시는 소임을 다한 후 자결했다는 설과, 월왕 구천과 함께 귀국한 후 범려를 따라 산천 유람을 떠났다는 설 등이 있다.

여불위(呂不韋)와
주희(朱姬)

진(秦)의 시황제(始皇帝)는 할아버지 소왕(昭王) 48년(기원전 259년) 정월 조(趙)나라에 볼모로 잡혔던 자초(子楚, 莊襄王)의 아들로 조나라의 서울 한단에서 태어났고 이름은 정(政)이라 하였다.

그는 열세 살 되던 해에 장양왕이 죽음으로써 진나라의 왕위에 올랐다.

시황제는 어려서부터 용맹하고 지략이 뛰어난 영웅의 자질을 갖추었을 뿐만 아니라 사람들을 굴복시키는 강인한 힘과 지도력이 뛰어났다.

그 자질은 필시 그의 몸에 당대 지모가 출중했던 대상인(大

商人) 갑부 여불위(呂不韋)의 피가 흐르기 때문일 것이다.

생부인 여불위마저 그 사실을 밝히지 못하고 끝내 시황제에 의해 스스로 독주를 마시고 목숨을 끊었다.

여불위는 본래 한(韓)나라 양책(陽翟) 땅 출신의 갑부로서 이웃 여러 나라에까지 이름이 잘 알려진 장사꾼이었다. 그런 그가 진나라 소양왕의 손자이자 훗날 효문왕(孝文王)이 되는 안국군(安國君)의 아들 자초(子楚)를 발견하고 그의 후견인 노릇을 하였다.

"잘하면 천하를 주무를 큰 장사가 되겠구나!"

여불위는 장사꾼으로서의 예감이 스쳤다. 그리고 왕재를 키울 밑그림을 그리며 쾌재를 불렀다.

그 무렵 여불위에게는 2백 냥을 주고 사들인 나이어린 애첩 주희(朱姬)가 있었다(혹은 조나라에서 얻었기 때문에 조희(趙姬)라고도 일컫는다). 열여덟의 주희는 얼굴부터가 절세의 미인이기도 했지만 음욕이 어찌나 센지, 둘째가라면 서러워할 정력의 소유자인 여불위도 한 번 살을 섞은 뒤로는 도무지 딴 마음이 들지 않을 정도였다.

여불위는 자초를 찾아가 진나라의 상황을 설명한 후 전 재산을 던져서라도 진나라로 가서 안국군과 화양부인에게 당신을 후계자로 삼으라는 공작을 하겠노라고 귀띔하였다.

여불위는 진귀한 보물을 싸들고 진나라에 가 화양부인과 안국군을 번갈아 만나며 자초의 인물됨을 설명하고 후계자로 삼아줄 것을 약속받아 조나라로 돌아올 수 있었다.

자초 공자는 뛸 듯이 기뻤다. 자초는 그날 밤 여불위 집 한적한 별채에서 향내 나는 어여쁜 주희의 술시중을 받아가며 세상 근심을 다 잊었다. 자초는 불안했던 볼모 생활을 잠시나마 털어버리고 주희의 미색과 교태에 즐거운 시간을 보냈다. 스무 살이 넘었지만 아직 여자를 모르는 숫총각이 절세가인(絶世佳人)을 옆에 두게 되니 첫눈에 반할 수밖에 없었다.

자초는 황홀했다. 주희의 춤사위는 흰 구름처럼 둥둥 떠다니다가 나비처럼 사뿐히 앉는 듯 나부꼈다. 고운 아미(蛾眉, 누에나방의 더듬이처럼 가늘고 아름다운 눈썹. 미인의 눈썹)는 복숭아꽃처럼 화사하고 노래 부르는 입술은 잘 무르익은 앵두처럼 붉었으며 눈은 추수(秋水)처럼 깊고 서늘했다. 주희의 자태가 어찌나 아름다운지 자초는 하늘의 선녀(仙女)가 자신을 위해 이 세상에 내려온 것처럼 느껴졌다.

하루가 멀다 하고 여불위의 집을 드나들던 자초는 어느 날 여불위에게 신중히 주희의 집안 이력에 대해서 꼬치꼬치 알아보고자 했다.

여불위는 시치미를 뚝 떼고 태연스레 말했다.

"부모가 세상을 일찍 떠나 제가 양녀로 키우고 있사온데 나무랄 데 없는 명문가의 자식입니다."

그러자 자초는 잠시 주춤하더니 말을 꺼냈다.

"여 대인, 주희와 결혼할 수 있도록 도와주실 수 있겠소?"

"그렇잖아도 주희의 나이가 차서 좋은 혼처가 없나 하고 찾던 중이었지요. 비록 친자식은 아니라 해도 섭섭지 않게 혼례를 치러주려던 참이었습니다. 공자님이라면 여부가 있겠습니까? 이제야 애써 키운 보람이 있나 봅니다.”

여불위의 말에 자초는 가슴이 확 뚫리는 것 같았다. 진나라에 돌아가 안국군의 적자(嫡子), 아니 태자(太子)가 되는 것도 중요하지만 주희를 얻는 것 또한 그에 못지않은 기쁨이었다.

여불위는 주희를 남에게 주기는 아까웠지만 큰일을 위한 사소한 일에 지나지 않는다고 결론을 내린 후, 자초를 배웅하고 아쉬움을 달래며 주희의 방으로 갔다.

여불위는 못내 서운함을 억누르며 조심스럽게 이야기를 꺼냈다.

“자초 공자께서 너와 결혼하고 싶다고 하는구나!”

그러자 주희의 안색이 갑자기 창백해지더니 손으로 얼굴을 감싸고 서럽게 울었다.

“아니 되옵니다. 나리! 소첩은 지금 나리의 아이를 가졌사옵니다. 벌써 두 달이나 되었는데 이 몸으로 어찌 다른 남자와 결혼할 수 있겠습니까?”

여불위는 쇠몽둥이로 뒤통수를 얻어맞은 것 같은 충격에 휘청거렸다. 아뿔싸, 지금까지 치밀하게 진행된 큰 장사가 송두리째 날아가는 판국이었다.

그때 여불위의 머릿속에 기발한 생각이 번개처럼 스쳤다. 본시 장사란 위기에서 더 큰 기회가 오는 법이다.

“나도 사랑하는 너를 자초에게 시집보내고 싶지는 않다. 그러나 이 일은 깊이 생각해 볼 필요가 있다. 네가 나를 평생 섬겨보았자 늙은 장사꾼의 아내밖에 더 되겠느냐? 그러나 대국인 진나라의 왕손에게 시집을 가면 너는 장차 진나라의 왕비가 될 것이다. 하늘이 우리를 도와서 너의 뱃속에 있는 아기가 아들이라면 언젠가는 진나라의 왕이 될 것이다. 너는 장차 왕의 어미가 되는 것이다."

무시무시한 음모였다. 주희의 얼굴이 다시금 창백해졌다.

"너는 공자를 따라가 아이를 낳아라. 너는 이제 왕후가 되는 것이다. 아이를 가졌다는 것은 우리 둘만이 아는 사실이니 절대로 발설해서는 아니 된다. 무덤까지 안고 가야 하느니라. 부귀영화가 너한테 달려 있는데 어찌 버릴 수 있겠느냐? 너와 내가 큰일을 이루자꾸나."

여불위의 설득에 주희도 더 이상 고집을 부리지 않았다. 아니 왕후가 된다는 말에 솔깃하기까지 했다. 여불위가 주희를 끌어안았다. 주희도 훌쩍이다가 여불위의 품속으로 파고들었다. 그녀는 젊은 공자, 새로운 남자를 만나게 된다는 사실에 오히려 흥분이 되었다.

다음 날, 여불위는 자초를 볼모로 잡고 있는 공손건을 찾아가 많은 예물을 바치고 자초 공자와 주희의 혼인을 허락받았다. 그리고 며칠 후 성대한 예식을 올려주었다.

자초는 주희를 맞아들여 꿈결같은 밤을 보냈다. 공손건 집 깊숙한 곳에 갇혀서 장성할 때까지 여자라고는 알지 못했던 자초는 절세미인 주희와 결혼하게 되자 마치 선녀를 품에 안은 듯했다. 주희는 여자에 대해서 전혀 모르는 자초를 매일 밤 열락(悅樂) 속으로 이끌었다.

그날 이후 자초는 하루하루가 새로운 세상, 무릉도원(武陵桃源)에서 보내는 것 같았다. 주희 또한 왕비가 되겠다는 야심에 자초를 지극 정성으로 받들었다. 자초와 합방한 지 한 달이 조금 지나 주희는 잉태한 사실을 알렸다.

"전하의 지극한 사랑을 받아 잉태하였습니다."

자초는 크게 기뻐하며 잔치를 베풀었다.

이듬해 정월 주희는 아들 정(政)을 낳았다. 예정보다 두 달이나 늦은, 열두 달만이었다. 아이는 뱃속에서부터 눈을 커다랗게 뜨고 나왔고 넓은 이마에 이빨도 나 있었다. 이 아이가 훗날 여섯 나라를 차례로 멸망시키고 천하통일의 대업을 이루게 될 시황제(始皇帝)였던 것이다.

주희가 아들을 낳자 누구보다도 기뻐한 사람은 여불위였다. 중국 대륙의 최대 강대국 진나라가 자기 손에 들어온 것이나 다름없었다.

'이제 남은 것은 조나라를 탈출하는 것이다.'

자초의 탈출 계획을 세운 여불위는 아무도 눈치채지 못하게 집의 재산을 정리하기 시작했다. 그런 후 여불위는 날을 잡아 자초와 공손건을 집으로 초대해 성대한 잔치를 베풀었다.

오랜만에 잘 빚은 술과 고기 맛을 본 호위병들은 술에 취해 일찌감치 곯아떨어졌다.

마침내 기다리던 기회가 왔다. 몇 년을 준비한 절호의 기회가 온 것이다.

"공자님, 지금입니다. 빨리 이곳을 빠져나가야 합니다."

여불위가 재촉했다.

술에 취해 곯아떨어진 공손건의 머리맡에 황금 6백 근이 든 큼직한 궤를 남겨두고 말을 몰았다. 국경을 넘는 각처 요새마다 미리 돈으로 손을 써놓았기에, 장삿길 떠나는 여불위와 짐꾼들이라고 생각한 관문의 수장들은 오히려 잘 다녀오라고 위로하며 제지하지 않았다. 이로써 자초는 볼모로 잡힌 지 7년만에 조나라를 탈출하여 진나라의 수도 함양(咸陽)에 도착하게 되었다.

조나라에 볼모로 억류되어 있던 왕손 자초가 7년 만에 함양에 돌아오자, 안국군과 화양부인은 기뻐서 어쩔 줄을 몰랐다. 화양부인은 자초를 아예 아들이라고 불렀다.

그런 뒤 얼마 지나지 않아 병석에 누워 있던 소양왕이 죽고 안국군이 왕이 되었으며 화양부인은 왕후가 되었다.

그가 바로 효문왕(孝文王)인데, 그는 약속대로 자초를 태자로 책봉하였다.

그런데 안국군은 즉위한 지 1년 만에 죽고 말았다. 태자 자초가 대(代)를 이어 즉위하니, 이가 바로 장양왕(莊襄王)이다.

장양왕은 여불위의 은혜를 잊지 않고 그를 승상(丞相)으로 삼고 문신후(文信侯)에 봉했으며, 10만 호(號) 50식읍(食邑)을 주었다.

이제 여불위는 한낱 장사꾼에서 한 나라를 좌지우지하는 최고의 직위 승상이 되어 있었다. 그의 권력은 어느 누구도 막을 수 없었다.

장양왕은 재위 3년이 되던 해에 발병했다. 여불위는 문병을 핑계로 매일같이 대궐을 드나들었다. 장양왕의 병세는 점점 악화되었다.

그 무렵 주희는 여불위와 정을 통하고 싶어 안달이 났다. 왕비가 되어 호사를 누리는 것도 좋았으나, 양기(陽氣)와 양물(陽物)이 절륜한 여불위를 잊을 수가 없었던 것이다. 여불위는 주희가 보낸 내시를 따라 내전으로 들어가 주희를 품에 안았다.

여불위는 여자 다루는 솜씨가 장양왕과는 판이하게 달랐다. 몇 번이나 숨이 멎을 듯한 열락을 맛본 주희는 하루라도 여불위와 떨어져 지내고 싶지 않았다.

"왕이 지금은 병중에 있으니 회복되면 우리는 다시 만나기가 어려울 거예요."

주희가 여불위의 품에 안겨서 속삭였다.

"하하하! 왕은 결코 회복되지 못하오."

"호호호. 아무튼 나는 나리만 믿겠어요."

"흐흐……, 왕후께서는 어째서 나리라고 부르십니까?"

"승상께서는 나의 첫 번째 남자가 아닙니까? 게다가 이처럼 양기가 절륜한 남자는 없을 것입니다."

"그 점이라면 왕후께서도 만만치 않으십니다."

여불위와 주희는 또다시 달라붙었다.

장양왕은 발병한 지 한 달 만에 죽었다. 여불위는 장양왕이 앓아눕자 매일같이 약을 갖다 주었는데 장양왕이 그 약을 계속 먹다가 죽은 것이다.

여불위는 왕이 죽자 국상(國喪)을 선포하고 태자 정(政)을 왕위에 앉혔다. 정은 이때 열세 살이었다. 주희는 태후가 되고 여불위는 자연 승상의 자리에서 진나라 정치를 좌지우지했다.

소년 왕 정(政)은 여불위에 대한 존경의 표시로 승상의 지위보다 높은 '상국(相國)'의 직위를 주고, '중보(仲父, 아버지 다음 가는 사람)라고 부르며 우대했다.

그로부터 몇 년이 지났다. 장안군(長安君)은 정(政) 다음으로, 주희와 자초 사이에 태어난 아들이었는데, 열일곱 살이 되어 출정 중에 있었다. 그런데 여불위와 사이가 좋지 않은 번어기(樊於期)가 장안군을 들쑤셔 여불위가 매일 밤 태후와 통정한다는 사실과 진왕 정이 장양왕의 소생이 아니라 여불위의 소생이라는 것을 일깨웠다.

그리하여 군사를 이끌고 출정 중임에도 불구하고 전국에 파발을 띄워 모반(謀反)을 꾀했다. 그 일로 진왕 정은 자신을 다시금 되돌아보게 되고, 잠재되었던 포악함이 솟구쳐 어느 누구도 허튼소리 한 마디만 들려도 가차없이 목을 베었다.

진왕 정은 국내뿐만 아니라 전국에 파다한 소문을 잠재우기 위해 온 나라의 힘을 전쟁으로 내몰았다.

진왕 정이 장성함에 따라 여불위는 점점 늙어갔다. 그는 장안군의 반역 사건이 있은 뒤에도 비밀리에 태후 주희와 밀애를 거듭했다. 주희는 그를 끝없이 내전으로 불러들여 운우지정(雲雨之情)에 빠져 지냈다.

여불위는 점차 하루가 다르게 장성한 진왕 정이 두려워졌다. 진왕은 갈수록 영민하고 잔인해져 가고 있었다. 여불위는 가능하면 주희를 멀리하려 했으나 주희는 나이가 들수록 음탕함이 더해 갔다. 여불위는 어떻게 해서든지 주희와의 관계를 청

산해야겠다고 생각했다.

　그 무렵, 양물(陽物)이 거대하기로 소문난 노애(嫪毒)라는 인물이 함양 도읍에 있었는데 함양의 부녀자들은 노애의 소문을 듣고 그와 동침하기 위해 혈안이 되어 있었다. 그런데 마침내 노애는 한 유부녀와 동침을 하다가 관리들에게 발각되어 관청으로 끌려갔다.
　온 성안 사람들이 노애를 보기 위해 구름처럼 몰려들었다. 여불위가 그 소문을 놓칠 리 없었다.
　'노애라는 놈이 그처럼 양물이 거대하다면 태후를 만족시킬 수 있을 것이다.'
　여불위는 일단 은밀히 손을 써 노애를 처벌하지 못하게 하고 승상부로 데려왔다.
　'일단 태후의 귀에 들어가도록 소문을 내자.'
　여불위는 추수감사절 축제에 노애를 저잣거리로 데려가 오동나무로 만든 커다란 수레바퀴를 양물로 돌리게 했다. 이를 구경하던 백성들은 노애의 커다란 양물을 보고 탄성을 자아냈다. 부녀자들은 허리를 배배 꼬고 비틀며 교성을 질러대는가 하면 몇몇은 오줌을 질질 흘렸다.
　노애에 관한 소문은 함양성 안에 널리 퍼졌다. 구중궁궐 깊숙한 궁에 있는 주희도 그 소문을 듣게 되었다.
　"승상의 부중에 노애라는 자가 있다던데, 양물의 크기가 대단하다면서요?"
　주희의 눈빛이 번뜩거리며 생기가 감돌다 못해 음침해졌다.

"왜요? 구경하시려고요? 엄청난데……. 길이는 한 자 두 치요, 둘레가 주먹만 합니다."

주희는 입을 다물지 못했다. 그러더니만 승상의 아랫도리를 부여잡고 놓지를 않았다. 결국 여불위는 서너 차례 교접을 치른 뒤에야 가까스로 태후 궁을 벗어날 수 있었다.

이튿날 여불위는 노애의 음탕한 행적을 이유로 남성을 제거하는 형벌, 즉 부형(腐刑, 宮刑)에 처하라는 영을 내렸다. 그리고 형리에게 슬며시 뇌물을 써서 노애를 빼돌렸다. 형리들은 여불위의 명을 받아 노애에게 부형을 가한 것처럼 꾸며서 피가 낭자한 양물을 저잣거리에 내걸었다. 그러나 그것은 노애의 것이 아니라 시커먼 당나귀의 양물이었다.

사람들은 저마다 내걸린 양물이 노애의 것인 줄 알고 혀를 끌끌 찼다. 부녀자들은 무척 아쉬운 듯 그 자리를 떠나지 못하고 웅성댔다. 여불위는 노애의 수염을 모두 뽑아버리고 내시로 위장시켜, 태후 궁으로 들여보냈다.

주희는 그날로 밤이 되자 노애를 불러들였다. 과연 소문처럼 노애의 양물은 주희가 입을 딱 벌릴 정도로 거대했다. 노애는 온갖 기교로 주희를 황홀하게 만들었다. 주희는 꿈꾸듯 생시인 듯 까무러치고 자지러지며 노애의 품속에서 한밤을 보냈다. 몸은 천근만근 물먹은 솜뭉치가 되어 있었다.

"노애는 과연 뛰어난 사람이오."

주희는 이튿날 여불위에게 게슴츠레한 눈빛을 보내며 감사의 인사를 했다. 이제 여불위 따위는 붙잡을 성싶지 않았다. 여불위는 비로소 주희의 치마폭에서 벗어나게 되어 안심했다.

주희는 밤마다 노애와 어울려 뒹굴었다. 그러다 주희에게 태기가 있었고 배가 점점 불러오게 되었다. 덜컥 겁이 난 주희는 승상 여불위를 급히 찾았다.

"병이 났다 하고 비접(避接, 병이 있는 사람이 자리를 옮겨서 병을 다스리는 일)을 떠나십시오."

여불위는 그날로 태사(太師)를 매수하여, '내궁에 귀신이 들어 태후마마는 서쪽 천 리 밖으로 옮겨서 피병(避病)을 해야 고칠 수 있다'고 진왕에게 아뢰도록 했다.

"함양에서 서쪽으로 천 리쯤 가면 옹주(雍州)라는 곳이 있으니, 그곳 별궁(別宮)으로 태후를 모시도록 하라."

이튿날 주희는 진왕의 배려로 노애를 어자(御者, 마차를 모는 사람)로 삼아 옹주로 향했다. 노애와 주희는 그제야 살판난 듯 밤이고 낮이고 옹주성 대정궁(大鄭宮)이 들썩이도록 그 짓을 해댔다.

이듬해 여름에 첫아들을 낳고, 그로부터 1년 후에는 두 번째 아들을 낳았다.

옹주에는 주희와 노애에 대한 소문이 무성하게 나돌았다. 주희와 노애가 아무리 뇌물을 주고 입단속을 하려 해도 소용이 없었다. 아들 형제가 태어나자 노애는 오히려 제 분수를 모르고 기고만장(氣高萬丈)해졌다. 급기야 노애는 진왕 정을 죽이고 자기 아들을 왕위에 앉힐 야심까지 품게 되었다.

그는 자기 땅을 '애국(毒國)'이라 부르고 자신은 '애왕(毒王)'이라 칭했다. 여기서 애(毒)는 '음란하거나 음란한 사람'을 뜻한다. 진시황(秦始皇)의 모후(母后)가 노애(嫪毐)와 더불어 음탕한 생활을 즐겼기 때문에 음탕한 사람을 욕할 때 '嫪毒'라 일렀다.

어느덧 진왕 정이 즉위한 지 9년이 되었다.

이제 정은 진나라 조정을 완전히 장악했고, 그의 명(命) 한마디면 산천초목이 벌벌 떨었다. 그러던 어느 날 상제(上帝)에게 제사를 지내기 위해 진왕 정이 옹주성에 들르게 되었다.

주희는 노애를 거느리고 옹주성 밖까지 나가서 진왕을 영접했다. 그날 밤, 모든 신하와 백성들이 배불리 먹고 취하도록 마셨다.

노애는 날마다 계속되는 잔치에 신이 나서 술을 마시고 함양에서 온 기라성 같은 대신들과 도박을 하다가 싸움판을 벌이게 되었다. 그 바람에 태후와 통정을 하고 아들까지 둘 낳았다는 사실이 들통나고 말았다.

진왕에게 잡혀온 노애는 고문 끝에 여불위로 인하여 태후와 교정(交情)한 사실이 밝혀졌고, 온몸이 찢기는 거열형(車裂刑)에 처해졌다. 또한 내궁 깊숙이 숨겨 두었던 두 아들은 자루에 싼 채 철추(鐵椎)로 쳐 죽였고, 주희는 태후로서의 품위를 잃었다 하여 연금시키고 군사들로 하여금 감시케 하였다.

그날로 함양 대궐에 든 진왕 정은 여불위를 승상의 자리에서 해임시키고 집에 감금시켜 버렸다.

며칠 후 진왕은 여불위를 하남(河南)으로 추방했다. 그도 모자라 하남 땅에 뿌리내리기 전에 가장 척박한 땅, 사막이나 다름없는 촉군(蜀郡)으로 떠나라고 명했다. 여불위는 눈물을 흘리며 탄식했다.

"아아, 내가 아들을 왕위에 앉혔지만 아들이라 불러보지도 못하고 아들의 손에 황량한 땅으로 쫓겨가는구나."

여불위는 참담했다.

"인과응보(因果應報, 선악의 인연에 따라 길흉화복의 갚음을 받게 됨)로구나. 크나큰 도박을 했으되 모리배와 같은 짓을 했으니, 자기 이익만을 꾀한 내가 오늘 이런 꼴을 당하는 것은 당연한 일이다."

그날 밤, 그는 독주를 마시고 자결했다. 그의 나이 53세였다.

그에 앞서, 여불위는 제후국들 중에서 진나라가 가장 강대한데도 불구하고 위나라의 신릉군이나 초나라의 춘신군, 조나라의 평원군, 제나라의 맹상군보다 인망이 높지 못한 것에 항상 열등감을 가지고 있었다. 그래서 그도 부지런히 인사들을 불러들이고 빈객들을 후대했더니 어느 새 집안에는 식객이 3천 명이 넘게 붐볐다.

"어떻게 해야 내가 저 사군(四君)을 압도할 만한 명예를 얻을 수 있을까?"

그러자 식객 중 하나가 대답했다.

"책을 내십시오. 상국 같으신 분이 무얼 못 하시겠습니까? 3천의 식객들을 하는 일 없이 밥이나 축내는 무위도식(無爲徒食)하게 만들어서는 안 됩니다. 모두가 한 가지씩 재주가 있을 것입니다."

그로부터 여불위는 빈객들에게 각자 자기의 지식과 견문(見

聞)한 바를 저술 편집케 했다. 과연 그런 착상은 저 사 군(四君)도 못해낸 일이었다.

논(論)들은 차곡차곡 집대성되었다.

『팔람(八覽, 有始·孝行·愼大·先識·審分·審應·離俗·時君)』과 『육론(六論, 開春·慣行·貴直·不苟·似順·士容)』, 『십이기(十二紀, 春夏秋冬 4계절을 孟·仲·季로 구분해 서술한 12편의 이름)』 등으로 모두 26권 20만 자가 넘는 저서가 되었다. 천지·만물·고금의 모든 것이 총망라되었다고 자찬했다. 그리고 책 이름을 『여씨춘추(呂氏春秋)』라 지었다.

"이 책을 함양의 시장문(市場門) 앞에다 진열하고 천 금의 상금을 거시지요."

"그건 왜 그렇소?"

"천하 제후의 나라를 돌아다닌 그 어떤 선비라도 『여씨춘추』의 글자 한 자라도 덧붙이거나 삭제할 수 있는 자가 있다면 상금으로 천 금을 주겠다고 선전해 보시지요?"

이렇게 하여 '글자 하나만으로 천금의 가치가 있다' 는 뜻의 '일자천금(一字千金)' 이라는 고사성어가 유래되었다.

여불위(呂不韋)와 주희(朱姬) 189

항우(項羽)와 우희(虞姫)

"나는 초(楚)나라 대장군 항연(項燕)의 후손으로서 진나라와는 이 세상에서는 함께 살 수 없는 불공대천지 원수지간이다! 그러나 너는 진나라의 벼슬아치로서 지금 진나라에 모반하려고 하니 그것은 충성된 신하가 아니란 말이다! 그러니 너 같은 불충한 놈은 내 칼을 받아 마땅하다!"

항우(項羽)는 회계고을 태수로 있는 은통(殷通)의 목을 뎅강 베어버리고 자신의 삼촌인 항량(項梁)을 그 자리에 세웠다.

이때, 마침 밖에 나갔다가 돌아온 은통의 장수 계포(季布)와 종리매(鐘離昧) 두 사람이 이 광경을 보고 항우에게 고함을 질렀다.

"어찌해서 당신은 이같이 나쁜 짓을 행하시오? 이 고을에 들어와서 고을 주인을 죽이고 자립하는 것이 의리에 옳은 일이란 말이오?”

그러자 항우도 지지 않고 대꾸했다.

“옳다고 생각하오. 왜 그런고 하니, 은통은 진나라의 녹을 먹고 오다가 모반하려고 했으니 반신(叛臣)이요, 나의 삼촌이신 항량 선생께서는 초나라의 원수를 갚기 위해 일어서신 것이니 이것은 지극히 합당한 일이오! 지금 동서남북에서 영웅 호걸들이 일어나는 이때에 진나라의 땅을 잠시 차용하여 초나라의 원수를 갚기 위해 일어나는 우리를 돕는 것이 어떻겠소? 그까짓 은통을 생각해서 무얼한단 말이오!”

항우의 이 말에 두 사람은 그만 말문이 막혀버렸다.

계포와 종리매도 다른 관원들과 같이 마루 위에 엎드렸다.

은통과 그의 가족들을 제거하고 항량·항우 숙질이 회계 땅에서 일어섰다는 소문이 퍼지자, 이웃 고을 여러 곳에서 항량의 의거(義擧)에 합세하겠다고 군사를 이끌고 몰려왔다.

항량과 항우의 기세는 날로 높아 갔다.

며칠이 지난 뒤에 계포와 종리매 두 사람이 항우에게 자기들의 의견을 진언했다.

“천하를 도모하자면 싸움에 능한 대장을 많이 얻어야 합니다. 회계 땅 도산(塗山) 속에 우영(于英)과 환초(桓楚) 두 장수가 8천 명의 군사를 기르고 있는데 그 사람들을 얻으면 가히 천하를 도모할 수 있을 것입니다. 한번 찾아가서 만나 보시지요.”

항우는 즉시 찬성하고 삼촌이자 회계 태수인 항량의 동의를 얻어 도산으로 향했다.

“두 분의 고명을 듣고 삼촌되는 항량 선생의 뜻을 받들어 뵈러 왔습니다. 진나라의 무도한 짓을 천하 만민이 깨달은 지 이미 오래고, 육국이 보복할 기회를 노리고 보아온 지 오랩니다. 두 분께서 협력해 주시기 바랍니다."

항우는 이같이 말을 시작했다.

"진나라의 가렴주구(苛斂誅求, 세금을 가혹하게 거두어들이고 백성을 들볶음)에 백성들이 원망해 온 지도 벌써 오랩니다. 그런고로 우리는 산 속에서 도둑질을 업으로 삼고 때가 오기를 기다리고 있었습니다."

우영의 대답이었다.

"그렇습니다. 진나라는 아직도 강하기 짝이 없소……. 그러나 영웅호걸들이 사방에서 일어나고, 포학한 진나라로부터 백성들을 구해야겠다는 소원을 가지지 않은 사람이 없으니, 두 장군이 일어날 때는 바로 지금입니다."

항우의 이 말은 우영과 환초, 두 사람의 마음을 흔들기에 충분했다. 우영과 환초는 항우의 힘이 세다는 말은 들었지만 이참에 한번 시험해 보고 싶었다. 우영과 환초는 항우에게 힘을 보여달라고 요청했다. 그러자 항우는 아까부터 우영과 환초에게 힘자랑을 하고 싶었는지라,

"그러면 내 힘을 한 번 보시렵니까? 무엇을 가지고서든지 시험을 해보시기 바랍니다."

이같이 말했다. 우영과 환초는 한참 생각하더니,

"장군께서 정말로 저희에게 힘을 보여주시려면, 우왕묘(禹王廟) 마당에 큰 가마솥이 있는데 그것을 들어보시겠습니까?"

"해 보지요! 가십시다."

항우는 자신 있게 대답했다. 우영과 환초는 항우를 우왕묘로 인도했다. 과연 두 사람의 말과 같이 뜰 앞 넓은 마당에는 무지막지하게 큰 돌로 깎아 세운 솥이 있었는데, 높이가 일곱 자, 둘레가 다섯 자, 무게가 5, 6천 근은 족히 되어 보였다.

"이것입니까?"

항우가 물었다.

"그렇습니다. 이 솥의 솥발을 거머쥐고 세 번만 높이 쳐들어 보인다면 장군의 힘은 과연 백 명의 힘보다 세다 하겠습니다."

우영과 환초의 말에 항우는 달려들어서 솥을 떠다밀어 자빠뜨렸다. 그리고 솥발을 거머쥐더니 두 손으로 가볍게 들어올렸다. 한 번, 두 번, 세 번 땅에 놓지도 않고 내렸다 올렸다 하더니 다시 땅 위에 살며시 놓았다. 우영과 환초는 혀를 빼물고 탄복했다.

"정말 굉장하십니다! 놀랍습니다!"

"과연 신력(神力)이올시다!"

두 사람은 허리를 굽혀 탄복하면서,

"그러면 저희들은 오늘부터 장군을 따르겠습니다. 그러나 이 산 속에 거느리고 있는 사람이 8천 명이나 됩니다. 이 사람들을 즉시 이끌고 떠날 수는 없으니까 준비를 시켜야겠습니다. 장군이 여기서 하룻밤만 묵으시면 내일 낮에 저희들이 모시고 회계 고을로 들어가도록 하겠습니다."

하고 말했다.

항우도 생각해 보니 그렇게 하는 것이 좋을 것 같았다. 그리하여 항우는 하룻밤을 그들과 함께 지내고 이튿날 조반 후에 말을 타고 먼저 부하 수백 명만을 호위하는 군사로 거느리고 도산을 출발했다.

산에서 내려와 조금 더 행진하려니까 사람들 수십 명이 달려나와 절을 하고 일행을 가로막았다.

"웬 사람들이오?"

항우가 물었다. 사람들 가운데서 한 사람이 말하길, 도산 아래 골짜기 속 큰 연못에 검은 용이 살고 있는데, 그 용이 변해 말[馬]이 되어 날마다 남쪽 마을에 와서 울어대어, 그 소리가 천지를 진동할 뿐만 아니라 천지로 날뛰어서 전답(田畓)에 피해가 이만저만이 아니라고 했다. 이놈의 말을 붙잡을 힘이 없어 걱정하는 중이었는데, 다행히 항 장군이 우왕묘에 있는 돌솥을 번쩍 들었다는 소문을 듣고 모시러 왔다는 것이다.

항우는 쾌히 승낙하고 백성들이 가리키는 대로 산골짜기 너머에 있는 연못가에 가 보았다.

연못가에 이르러 보니 과연 물 가운데에서 말 한 마리가 뛰어나오더니 성난 소리로 크게 울면서 앞발을 쳐들고 사람한테 달려와 물어뜯고 뒷발로 차버릴 것같이 덤비기 시작했다

항우는 타고 있던 말에서 내려 가만히 노려보다가 벽력같은 소리를 지르며 자기 앞으로 다가오는 그 말의 갈기를 움켜잡고 몸을 날려 말등에 올라탔다. 그리고 연못 둘레를 전속력으로 열두어 바퀴를 돌았다. 말은 기운이 다한 듯이 전신에서 땀을 흘리고 더 이상 달음박질을 치지 못했다. 항우는 그래도 말등에서 내리지 않고 한참 동안 천천히 걸어다니게 했다. 그렇게도 사납던 말이 이제는 완전히 보통 말같이 순하게 길들여

져 있었다.

그제야 항우는 말등에서 내리고 말의 등을 쓰다듬었다.

온 동리 사람들은 구경하고 섰다가 모두 함께 땅에 꿇어앉아 고마움을 표했다.

이때, 그들 가운데서 한 노인이 앞으로 걸어나오더니 항우에게 읍하며 입을 열었다.

"장군의 고명하심을 들은 지는 오랩니다. 그런데 다행히 오늘 이곳에 오셔서 마을의 해물을 제거해 주셨으니 감사하기 그지없습니다. 잠시 인마(人馬)를 머무르게 하고, 누추하오나 제 집에서 약주 한 잔이나마 드릴까 합니다. 어떠하신지요?"

항우는 이 말을 듣고 생각하니, 목도 마르고 사나운 말을 길들이기에 기운도 파했는지라 사양치 않고 노인이 권하는 대로 따라가겠다고 승낙했다. 우영과 환초도 항우를 따라 노인의 집으로 갔다.

노인의 집은 누추하지 않은, 시골 마을에서는 행세깨나 하는 집이었다. 노인은 그들을 큰 방으로 인도하여 자리를 권하고 나서 자기소개를 했다.

"누추한 자리에 모셔서 대단히 황송합니다. 저의 성(姓)은 우(虞)가이며 이곳 마을에 무슨 일이 생기면 맨 먼저 저를 내세우는지라, 사람들이 저를 일공(一公)이라 부릅니다. 그래서 이것이 제 이름이 되었습니다."

우일공이 이렇게 자기소개를 했다.

"저의 성은 항(項)이고, 이름은 적(籍)이며, 자는 우(羽)입니다. 사람들이 저의 이름을 부르지 않고 항우라고, 자만 불러줌니다.”

항우도 이같이 인사를 했다. 간결하고 신선한 안주와 술이 나왔다. 노인은 상 위에 주효(酒肴)가 차려진 후에 먼저 항우에게, 다음으로 우영·환초에게 술을 권했다.

술잔이 세 바퀴 돌아간 뒤에 노인은 항우를 바라보며,

“실례합니다만 장군은 연세가 금년에 어떻게 되시는지요?”

“제 나이 올해 스물네 살입니다.”

“혹시 장가는 아직 들지 않으셨는지요?”

“아직 장가들지 못했습니다.”

항우의 대답을 듣고 우일공은 잠시 침묵하더니,

“장군께 청이 있습니다. 이 사람에게 무남독녀 딸 하나가 있는데 총명하고 용모가 단아해서 여러 곳에서 청혼해 오는 일이 많았지만, 오늘까지 배필을 구하지 못하고 있습니다. 다행히 장군이 아직 배필을 맞이하지 않으셨다니 이 사람의 딸을 장군께 드리고자 합니다마는 장군의 의향은 어떠하신지요?”

하고 항우에게 자기 딸을 주겠다는 의사를 표했다.

“감사합니다만 노인께서 애지중지 여기시는 규수에게 저 같은 인물이 적합한 남편이 될 수 있을는지 걱정입니다.”

항우는 슬며시 자기의 짝이 될 수 있는 상대인가 걱정한다는 뜻으로 말했다. 우일공은 즉시 안으로 들어가 딸을 데리고 나왔다.

방안이 환하게 밝아질 만큼 우희(虞姬)의 용모는 아름답고 우아했다. 머리를 수그리고 부끄러운 듯이 늙은 아버지 곁에 서 있는 청초한 그의 자태에서는 그윽한 향기까지 풍기는 것 같았다.

항우는 순간 정신을 빼앗긴 채 그녀를 멍하니 바라다보았다.

"미천한 여식이올시다만 장군의 마음에 드시거든 배필로 정해 주시기 바랍니다."

우일공의 말소리를 듣고 항우는 비로소 제 정신을 찾았다. 그는 첫눈에 반해버리고 말았던 것이다.

"이것으로 제가 맹약하는 증거를 삼겠으니 이 칼을 따님에게 주십시오."

항우는 자리에서 일어나 차고 있던 보검(寶劍)을 끌러 우일공에게 내주었다.

"승낙하시는 겁니까? 이렇게 기쁠 데가 없습니다……. 너는 그러면 장군께 예를 올리고 안으로 들어가거라."

우희가 항우의 보검을 받아 안으로 들어가자 우영과 환초가 항우에게 축하하고 일공에게도 치하했다.

"항장군은 보검으로써 백년가약을 맹세했으니 오늘은 양가에 무한히 기쁜 날이올시다. 우노인께서는 증인된 저희 두 사람에게 다시 한 잔 주셔야겠습니다."

환초가 술잔을 우일공에게 내밀며 웃었다.

한동안 축배를 마시다가 항우가 먼저 일어섰다.

항우는 우영·환초와 군사를 이끌고 회계성에 들어와 삼촌되는 항량에게 전후 사실을 보고했다.

항량은 우영·환초를 만나보고 또 항우가 끌고 온 큰 말을 보고, 이어 우일공의 딸 우희와 백년가약을 맺었다는 사실을 보고받고 무한히 기뻐했다.

"수고 많이 했다. 저 두 사람은 일기당천(一騎當千, 혼자서 천 명의 적을 대항해냄)의 용맹스러운 장수일 것이오, 더구나 8천 명의 군사가 두 사람을 따라 너의 수하에 들어왔고, 또한 백년해로(百年偕老, 부부가 되어 함께 늙음)할 일생의 배필이 생겼으며 하늘이 용마를 또 너에게 주었으니, 이같은 일은 희한한 일이로다. 대장부의 전도가 양양한 좋은 징조일 것이다. 저 말은 높이가 일곱 자, 길이가 열 자는 될 것 같다. 빛깔이 검으니 저 말의 이름을 '오추(烏騅)'라고 불러라. 용마에 이름이 없어서야 되겠느냐?"

항량은 조카에게 이같이 말하고 도산에 두고 온 부하 군사들을 전부 회계성으로 옮겨오도록 하라고 우영과 환초에게 명령했다.

수일 후에 항량은 사람을 보내어 우희와 우희의 오라비 되는 우자기(虞子期)라는 젊은 사람까지 회계성으로 불러들였다. 그리고 항우와 우희의 혼례를 올려주고 우자기를 항우의 군중에서 연락하는 부관으로 임명했다.

세월은 흘러 항우와 유방, 초·한(楚漢)의 3년 간 싸움도 막바지에 치달아 연합 제후군의 구리산(九里山) 십면매복(十面埋伏)으로 초패왕 항우는 사면초가(四面楚歌) 속에 갇힌 꼴이 되었다.

장막 속에 우희와 나란히 드러누워 깊이 잠들어 있는 항우는 꿈속에서도 모든 장수와 8천 명인 자기의 사졸이 도망간 것을 알지 못했다. 그러나 항우를 버리고 도망간 초나라 사졸들은 적의 진지 내부에 안전하게 도착하자 고향에서 부르던 노래를 불렀다. 한 놈이 고향 노래를 부르자 순식간에 여러 놈이 따라서 불렀다. 성녀산 좌편에서도, 우편에서도 한(漢)나라 진영, 관영의 부대에서 받아들인 초나라 사졸들은 제각기 고향노래를 떼지어 불렀다. 관영의 부대에서는 이것을 금하지 않았다.

항우는 깊이 잠들어 있다가 얼핏 사면에서 초나라의 노래(四面楚歌)가 흘러나오는 소리에 소스라쳐 잠을 깼다. 그는 자리에서 일어나 앉아서 귀를 기울였다. 고향에서 듣던 그리운 노래였다.

그는 신발을 신고 밖으로 나와 진영을 둘러보았다. 그런데 중군의 앞마당에는 약간의 사졸들만이 있을 뿐, 큰 진영이 텅 비어 있는 것을 보고 그는 또 한 번 놀랐다.

"어찌해서 사면에서 초나라의 노래가 들린단 말이냐?"

항우는 장막 밖에 칼을 집고 서 있는 환초와 주란을 보고 물었다. 그의 얼굴은 기막힌 표정이었다. 주란과 환초의 두 눈에서는 눈물이 비 오듯 쏟아졌다.

"폐하! 한신이란 놈이 계책을 쓰고 장자방이 산꼭대기에서 퉁소를 불기 때문에 아군의 사졸들이 모두 다 비창(悲愴, 마음이 몹시 슬픔)한 생각이 나서 계포와 종리매를 위시해 8천 명이 한꺼번에 도망쳐 버렸습니다. 대장이라고 남은 자는 신 등 두 사람뿐이옵니다. 폐하! 한 시각이라도 지체치 마시고 속히 이곳을 탈출하시옵소서. 사졸은 8백, 대장은 두 사람, 이로써 어떻게 한(漢)나라 군사를 대적하시겠습니까? 폐하!"

두 사람은 목 메인 울음소리로 낱낱이 아뢰었다.

항우의 두 눈에서도 눈물이 흘렀다. 그는 입을 꽉 다물고 어깨를 흔들면서 잠시 슬픔을 억제하지 못하다가 침소 곁에 있는 큰 장막 속으로 들어갔다. 주란과 환초도 따라 들어갔다.

항우는 안상에 주저앉아서 천장을 우러러보고 주먹으로 가슴을 치며 비통하게 부르짖었다.

"아하! 상천(上天, 하늘)이 왜 나를 망치시나이까? 아! 하늘이 왜 초(楚)를 멸하시나이까?"

주란과 환초는 이를 보고 그만 소리를 내어 울었다.

이때 잠에서 깨어 일어나 앉아 있던 우희가 항우의 울음소리를 듣고 장막으로 건너왔다. 그는 항우 앞으로 가까이 오면서 공손히 물었다.

"폐하! 폐하는 무슨 일로 이다지 슬퍼하시나이까?"

항우는 우희를 바라보더니 주먹으로 눈물을 닦고 한탄했다.

"아, 슬프구나! 수하의 장졸들이 모두 도망해 버리고 말았다. 내 그대를 버리고 적의 포위망을 헤치고 나가려 하니 가슴이 뻐개지는구나! 천군만마(千軍萬馬, 썩 많은 군사와 말) 속에서도 내 그대와 더불어 잠시도 떠나지 않았거늘, 아하 지금 와서 이별해야 하겠으니 이 무슨 운명이란 말인가?"

우희는 꿇어앉아 항우의 가슴을 끌어안고,

"폐하! 폐하!"

하며, 항우의 몸을 흔들었다.

항우는 눈물에 젖은 눈을 크게 뜨고 우희의 얼굴을 바라보았다. 우희는 항우의 머리를 자기 무릎 위에 눕히고 그의 얼굴을 들여다보고 있었다. 우희의 눈에서도 진주알 같은 눈물방울이 아리따운 두 뺨으로 흘러내렸다.

"폐하!"

우희는 조금 있다가 항우를 불렀다. 그러나 항우는 가슴이 아픈 듯 대답도 못했다.

"폐하! 첩이 폐하를 오륙 년 동안 모시면서 폐하의 좌우에서 떠나지 않았사온데, 지금 이별을 해야 하겠다 하는 말씀은 무슨 말씀이오니까? 설령 호랑이가 들끓는 산 속일지라도, 이무기 떼가 헤엄치는 바다 속일지라도, 폐하가 가시는 곳이면 이 몸이 따라가서 죽어도 한자리에서 죽으려 하옵니다. 어찌해서 지금 그같이 무정하게 첩을 버리겠다 하시나이까……."

우희는 항우를 원망하는 듯 이같이 말끝을 흐렸다. 항우는 그 말을 듣고 우희의 무릎에서 머리를 들고 일어났다.

주란과 환초가 밖으로 나간 것을 짐작하고, 이제는 우희가 항우의 갑옷 소매를 움켜잡고 흐느껴 울기 시작했다. 부드러운 우희의 어깨가 항우의 품안에서 물결쳤다.

항우의 가슴속은 갈기갈기 찢기는 것 같고, 마음은 폭풍우가 쏟아져 내리는 바다 물결같이 되었다.

"아하!"

그는 길게 한숨을 내쉬고 한 손으로 우희를 부여안고, 또 한 손을 들어 탁자 위에 놓여 있는 술병과 술잔을 집었다.

그는 술을 큰 잔에 가득 부어 연거푸 서너 잔을 마신 뒤에,

"우(虞)야! 우야!"

하고, 우희를 불러일으켜 맞은편 자리에 앉았다.

항우는 다시 탁자 앞으로 가서 또 한잔 술을 마시고 노래를

지어 불렀다.

내 힘은 산을 뽑을 만했고,
기운은 천하를 휩쓸었도다.
슬프다. 시운(時運)이 불리하구나!
추(騅)마저 나아가려 하지 않는구나.
추가 가지 못하니 어찌할 것인가?
우야! 우야! 너를 또 어찌할 것인가?
力拔山 氣蓋世(역발산 기개세)
時不利 騅不逝(시불리 추불서)
騅不逝 可奈何(추불서 가내하)
虞美也 奈若何(우미야 내약하)

그는 노래를 부르고 나서 또 연거푸 서너 잔 술을 따라 마셨다.
우희는 눈물로 얼룩진 얼굴을 쳐들고 항우를 바라보다가 가슴속에 쑤시고 아픈 것을 못 견디는 듯, 한숨을 쉬더니, 자기도 한 곡조 불렀다.

천지사방은 한나라 군사
그들이 부르는 초나라의 구슬픈 노래뿐
대왕의 의기가 저토록 꺾였으니
이 몸이 어찌 살기를 바라리오.

우희의 노랫소리는 처량했다. 항우는 우희의 자리로 와락 다가앉아서 몸부림치듯 그의 손을 꽉 붙들고 떨었다.

"아하!"

항우는 또 한숨을 쉬고 술을 따라서 우희에게 잔을 주었다. 두 사람은 서로 술을 한 잔씩 마시고는 한 곡조 부르고 눈물을 흘리고, 또 한 잔씩 들고는, 한 곡조 읊고 눈물을 흘렸다.

항우와 우희가 서로 이별할 수 없어서 시각이 가는 줄을 모르고 울며 노래하며 술을 마시고 있을 때, 오경(五更)이 되었다는 북소리가 들렸다.

주란과 환초는 오경을 치는 북소리를 듣고, 장막 밖에서 큰 소리로 항우를 재촉했다.

"폐하, 지금 이 밤이 밝으려 하옵니다! 폐하! 어서 속히 탈출하시옵소서!"

항우는 그 소리를 듣고도 일어나지 못했다. 그의 눈에서는 눈물이 펑펑 쏟아졌다. 항우는 하염없이 흐르는 눈물을 짓고 우희를 보고 당부했다.

"우야! 나는 이제 가야 한다! 적이 난입(亂入)하기 전에 여기서 벗어나야 한다. 그대는 목숨을 보전하라! 내 만일 운명이 다하지 않는다면, 우리 두 사람은 다시 만날 것이다!"

우희는 흐느껴 울면서 목메인 소리로 항우에게 물었다.

"폐하께서 이곳을 떠나시면, 첩을 어느 곳에 두고 가시나이까?"

항우는 잠깐 생각하더니 말했다.

"우야! 그대 본시 용모가 절세의 미인이니, 유방이 그대를 죽이지 못할 것이다. 조금도 근심하지 마라."

우희는 그 소리를 듣고 더욱 못 견디겠다는 듯이 항우의 갑옷 소매를 붙들고 매달렸다.

"첩은 죽어도 떨어지지 못하겠사옵니다. 적의 포위를 헤치고 나아가신다면 어디까지나 따라가겠사옵니다. 만일 헤치고 나아가지 못하신다면, 첩은 자결해 버리겠사옵니다. 그래서 설령 시체는 썩어 없어진다 할지라도 혼백만은 폐하를 모시고 강을 건너, 다시 고향 땅으로 돌아가겠사옵니다."

"아니다! 공연한 말을 길게 하지 마라! 지금 혼전난군(混戰亂軍) 중에 칼과 창이 땅 위에 덮여 있으니, 용맹무쌍한 장수도 빠져나가기 어렵거늘, 하물며 그대 일개 여인의 몸으로서 어떻게 이곳을 탈출한단 말인가!"

항우는 우희의 소원을 들어주지 않았다. 이 말을 듣고 우희는 잠깐 동안 생각했다. 항우가 자기의 소원을 들어주지 않을 것은 분명했다. 그렇다면 항우를 속이는 수밖에 없다고 생각하고, 우희는 항우 앞에서 조금 물러서면서 아뢰었다.

"그러면 분부하시는 대로 따르겠사오니, 차고 계시는 그 보검(寶劍)을 첩에게 빌려 주십시오. 첩이 남복(男服)으로 가장하고 폐하의 뒤를 따르려 하옵니다."

"그래, 그러면 이 칼을 줄 것이니 따라올 수 있는 데까지 따라오기 바란다."

항우는 내키지 않았으나 허리에서 칼을 끌러 우희에게 쥐어주고 억지로 우희를 돌아다보지 않으면서 장막 밖으로 향해 걷기 시작했다.

항우가 문 밖에 나서려 하자 등 뒤에서 우희의 목소리가 들렸다.

"첩이 폐하를 모시고 은총을 입었사오나 만분지일도 보답하지 못했사옵니다. 이제부터 폐하께서는 첩으로 인해 근심하지 마시옵소서! 폐하, 하직하옵니다!"

항우는 그 소리를 듣고 획 돌아섰다. 벌써 우희는 항우가 주고 간 그 칼로 자기의 목을 찔러버린 뒤였다. 우희의 백옥 같은 목덜미는 절반이나 끊어지고 붉은 선지피를 쏟으면서 바닥에 거꾸러져 있었다. 그것을 본 항우는 정신이 아찔했다.

항우는 두 손으로 얼굴을 가리고 흐느껴 울었다. 그는 몸을 가누지 못하고 비슬비슬 흔들렸다. 이때 주란이 장막 밖에서 보고 있다가 얼른 들어가서 항우를 부축했다.

"폐하! 고정하옵소서. 폐하께서는 다만 천하가 소중한 것만을 생각하기를 바라옵니다. 너무 슬퍼하지 마시옵소서!"

주란은 항우를 부축하면서 간했다. 항우는 우희의 사체를 내려다보며 가슴이 원통하여 답답한 것을 간신히 참고 돌아섰다. 굵은 눈물이 그의 뺨을 적셨다.

무소불위
여태후(呂太后)

유방은 패(沛) 땅에서 빈털터리로 떠돌 적에 여태후(呂太后)
를 만났다. 여태후의 아버지 여공(呂公)이 어떤 사건에 휘말려
패 땅으로 피신해 왔을 때 현령이 고을 유지들을 모아 환영회
를 열었다. 그때 초대받지 않은 손님으로 유방이 1만 냥의 축
의금을 내겠다고 하여 여공과 마주했다.

여공은 유방을 '용(龍)이 하늘로 승천하는 황(皇)의 상(相)' 임
을 한눈에 알아보고 자신이 금쪽같이 여기는 여식을 이목구비
하나 번지르르한 것만 보고 무일푼인 건달 유방과 짝을 맺어
주었다.

그녀는 지난 15년여 동안 세파에 휘둘려 모진 풍상을 겪으며

혜제(惠帝)와 노원공주(魯元公主)를 낳아 오늘에 이르렀다.

혜제와 노원공주는 유방이 팽성에서 항우 초군(楚軍)에게 쫓길 때 두 번씩이나 수레에서 밖으로 밀쳐 낸 것을 마부 하후영(夏侯嬰)이 끌어올려 구해낸 유방의 정실 자식들이었다.

유방이 처음 여씨(呂氏)를 얻었을 때는 시장 모퉁이 단칸방에서 달포 동안을 한 방에서 뒹굴며 뜨거운 감탕질로 정열적인 운우지락(雲雨之樂)에 빠졌었다. 그 이후 천하를 누비면서 여후(呂后)와는 살을 섞을 새도 없이 세월이 지났다.

고조(高祖)가 제후들과 함께 의제(義帝)의 상(喪)을 치르고 40여만 군사로 팽성을 장악한 후, 잠시 잠깐 흡족한 마음으로 매일 잔치를 벌였다.

그때 항우는 제(齊)나라를 공략하던 중에 팽성 함락의 소식을 듣고 달려와 3만의 정예군사로 하룻밤 사이에 되찾았다.

그때 유방은 간신히 포위망을 뚫고 달아난 곳이 척가장(戚家莊)이었다. 우선 살고 보아야 했으므로 몸을 숨기고 겨우 한숨을 돌리고 있을 때, 그의 옆에서 한 노인이 근심스런 눈빛으로 바라보고 있었다. 그 노인에게는 딸이 있었는데 유방이 겨우 목숨을 보전해 이 집에 숨어들게 된 인연으로 뒷날 그들은 부부의 연을 맺게 되었다.

그녀가 바로 척희(戚姬)였고 고조는 그녀를 총애했다. 척희는 조왕(趙王) 여의(如意)를 낳았다.

혜제의 성품이 인자하긴 했으나 여리고 약했다. 고조는 그런 태자를 폐하고 자기를 닮은 척희의 아들 여의를 후계자로 세우려는 생각을 자주 했다. 고조는 여의가 자신을 닮았다고 여겼기 때문이었다. 더구나 척희는 고조가 관동(關東)으로 출정했을 때에도 거기까지 따라가서 자기 아들을 태자로 삼아달라고 밤낮으로 울며 보챘다.

고조는 태자를 폐하고 척희의 아들 여의를 태자로 세우려는 안건을 조정에서 거론할 때마다 대신들의 반대에 부딪혀 골머리를 앓았다. 척희의 아들 여의는 겨우 열 살이었다.

한편 여태후(呂太后)는 나이가 들어 고조를 뵐 기회조차 없어 척희를 생각하며 이를 갈았다.

고조는 자신이 죽은 후 여의와 척희가 안전하지 못할 것이라는 사실을 알고 있었다. 그것이 고민일 수밖에 없었다.

그래서 고조는 항상 마음이 불편하여 혼자 중얼거리면서 투덜댔다. 그렇지만 아무도 고조가 무엇 때문에 마음이 불편한지를 알지 못했다.

그때 옥새를 담당하는 어사대부 조요(趙堯)가 한마디 거들었다.

"조왕(趙王) 여의께선 아직 연소하시고 여황후와 척부인께서는 사이가 좋지 않으십니다. 폐하께서 아무리 근심하셔도 그건 소용이 없습니다."

"그래서 짐이 고통스러운 거다."

"그러시다면 방법이 딱 한 가지 있습니다."

"그 방법이 무엇이냐?"

"지금 조정에서 재상이나 군신, 장군들이 가장 꺼려하는 신하가 누구십니까?"

"글쎄……."

"한 분밖에 아니 계십니다. 어사대부 주창(周昌)이십니다."

"아하, 그렇구나!"

"어찌하여 폐하께서는 주창에게 조왕 여의를 부탁하지 않으십니까?"

"그래, 짐이 그걸 몰랐구나!"

고조는 펄쩍 뛸 듯이 기뻐했다.

주창은 패(沛) 땅 사람으로, 항우에게 포위된 형양성에서 한왕을 탈출시키면서 형양성을 굳게 지키고 항우를 꾸짖다가 가마솥에 삶아 죽은 주가(周茄)의 아우였다.

주창은 늘 한왕을 따라다니면서 항우 격파에 온 정성을 쏟았다. 그래서 소하·조참 등과 함께 봉(封)을 받았다. 분음후(汾陰侯)에 봉하여지고 주가의 아들 주성(周成)은 절개를 지키고 죽은 부친 덕으로 고경후(高景侯)가 되었다.

주창은 사람됨이 그의 형처럼 기개가 있었다. 누구에게든 거침없이 당당하게 대했으며 솔직담백한 직언을 서슴지 않았다. 그런 탓으로 소하와 조참 등도 주창 앞에서는 어려워했다.

언젠가 주창이 입궁하여 상주코자 할 때, 고조는 때마침 시도 때도 없이 엉겨 붙어 좋아하는 척희를 껴안은 채 한바탕 전쟁 치르듯 즐기고 있었다.

이에 주창은 헛기침을 몇 번 하고는 슬며시 돌아 나왔다. 멋쩍어진 고조가 뒤쫓아 달려나와 채신머리없이 주창의 목을 타고 올라앉으며 물었다.

"내가 어떤 군주냐?"

얼마쯤 유방을 업고 가다가 주창은 퉁명스럽게 한마디 내뱉었다.

"개새끼다!"

실제로는 주지육림(酒池肉林) 속에 망한 걸왕(桀王)과 말희(妹嬉)에 빗대고, 깊은 구덩이를 파고 숯불을 벌겋게 피워놓은 후 그 구덩이 위에 기름 바른 구리기둥을 가로질러 걸쳐놓고 충신들을 건너가게 하여 불태워 죽인 '포락(炮烙)의 형'으로 망한 주왕(紂王)과 요사스런 계집 달기(妲己)를 빗대어 한 말이었으나 유방은 대충 웃고 넘어가곤 했다.

그래서 어느 날 고조는 주창을 가만히 불러놓고 한참을 뜸들이다가 덜컥 말했다.

"조나라 왕 여의한테로 가서 재상이 되어 주시오."

주창은 한참을 생각한 뒤에 울면서 말했다.

"싫습니다!"

"공이 어렵다는 것을 짐도 잘 알고 있소. 물론 이것은 좌천이고 목숨이 편치 못할 것이오. 그렇지만 나로서는 달리 방법이 없잖소!"

"……네, 가지요. 하지만 폐하께서 붕어하신 뒤에 저는 죽습니다."

"……, 억지로라도 가 주시오."

고조가 눈물을 흘리면서 부탁하는 데야 주창인들 별수가 없었다. 그래서 주창은 조나라로 떠났다.

그 후 고조가 장락궁(長樂宮)에서 붕어하자(BC 195, 4월), 태자가 효혜제(孝惠帝) 존호를 물려받아 황제가 되었다.

이때에 고조에게는 여덟 명의 아들이 있었는데 장남인 유비(劉肥)는 혜제의 배다른 형이며 제왕(齊王)이었다. 나머지는 모두 혜제의 아우들로 척희의 아들 여의(如意)는 조왕(趙王)이었고, 박부인(薄夫人)의 아들 유항(劉恒)은 대왕(代王)이었고, 제희(諸姬)의 아들 유회(劉恢)는 양왕(梁王), 또 배다른 아들 유우(劉友)는 회양왕(淮陽王), 유장(劉長)은 회남왕(淮南王), 유건(劉建)은 연왕(燕王)이었다.

그리고 고조의 아우 유교(劉交)는 초왕(楚王)이고, 둘째형의 아들 유비(劉濞)는 오왕(吳王)이었다.

초나라의 원왕(元王) 유교는 고조와 같은 배에서 태어난 막내 동생이었다. 고조는 형제가 넷이 있었다. 맏형은 백(伯)이라고 했는데 백은 일찍 죽었다.

이보다 앞서 고조 유방이 빈털터리로 건달노릇을 할 즈음 당시 어떤 사건으로 몸을 피하여 때때로 손님과 함께 맏형수댁에 들러 식사를 하곤 했다. 그럴 적마다 형수는 고조를 싫어하여 고조가 손님들과 함께 왔을 때에 항상 투덜거리고 국을 다 먹고 없는 것처럼 국주걱으로 솥을 긁는 소리를 냈다. 그래서 번번이 손님이 돌아가곤 하였다.

그 후에 솥을 들여다본즉 아직도 국이 남아 있음을 안 고조 유방은 이러한 일로 인하여 형수에게 원한을 품었다.

고조가 제위에 오르게 되자 모든 형제들을 왕후에 봉했으나 형의 아들만은 봉을 받지 못했다. 고조의 부친 태상황(太上皇)

이 부탁했더니 고조가 이렇게 대답했다.

"그 애를 봉하는 것을 잊고 있는 게 아닙니다. 그 애의 모친이 덕이 없기 때문입니다."

그리하여 마지못해 백의 아들 신(信)을 갱힐후(羹頡侯)에 봉하고 둘째형인 중(仲)을 대국(代國)의 왕으로 삼았다.

그런데 흉노가 대 땅을 공격하자 유중(劉仲)은 싸울 생각도 없이 대국을 버리고 잠행 도주하여 낙양으로 돌아왔다. 그리고 황제에게 죄를 청하였다. 그러나 고조는 차마 형을 벌줄 수가 없어 왕위만 박탈한 채 합양후로 지위를 떨어뜨리는 것에 그쳤다.

그 후 고조 11년 가을 회남왕 영포(경포)가 모반했다. 그는 동쪽으로 형(荊, 양자강 델타 지역)땅을 병합하고 서쪽으로는 회수를 건너 초나라를 공격했다. 이에 고조는 몸소 군사를 이끌고 나가 이를 토벌했다. 이때 유중의 아들 패후(沛侯) 유비(劉濞)는 나이 20세로 기백이 흘러넘치는 기병대장이었다.

그는 영포의 군사를 용감히 무찔렀다. 형왕(荊王) 유가(劉賈)가 영포에게 피살되었는데 마침 아들이 없었다.

고조는 오군(吳郡)과 회계군의 주민들이 재빠르고 성품이 사나워 이들을 다스릴 만한 경험 많고 용맹한 인물을 골랐으나 마땅한 사람이 없었다. 고조의 아들들 또한 어려서 왕으로 기용할 수가 없었다. 그때 궁여지책으로 생각해낸 인물이 유비였다. 젊지만 용감무쌍했다.

유비를 패(沛)에서 기용해 오왕(吳王)으로 임명하고 3군(郡)과

53성시(城市)를 다스리게 했다.

고조가 유비를 불러 다시 찬찬히 인상을 살피다가 그만 깜짝 놀랐다.

"아뿔싸, 이놈의 얼굴에는 반역(反逆)의 상(相)이 있구나!"

그러나 이미 오왕의 옥새를 넘겨 준 뒤라 취소할 수도 없었다. 마음속으로 후회하면서도 고조는 그의 등을 토닥이며 타일렀다.

"우리 한(漢)나라 조정에서 앞으로 50년쯤 남동쪽에서 반란이 일어난다면 그건 아마 너일지 모르겠다. 그러나 어차피 우리 유씨 천하가 아니냐? 꿈에서라도 모반할 생각일랑 말아라!"

"결코 맹세컨대, 그런 일은 없을 것입니다."

유비는 머리를 조아리며 굳게 다짐했다.

앞에서도 잠깐 언급했듯이 고조는 지난날 항우와 수수(睢水) 강가에서 싸우다 패해 달아나던 길에 구사일생(九死一生)으로 척가(戚家) 촌의 한 노인집에서 하루를 묵고 끼니를 때운 적이 있었다. 그때 노인의 딸과 하룻밤 맺은 인연으로 그녀를 정실부인 여황후 다음으로 둘째부인으로 삼았다.

척씨부인은 여황후에 비해 나이도 젊은데다 당시 20세, 그야말로 꽃다운 얼굴과 달 같은 자태〔화용월태(花容月態)〕의 미인인지라 고조는 그녀와 항상 붙어 지냈다.

한편, 여황후는 고조가 군사를 일으켜 싸울 때에 자신의 집을 보살필 사람이 필요하여 심이기(審食其)를 채용하여 집안일을 돌보게 하였다. 심이기는 고조와 같은 패 땅 사람으로 용모가 빼어나고 말재주가 뛰어났으며 아부를 곧잘 하여 여황후로부터 신임을 얻었다.

여황후와 심이기는 매일 조석으로 마주앉아 가까이 지내다 보니 그들은 점차 눈이 맞아 정이 두터웠다. 유태공은 이미 늙어버려 간섭하지 않았으며 여황후의 어린 아들딸은 그들의 불륜을 눈치챌 수도 없었다.

어느 사이 그들은 다른 사람의 눈을 속이고 정열적인 사랑을 나누었으며 이는 습관이 되어버렸다. 오히려 고조가 동부와 서부지역에서 전쟁을 벌이며 소식이 없자 그들은 마음놓고 기뻐하면서 동침을 하였다.

한때 고조가 팽성에서 패전을 하고 그의 가족이 항우에게 붙잡혀 있을 때에도 심이기는 여황후와 생사를 함께 하기 위해 삼 년 동안을 같이 억류되어 있었다. 다행히 항우가 간섭을 하지 않으므로 그들은 아무런 제재도 없이 계속 관계를 지속할 수가 있었다.

그 후 홍구를 사이에 두고 휴전이 되자 그들은 구금에서 벗어나 한나라로 돌아와 관중으로 들어갔다.

고조는 또다시 항우와 싸움을 벌였기에 그들이 사통하여 떡을 치든 콩을 삼든 생각할 여력조차 없었다. 남녀의 정이란 게 갈수록 두터워져 그들은 밤낮으로 떨어질 줄 몰랐다.

항왕이 멸하고 고조가 황제위에 오르자 논공행상(論功行賞)에 있어서도 여황후는 심이기에게 벼슬을 줄 것을 고조에게 간청하였다. 고조 또한 심이기가 가족을 보호하는데 공로가 있음을 인정하여 그를 벽양후(辟陽侯)에 봉하였다.

여황후는 늙어갈수록 더욱 음탕해져 고조의 눈을 피해 가면서 날마다 심이기와 애틋한 정을 주고받았다. 고조는 항상 싸움터에 나갔으나 그럴 적마다 척씨부인이 따라다녔기에 만족했으며 여황후가 찾아와서 귀찮게 하지 않으면 오히려 다행이었다.

여황후와 심이기는 궁중생활에 만족하면서도 늘 정을 통하기 위해 고조가 돌아오지 않기를 은근히 바랬다. 그러기에 고조는 죽을 때까지 자신이 허랑방탕으로 바람피운 줄만 알았지, 여황후와 심이기의 속궁합 사정은 도무지 몰랐던 것이다.

음란과 질투심이 많은 여황후는 고조가 죽자 태자와 정부(情夫)를 보호하기 위해 무서운 살의를 품게 되어 고조가 붕어한 사실을 숨기고 공신들을 불러들여 그들을 모두 죽이고자 심이기와 의논했다.

그러나 그 일이 탄로나 알려지게 되자, 여황후는 그제야 명을 내려 발상하고 대신들이 입궐하여 곡을 하게 하였다. 고조가 세상 떠난 지 나흘이 지난 후였다.

20여 일이 지나 고조를 장안성 북쪽에 안장하고 장릉(長陵)이라 칭하였다.

"선제께서는 천하를 평정하심으로써 공덕이 가장 높은 한(漢)나라 태조(太祖)가 되시었으니 마땅히 고황제(高皇帝)라는 존호를 올려야 합니다."

신하들이 이구동성으로 아뢰자 황태자는 이에 따라 시호를 정하였는데 후세에 와서는 유방을 고제(高帝)라 하였고, 고조

(高祖)라고도 하였다. 이틀이 지나자 열일곱 살이 된 태자 유영은 제위에 올라 여황후를 황태후로 책립하였으며, 공로자를 포상하고 범죄자를 사면하여 인덕을 베풀었다.

후에 유영은 혜(惠)라는 시호를 얻었기에 그를 혜제(惠帝)라고 불렀다.

여태후는 고조의 일이 어느 정도 마무리되자 서서히 마각의 인두겁을 드러냈다.

'지난날 고조의 죽음을 기화로 눈에 가시였던 군신들과 장군들을 죽이려 하였으나 소원 성취를 못했다. 이번에 나라 일을 내가 주관하게 되었으니 내 평생 가장 미워하던 척희를 살려두지 않을 것이다.'

고조가 죽은 지금, 척부인은 하루하루가 끓는 가마솥 안에 곧 삶아질 물고기〔부중지어(釜中之魚)〕처럼 목숨이 위급할 처지에 놓여 안절부절 못하고 있었다.

여태후는 요리조리 기회를 엿보며 그동안 눈엣가시였던 척부인과 그의 아들인 조왕을 처리하는 일이 첫번째 과제였다. 그리하여 그녀는 우선 척부인에게 머리를 깎이고 목에 쇠고랑을 채워 죄지은 여관(女官)들을 가두는 감옥인 영항(永巷)에 내친 후, 조왕 여의를 불렀다.

"가지 마십시오. 위험합니다!"

조나라의 재상 건평후 주창(周昌)이 간했다.

"과인이 어찌 아니 갈 수 있겠소?"

"병이라 칭탁하십시오."

그리고 여후의 사자에게 말했다.

"고조께서는 나에게 조왕을 맡기셨소. 조왕은 아직 어린아이에 불과합니다. 가만히 듣자하니 태후께서는 척부인을 미워하여 조왕을 불러다가 이들을 함께 주살하려고 한다하니, 나는 감히 조왕 여의를 보낼 수 없소이다. 그리고 조왕은 또한 병중이니 소명을 받을 수가 없소이다."

그래서 사신을 세 번씩이나 그냥 되돌려 보냈다. 여후는 이번에는 주창을 꾸짖었다.

"그대가 무엇이기에 조왕을 보내지 않소! 내가 척씨를 원망하고 있다는 사실을 그대는 모른단 말이오?"

"그래서 보내드릴 수가 없습니다."

"좋소. 조왕 대신 그대를 소환하니 서둘러 오시오!"

여태후가 크게 노하여 조(趙)나라의 재상을 소환했다. 주창은 운명인 것을 알았다.

"피할 길이 없겠소?"

"사람은 한 번밖에 죽지 않습니다."

조나라의 재상 주창이 소환되어 장안(長安)에 이르자, 여태후가 다시 조왕 여의를 소환했다.

혜제는 인자하여 태후가 노한 것을 알고 조왕을 패수(覇水)가에서 영접해 함께 궁중으로 데리고 들어와 자신이 보호하면서 조왕과 함께 붙어살고 음식을 함께했다.

여태후가 조왕을 죽이고자 아무리 틈을 엿보아도 그럴 만한 구실을 찾을 수 없었다.

혜제 원년 12월, 혜제가 새벽에 사냥을 나가려고 하였다. 그런데 아직 이른 시간이어서 조왕이 단잠에 빠져 있는 모습을 보고는 차마 깨우지 못하고 '한나절 동안이니 별 탈이야 없겠지' 생각하고 사냥에 나섰다.

여태후는 조왕이 혼자 있다는 소식을 듣고, 사람을 시켜 짐새의 깃에 있는 독(毒)을 가져다가 먹였다. 혜제가 서둘러 돌아왔건만 조왕은 이미 죽어 있었다. 조왕 여의가 장안에 온 지 한 달쯤 후의 일이었다.

주창은 혼자 가슴앓이를 하다가 3년 뒤에 죽었다.

이제는 척부인 차례였다. 여태후는 작심하고 어찌 요리할까를 궁리하면 할수록 지난날 고조와 척부인의 벌거벗은 채 뒤엉켜 요분질 치던 모습이 눈앞에 자꾸만 아른거렸다.

여태후는 갑자기 얼굴에 경련을 일으키며 사악(邪惡)한 마귀(魔鬼)할멈으로 표변했다. 그리고는 하늘이 놀라고 땅이 뒤집힐 경천동지(驚天動地)할 명(命)을 내렸다.

"척부인을 끌어내 손과 발, 수족을 자르고 눈알을 뽑아 장님으로 만들어라. 그리고 귀를 불에 달군 인두로 지져 귀머거리로 만들고, 음약(瘖藥)을 먹여서 벙어리를 만들어 돼지우리에 처넣어 '사람돼지〔인체(人彘)〕'가 되게 하라!"

당시에는 돼지가 사람의 변(便)을 먹고 자랐기 때문에 돼지우리가 뒷간(변소) 구실을 하였다. 그리고도 여태후는 분이 안 풀린 듯 발정난 수말처럼 씩씩대고 있었다. 몇 날 며칠을 생각하더니 수일이 지나서 나이어린 황제를 불러 척부인의 비참한 꼴, '인체(人彘)'를 보게 하였다.

어린 황제는 이제까지 '인체'라는 말을 들어본 적이 없었으므로 이상하게 생각하면서 태후의 명을 받은 궁감(宮監)을 따라 '인체'를 보러갔다.

궁감은 황제를 안내하여 영항으로 들어간 다음 뒷간 문을 열고 무엇인가 손가락으로 가리키며 이렇게 말하는 것이었다.

"뒷간 구덩이 속에 있는 것이 '인체'이옵니다. 황제는 구덩이 속에서 사람의 몸뚱어리가 얼핏 눈에 띄었다. 그것은 두 손과 발이 없었고 눈에는 눈동자가 없고 핏자국이 선명한 구멍만이 있었으며 아직도 몸을 꿈틀거리면서 입을 크게 벌리기는 하였으나 아무 소리도 내지 못하였다.

황제는 잠깐 쳐다보다가 기겁하여 몸을 홱 돌리고 이것이 무엇인가 궁감에게 물어보았다. 궁감은 벌벌 떨기만 할 뿐 설명하지 못한 채 '척부인'이라는 말만 했다. 황제는 그의 말이 끝나기가 무섭게 정신을 잃을 뻔하였다.

한참 만에 정신을 가다듬은 황제는 '인체'란 무슨 뜻인가 물어보았다. 그러자 궁감이,

"이는 태후께옵서 이름한 것이온대 소인도 알지 못하옵니다."

라고 대답하자 황제는 흐느끼며 말하였다.

"이것이 어찌 사람의 탈을 쓴 자가 할 짓이란 말인가? 선제의 사랑하는 후궁을 이렇듯 참혹하게 죽이는 법이 어디 있는고?"

혜제는 이렇게 말하며 자신도 모르게 기함을 토하듯 큰소리로 울부짖었다. 그는 슬픔을 하소연할 데도 없어서 아예 음식을 끊고 울기도 하고 웃기도 하다가 그만 실성하고 말았다.

그것이 원인이 되어 혜제는 1년 동안 일어나지를 못했다. 황

제가 사람을 시켜 태후에게 청원하게 하였다.

"이런 참혹한 일이 있을 수 있단 말입니까? 저는 이런 일을 저지른 태후의 아들로서 천하를 다스릴 수가 없습니다."

효혜제는 그로부터 정사를 돌보지 않고 주색(酒色)에 빠져 사람의 도리를 다하지 않은 채 황음무도(荒淫無道)한 생활에 빠져들었다. 요사(夭死)할 병에 걸린 것도 이 때문이었다.

2년 후, 한고조의 막내동생인 초(楚)나라의 원왕과 제(齊)나라의 도혜왕 등이 모두 황성으로 내조하였다.

도혜왕 유비(劉肥)는 고조의 장자이지만 서자(庶子)이다. 그의 모친은 외첩(外妾)이며 성은 조씨(曹氏)였다. 고조 6년 유비를 70여 성의 제나라 왕으로 삼았다. 당시 여러 나라로 망명해 유랑하고 있던 제나라 언어를 사용하는 민중들을 모두 모아 제왕(齊王)에게로 귀속시켰다. 제왕은 실질적으로 족보상 혜제의 형인 셈이었다.

혜제가 제왕과 연희를 베풀며 술을 마셨는데, 이때에 그들은 군신의 예를 지키지 않고 일반 서민처럼 형제의 대등한 예로써 대했다. 그랬더니 태후가 노하여 두 개의 술잔에 짐독(鴆毒)을 넣어 앞에 놓고 제왕에게 명하여 일어나서 장수를 축원하는 축배를 들게 했다.

제왕이 일어나니 혜제 또한 일어나 축배를 들고 함께 장수를 축원하려고 했다. 그러자 태후가 놀라 자신이 일어나서 혜제의 술잔을 뒤엎었다.

제왕이 이상하게 생각하여 구태여 마시지 않고 거짓으로 취한 척하고 나가버렸다. 뒤에 그것이 짐독이었음을 알았다. 제왕이 불안에 싸여 자신이 장안(長安)에서 빠져나가지 못할 것이라 생각되어 근심 중에 있었는데 그의 시종이 한 가지 계략을 내었다.

"태후께서는 효혜제와 노원공주만 있을 뿐입니다. 지금 대왕께서는 70여 개의 성시(城市)를 가지고 계십니다만 노원공주께서는 겨우 몇 개의 성시밖에 가지고 계시지 않습니다. 대왕께서 한 군(郡)을 태후께 헌상하시면서 공주의 탕목읍(湯沐邑)으로 삼게 하신다면 태후께서는 반드시 기뻐하실 것이며, 대왕께서도 근심할 필요가 없게 될 것입니다."

제왕은 성양(城陽, 산동성)의 한 군(郡)을 헌상하고 공주를 높여서 왕태후(王太后)로 삼았다.

여태후가 기뻐하여 이를 허용하였다.

이로써 제왕은 저택에서 주연을 베풀며 즐겁게 지내다가 본국으로 돌아갈 수 있었다.

세월이 흐르는 동안, 여기서 잠깐 고조와 평생을 같이 하여 천하를 평정했던 노신(老臣)들을 짚어봐야 할 것 같다.

고조가 붕어하기 전 상국(相國) 소하(蕭何)는 천자의 어원(御苑) 상림(上林)을 백성을 위해 사용코자 하였다.

그런데 고조는,

"상국은 상인들에게서 많은 뇌물을 받고 나라동산의 이용을 팔아먹었는가?"

하여 상국 소하를 벌주어 쉬게 하였다.

소하가 누구인가? 고조 유방이 패 땅에서 건달노릇을 할 때 현청의 관리로서 어려울 때마다 유방을 대변해 주고 궁지에 몰릴 적마다 자금을 대어주는 조달청 역할을 해온 공신이 아니던가? 어디 그뿐이랴, 3년간 항우와의 싸움터마다 부족함이 없이 군량미를 공급한 1등 공신이 아니던가? 그런 그가 무엇이 아쉬워 나라의 동산을 팔아먹었겠는가?

지난날 유방은 천하를 통일한 후 모든 신하를 불러 모은 자리에서, '내가 천하를 얻게 된 것은 내 주위에 세 사람이 있었기 때문이다. 나는 진중에 앉아 천리 밖 싸움에 대해 승리를 가져오는 계책을 내는 데 있어서는 장량에 비할 수가 없고, 백성들에게 해를 끼치지 않고 군량미를 넉넉히 조달해 주는 데는 소하를 따를 수가 없다. 또한 백만 대군을 거느리고 적과 싸워 이기는 용병술(用兵術)은 한신을 따를 수가 없다. 내가 천하를 거두어들일 수 있었던 것은 이 세 사람의 인걸(人傑)을 얻을 수 있었기 때문이다. 항우에게도 범증이란 현사(賢士)가 있었으나 그를 알아보지 못하고 내쳤으니 어찌 그가 천하를 거두어들일 수 있었겠는가?' 하였다.

그러나 세월은 흘러 이제는 패자도 승자 없는 세상이 되어가고 있었다. 소하는 평소에 조참(曹參)과는 그다지 친밀한 사이가 아니었다. 소하가 병상에 눕게 되자 효혜제가 몸소 상국을 문병가서 물었다.

"만약 그대에게 만일의 일이 생기면 그때에는 누가 그대를 대신하면 좋겠는가?"

"신하를 아는 데에 군주 이상은 없습니다."

"조참이 어떻겠는가?"

소하가 머리를 땅에 닿도록 숙이고 말했다.

"폐하께서는 훌륭한 재상을 얻으셨습니다. 저는 죽어도 이제 여한이 없습니다."

혜제는 몇 마디 위안을 한 다음에야 환궁하였다. 그리고 며칠이 지나서 소하가 세상을 떠났는데, 그에게 문종후(文綜侯)라는 시호가 내려졌고 그의 아들 소록(蕭祿)은 찬후라는 작위를 이어받게 되었다.

한평생 부지런하고 신중했던 소하는 저택을 얻을 경우에도 반드시 후미진 곳을 선택했다. 가옥을 건축할 때에는 담장이나 지붕을 요란하게 장식하거나 꾸미지 않았다. 그는 또 말했다.

"나의 후손들이 현명하다면 나의 검소함을 본받을 것이다. 현명하지 못하다 하더라도 권세가에게 뺏기는 일은 없을 것이다."

후에 그의 자손들은 계속 출세하여 후로 봉해졌는데 때로 잘못을 범하여 벌을 받게 되는 경우에도 최소한 자기 자신과 집안만은 화를 면할 수 있었다. 이것은 상국 소하가 검소한 가풍을 물려주었던 까닭이다.

제나라에 승상으로 가 있던 조참(曹參)은 소하가 병사하였다는 소식을 듣자 사인(舍人, 심부름꾼)에게 행장을 갖추라고 명했다. 사인이 어디로 가는가를 묻자 조참은 웃으며 대답하였다.

"나는 곧 상국(相國, 승상)이 될 것이다."

사인은 의아해하면서도 행장을 꾸렸다. 사인이 행장을 다 꾸릴 때쯤 조정의 사자가 와서 상국으로 부임하라는 조서를 내렸다.

조참은 패 땅에서 옥리(獄吏)였다. 그리고 유방과 함께 전쟁터를 누벼온 장군이었으나 제나라 승상이 된 다음부터는 학문에 뜻을 두고 백성을 다스리는데 온갖 노력을 기울였다. 그래서 그는 유생들을 모아 백성을 다스리는 도리에 대해 묻기도 하고, 덕망이 높은 재야의 도인 개공(蓋公)을 모셔다가 환대하면서 그의 가르침을 받았다.

그는 황제(黃帝)와 노자(老子)의 기본 이론인, '다스리는 도리란 번거롭게 하지 말고 맑고 올바르게 정치를 펴나가는 것으로써 그렇게 하면 자연 민심을 안정시키게 된다'고 하였다. 그러자 백성들은 과연 그를 따랐고 어진 승상이라 칭찬했다.

조참이 제나라에 부임한 지도 아홉 해가 지났다. 그는 이번에 부름을 받고 떠나면서 후임 승상에게 이렇게 당부하였다.

"공은 앞으로 감옥(재판)과 저잣거리에 관심을 두면서 백성들을 함부로 건드리지 않기를 바라오."

"한 나라의 정치가 그것을 제외하고는 모두 작은 일이옵니까?"

라고 후임 승상이 묻자 조참은 또 이렇게 덧붙여 말했다.

"그런 것이 아니라 감옥과 저잣거리에는 사람들이 항상 빈번하고 선과 악이 공존하는 곳이지요. 규율을 너무 세세히 따지고 조사한다면 간악한 자들이 갈 곳이 없어져 못된 짓을 꾸미면서 사회 불안의 원인이 될 것이오. 그래서 나는 이 두 가지

일에 우선 주의를 환기시켜 당부하는 것이오."

'황노(黃老)의 술(術)'에 근거를 둔 조참의 정치는 선도 악도 허용하면서 중요한 곳만 제압해 나가면 된다는 정치였다. 그리고 그것이 바로 노자가 주장하는 '무위(無爲)와 청정(淸靜)'의 정치인 것이다.

조참은 제왕에게 작별을 고하고 도성으로 향하였다.

본시 소하와 조참은 패 땅 관리 출신으로 절친한 사이였으나 조참이 일선에서 전공을 많이 세웠음에도 불구하고 봉작이 항상 소하보다 못한 관계로 소하와 사이가 벌어지게 되었다. 때문에 대신들은 상국이 된 조참이 소하가 하고자 했던 정책들을 모두 뜯어고치고 반대할 것이라고 뒷공론이 무성하였다.

그러므로 자연 자신들의 거취와 집안에 화가 미칠 것을 두려워 경계하고 있었다.

그러나 뜻밖에도 조참은 인수받은 지 여러 날이 지났어도 소하의 시정방침을 조금도 바꾸지 않고 전임 상국의 규정대로 따르라고 하였다. 관리들은 그제야 시름을 놓고 조참이 큰 도량을 지닌 인물이라 칭송했다.

조참이 별다른 일 없이 수십 일이 지난 다음에야 관리들 중 자신의 명예를 탐내어 일을 그르치거나 잔재주를 부려 법을 어긴 자들을 일괄 파면시켰다. 그리고 여러 군과 나라의 관리들 중 행동이 믿음직하고 입이 무거운 자들을 데려다가 자기 수하의 관리로 임명하였다.

그리고는 밤낮으로 술을 마시면서 정무에 관여하지 않았다. 조정의 대신들이 이상하게 여기면서도 드러내놓고 말할 수도 없었다. 조참도 때로 입궐하여 정사를 논하게 되면 평소의 소행을 황제에게 보고하곤 하였다.

혜제는 지난 여러 사건의 끔찍한 체험과 태후가 모든 일을 전횡하고 있기에 마음이 좋지 않아 술로 소일하고 있었다. 그는 조참의 소행이 자기와 비슷한 것을 알고는 슬그머니 이렇게 말하였다.

"상국도 짐을 따라 배우고 있구려. 짐을 깔보고 그런 태도를 취하는 게 아닌가?"

그 말을 들은 조참은 얼른 입궐하여 사죄하였다. 그리고 혜제를 우러러보며 물었다.

"폐하께옵서는 폐하의 지혜와 용맹스러움이 고황제를 따를 수 있다고 생각하십니까?"

"짐이 어찌 감히 선제와 비하겠는가?"

"폐하께옵서는 신의 능력을 이전 상국 소하와 견주어 보시고 어떻게 생각하십니까?"

"소상국만 못할 것 같도다!"

"바로 그것입니다. 이전에 고황제와 소하는 천하를 평정한 후 법령을 제정하고 나라의 체제를 갖추었습니다. 오늘 폐하께옵서 천하를 다스리고 신 등이 직무를 받고 법을 만들어 시행한다면 선인들의 위엄을 계승하는 것인데 어찌 선인들을 능가할 생각을 품을 수 있겠습니까?"

혜제는 벌써 깨닫고 조참에게 이렇게 말하였다.

"공은 돌아가 쉬도록 하라!"

조참은 전과 같이 행동하였다. 백성들은 그 동안 대란을 겪었기에 편안히 생업에 종사할 수 있기를 바랐다.

유후(留侯) 장량(張良)의 조상은 본래 한(韓)나라의 대신을 대대로 지냈었다. 장량은 유방이 천하를 통일하는데 있어 소하, 한신과 함께 일등공신이었다.

'전략을 군막 안에서 세우고 눈에 보이지 않는 승기(勝機)를 마련한 것'은 장자방(張子房)이 한 일이다.

장량은 「태공망(太公望)의 병법」을 자주 패공(유방)에게 헌책하였다. 그럴 때마다 패공은 장량의 계책을 채택했다. 장량이 다른 사람에게도 태공망의 병법을 얘기한 적이 있었으나 아무도 들어보려고도 하지 않았지만 패공만은 항상 귀를 기울여 주었다. 그래서 장량은 기뻤다.

유후 장량은 말년에 이렇게 지난날을 돌이켜 보았다.

"나의 가문은 대대로 한(韓)나라의 재상 집안이었다. 한(韓)나라가 멸망하자 나는 만금의 재산을 아낌없이 던져 한을 위하여 진(秦)에 복수하는데 사용했다. 이 때문에 천하가 진동했다. 이제 세 치의 혀를 가지고 제왕(帝王)의 스승이 되어 만호의 봉을 받았으며 열후의 지위에 올랐다. 서민으로서 영달할 수 있는 극치에 섰다. 나는 이로써 만족한다. 이 이상의 소원이 있다면 인간 세상의 일을 모조리 잊어버리고 신농(神農) 시대의 선인(仙人), 적송자(赤松子)처럼 놀고 싶을 뿐이다."

그래서 그는 곡식을 먹지 않았고 도(道)를 통하기 위해 몸을 가볍게 하는 술법을 배웠다.

때마침 고조가 붕어했다. 여태후는 지난날 유후 장량에 의해 혜제가 황태자의 자리를 보전하게 된 경우 등 유후의 은덕을 고맙게 생각하여 억지로 곡식을 먹게 하려고 애썼다.

"사람의 일생이란 지극히 짧아 마치 백구(白駒, 흰 망아지)가 달려가는 것을 문틈으로 보는 것처럼 순식간인 것입니다[백구과극(白駒過隙)]. 그런데 무엇 때문에 그토록 자신을 절제하여 괴로워해야 되는지요?"

유후는 하는 수 없이 곡식을 먹었다.

그리고 그는 8년 뒤에 죽었다(BC. 189년). 시호를 문성후(文成侯)라 했다. 아들 불의(不疑)가 대신하여 후가 되었다.

장량, 자방은 지난날 하비의 다리 위에서 노인으로부터 태공망의 저서를 얻은 적이 있었다.

장량이 노인에게 성함이 어찌되느냐고 묻자,

"곡성산 밑에 누런 바위가 서 있는 것이 바로 나이니라!"

하였다.

그 후 13년이 지나 고조를 따라 제(齊)나라 북쪽을 지나갔는데 과연 곡성산 밑에서 황석(黃石)를 발견할 수 있었다. 그는 그것을 가지고 돌아와 보물처럼 여기면서 거기에다 제사를 지냈다.

유후가 죽었을 때 황석도 함께 매장하였다. 유월과 십이월 제사 때에는 빠짐없이 황석에게도 제사를 지냈다. 아들 불의는 효문제 5년에 불경죄를 짓고 봉국을 몰수당했다.

이미 한신(韓信)이 고조에게 토사구팽(兎死狗烹) 당했지만 여기에서 논하지 않을 수 없다. 토사구팽은 토끼를 다 잡으면 사냥개를 삶는다는 뜻으로, 요긴한 때는 소중히 여기다가 쓸모가 없게 되면 천대하고 쉽게 버림을 비유하여 일컫는 말이다.

고조는 명장으로서 천하통일의 일등공신인 한신을 위험한 존재로 여겼다. 특히 한신이 다스리고 있는 초나라에는 항우를 섬기던 종리매(鍾離眛)가 한신의 진중에 숨어 있었다.

고조는 그것을 빌미로 한신을 소환했다.

한신은 고민 끝에 자기 친구인 종리매의 목을 가지고 한고조를 배알하자, 고조는 곧 한신을 포박해 버렸다. 이때 한신이 말하였다.

"과연 예부터 내려오는 말고 같다. 날랜 토끼 사냥이 끝나면 좋은 사냥개가 삶아 먹히고, 높은 새가 없어지면 좋은 활이 광속에 처박히고 적국이 멸망하면 모신(謀臣)이 죽는다고 했다. 천하가 이미 정해졌으니, 나도 삶기는 것도 당연하다."

한신이 초왕(楚王)으로 있다가 잡혀와 회음후로 있을 때 어느 날, 고조는 여러 장수들의 능력에 대하여 한신과 의견을 나누었다.

"나는 어느 정도의 군사를 거느릴 수 있다고 보는가?"

"폐하께선 십만 명 정도 거느릴 수 있습니다."

"그러면 그대는 어느 정도인가?"

"신은 많으면 많을수록 더욱 더 좋습니다〔다다익선(多多益善)〕."

그러자 고조는 어이없다는 듯이 웃으며 또 이렇게 물었다.

"그렇게 다다익선이면서 그대가 왜 내게 잡혀왔는가?"

"폐하께선 군사를 거느리는 데는 능하지 않지만 장수는 잘 거느리십니다. 이것이 신이 폐하에게 사로잡히게 된 까닭입니다. 그러나 폐하의 경우는 이른 바, 하늘이 주신 것으로 사람의 힘은 아닙니다.”

라고 하였다.

그 후 한신의 수하 장수였던 진희(陳豨)가 반란을 일으키자 고조가 군사를 이끌고 평정하러 떠났다.

이때 고조가 없는 틈을 타 여태후는 한신을 끌어내 죽였다. 그렇게 한신은 갔다.

'성시(城市)를 공략하거나 야전(野戰)에서 공을 세우고 돌아와 보고하는 데는 번쾌(樊噲)와 역상(酈商, 제나라의 항복을 받아놓고도 한신의 공격으로 가마솥에 삶아 죽은 역이기의 동생. 유방이 역이기와 역상을 만나 두 가지 행운을 얻었다고 좋아했다)이 가장 큰 능력을 발휘했다. 그들은 말에 채찍질하여 천군만마(千軍萬馬) 사이를 달렸을 뿐만 아니라 위기 때마다 이들이 한왕을 도왔으므로 그는 생명을 유지할 수 있었다.'

무양후(舞陽侯) 번쾌는 패 땅 사람으로 언제나 유방을 따라다니며 가장 중요한 역할을 담당했다. 번쾌의 아내는 여후(呂后)의 동생 여수(呂嬃)였고, 아들의 이름은 항(伉)이었다.

개백정이었던 번쾌는 고조와 가장 친밀한 장군이었다.

경포(黥布, 영포)가 반란을 일으켰을 때 고조는 심한 우울증에 걸려 사람을 만나는 것조차 싫어하여 아예 출입문을 막아버렸다. 어느 누구든 감히 대궐로 들어갈 수가 없었다. 그러기를 무려 열흘이 지났다.

참다못한 번쾌가 궁중 작은 문을 밀치고 짓쳐 들어갔다. 그제야 여러 대신들도 뒤따랐다.

고조는 예쁘장하게 생긴 나이어린 환관의 무릎을 베고 한가롭게 누워 있었다.

번쾌는 눈물을 흘리며 말했다.

"지난날 폐하께서는 저희들과 함께 풍현과 패현에서 군사를 일으켜 천하를 평정하러 다니실 때에는 얼마나 기력이 왕성하셨습니까? 그런데 지금 폐하께서는 정사(政事)를 논의할 생각도 않으시고 일개 아녀자 같은 환관 하나만 상대하시다가 그대로 붕어하실 작정이었습니까?"

고조는 멋쩍게 웃으며 일어났다.

그 뒤 고조가 몹시 총애하던 신하 노관(盧綰)이 또 반란을 일으켰다. 총애했던 만큼 가슴이 아팠다. 노관은 고조와 같은 날 패 땅에서 태어나 형제처럼 자란 죽마고우(竹馬故友)였다. 한나라를 일으킨 뒤, 장안위(長安尉)로 삼았고, 연왕(燕王)으로 봉하여 영화를 누리게 했다.

고조는 번쾌를 시켜 상국의 신분으로 연왕 노관을 응징케 했다. 그 당시 고조는 아픈 마음만큼이나 실제로 병이 위중했다. 그런 경황 중에 어떤 신하가 번쾌를 중상모략했다.

"번쾌는 여씨(呂氏) 일당입니다. 만약 폐하께서 붕어하시는 날에는 번쾌는 즉시 군사를 끌고 와 조왕 여의와 척부인 일족을 살해할 것이라 합니다."

고조는 병중에서도 크게 노했다. 즉시 진평을 불러, 주발을 데리고 가서 번쾌와 장군직을 교체하고 진중에서 번쾌를 가차

없이 목 베라고 명령했다.

진평은 여황후의 세력이 두려웠다. 그래서 번쾌를 차마 참수하지 못하고 일단 체포한 뒤 수레에 실어 장안(長安)으로 데려왔다.

그런데 장안에 도착하고 보니 고조는 이미 붕어한 뒤였다. 여후는 번쾌를 즉시 석방했다. 물론 그의 작위와 봉읍도 그대로 회복시켰다.

번쾌는 혜제 6년에 죽었다(B.C. 189년). 시호를 무후(武侯)라 했다. 아들 항이 계승해 후가 되었다. 또한 항의 모친 여수는 임광후(臨光侯)가 되었다. 여수는 여태후 시대에 권력을 마음껏 휘두른 장본인으로 대신들조차 모두 그녀를 두려워했다.

번항(樊伉)이 번쾌를 대신해 후가 된 지 9년 후에 여태후가 죽었다. 그러자 즉시 대신들이 들고 일어나 여씨 일족과 여수의 권속들을 주살했으며 번항 또한 함께 주살되었다. 그래서 무양후의 작위가 수개월 동안 단절되었다.

효문제가 즉위하자 황제는 다시 번쾌의 서자인 시인(市人)을 무양후로 삼고 본래의 작위와 봉읍을 회복시켰다.

여기에서 빠뜨릴 수 없는 인물이 여음후(汝陰侯) 하후영(夏侯嬰)이다. 비록 하후영이 17년이 지난 후에 죽긴 하지만 이해를 돕기 위해 고조 이후의 일을 수록하기로 한다.

하후영은 유방이 처음 패에서 군사를 일으킬 때부터 언제나 천자의 말을 모는 태복(太僕)이었다. 고조가 붕어할 때까지 태복으로 일했고 혜제도 여전히 태복으로 섬겼다.

혜제와 여태후는 하읍(下邑, 강소성) 부근에서 어린 혜제와 노원공주를 구해 준 은혜를 여전히 잊지 않고 있었다. 그래서 북쪽 대궐에서 가까운 거리에 저택을 하사하고, 그 집 이름을 '우리와 가깝다'는 뜻의 '근아(近我)'라 했다. 그만큼 하후영을 특별히 존중하였던 것을 의미한다.

하후영이 두 필의 말에게 연신 채찍질을 해대었다. 수레 안에 탄 한왕의 얼굴을 본 초나라 군사들이 급히 뒤쫓기 시작했다. 그 중에는 수레를 향해 화살을 날리는 자도 있었다. 한동안 달리던 말은 가쁜 숨을 몰아쉬며 헉헉거렸다.

먼 길을 오느라 지칠 대로 지친 데다 수레 위에 탄 사람도 넷이나 되지 않은가, 말의 발길이 점점 느려질 때였다. 한왕이 갑자기 아들 효제를 발로 차 수레 밖으로 밀어내고, 어린 딸 노원도 수레 밖으로 밀쳤다. 하후영이 깜짝 놀라 말을 세우고는 두 아이를 끌어올렸다. 그러기를 두세 번, 한왕은 화가 나 소리쳤다.

"하우영, 나를 거역할 셈인가!"

하후영은 대꾸도 하지 않은 채 말을 몰았다.

"아이들을 버려야 수레가 가벼워지지 않겠는가!"

"아무리 위급한 지경이기로서니 어찌 공자와 공주를 버리고 갈 수 있겠습니까?"

하후영은 두 아이를 수레에 태우고 채찍을 휘둘렀다.

"내가 하는 일에 상관치 마라. 또다시 말을 세운다면 그때는 목을 베겠다!"

말이 달리자 또다시 한왕이 두 자식을 수레 밖으로 밀어 떨어뜨렸다. 하후영은 말을 멈추고 다시 그들을 태우면서 단호히 말했다.

"제 목이 달아난다 해도 태우겠습니다!"

한왕은 결국 두 자식을 밀어내는 일을 그만두었다. 그렇다고 하후영을 벨 수도 없었다. 그를 목 베어 버리면 말을 몰 사람이 없었기 때문이다.

혜제가 붕어한 그 뒤에도 하후영은 여전히 태복의 지위로 여태후를 섬겼다. 여태후가 죽고 난 후 효문제(孝文帝) 때에도 여전히 태복으로 있었다. 그로부터 8년 후에 하후영은 죽었다(BC. 172년). 그의 시호는 문후(文侯)라 했다.

다시 세월은 지나, 제(齊)나라의 도혜왕은 즉위한 지 13년, 혜제 6년에 죽었다.

그의 아들 유양(劉襄)이 섰다. 그가 애왕(哀王)이다.

호혜제 7년이 되었다. 이 해 정월 초하루에 개기일식이 나타났고 5월에는 부분일식이 나타났다. 8월이 되자 혜제는 병석에서 일어나지 못하고 미앙궁에서 세상을 떠났다. 혜제가 24세의 나이로 붕어한 것이다(BC. 188년).

상(喪)을 발표하고 태후가 소리내어 울었으나 눈물이 흐르지 않았다. 유후 장량의 아들 장벽강이 좌승상 진평(陳平)에게 말했다.

"태후께서는 혜제 한 분이 있을 뿐으로 혜제께서 붕어하셨는 데도 울기는 하셨으나 눈물을 흘리지 않으며 슬퍼하지 않으십니다. 그 이유를 아십니까?"

"무슨 뜻인가?"

이에 벽강이 그 이유를 설명하였다.

"혜제에게는 장성한 아들이 없으므로 태후께서는 중신(重臣)들이 전권할 것을 두려워하고 계십니다. 지금 당신께서 여태(呂台)·여산(呂産)·여록(呂祿)을 장군으로 임명하여 남북군에 있게 하고, 또 여씨 일족을 입궁시켜 도성에 있으면서 정권을 잡도록 청하십시오. 이렇게 하면 태후도 안심하실 것이며 중신들 또한 화를 면할 수 있을 것입니다."

좌승상 진평이 장벽강의 계략대로 했더니 태후가 기뻐하여 그녀의 울음소리가 더욱 커졌다. 이렇게 여씨의 권력은 이로부터 떨치게 되었다.

남군과 북군은 궁궐의 호위대로서 남군은 성 안에 주둔하고 있으면서 궁궐을 호위하였으며 북군은 성 밖에 주둔하고 있으면서 황성을 수비하였다. 남북군은 대대로 태위가 관할하여 왔는데 여태와 여산이 각기 통솔한다면 황성의 병권은 여씨(呂氏) 일가가 장악하게 된 것이다.

본래 여태후에게는 오빠가 두 사람이었는데 모두 장군이었다. 큰오라비 주여후 여택(呂澤)이 국사로 인하여 죽었으므로 그의 아들 여태를 봉하여 역후(酈侯)로 삼고, 그의 아우 여산을 교후(交侯)로 삼았다. 여태후의 작은오라비 여석지(呂釋之)는 건성후(建成侯)가 되었다.

효혜제에게는 아들이 없었다. 이에 여태후가 남의 아들을 취해서 태자로 삼았다. 즉 다른 궁녀가 낳은 아이를 취해서 아들이라고 속인 것이다. 그리고 그의 친어머니인 궁녀를 죽였다. 효혜제가 죽자 그 태자를 황제 자리에 세웠다. 이를 소제(少帝)라 했다. 그리고 여태후는 조정에 나가서 자기 마음대로 정사를 처리했다.

천하에 대사령(大赦令)을 내렸다. 모든 호령(號令)은 한결같이 태후에게서 나왔다. 태후는 자기가 내리는 호령을 '천자의 명령인 조칙' 제(制)라 했다.

태후는 조정에서 논의해 여씨 일족을 세워 왕으로 삼고자 하여 이 문제를 우승상 왕릉(王陵)에게 문의했다. 그러나 왕릉은 반대하는 의견을 내었다.

"고조께서는 백마(白馬)를 잡아 그 피를 나누어 마시고 맹세하여 말하기를, 한나라에서 유씨 이외의 다른 사람이 왕이 되거든 온 천하가 협력하여 그를 치라고 하셨습니다. 이제 여씨를 왕으로 삼는 것은 그 맹약에 위배되는 것입니다."

태후가 기뻐하지 않았다. 이번에는 좌승상 진평과 강후(絳侯) 주발(周勃)에게 물었더니 두 사람은 괜찮다고 말했다.

"고조께서는 천하를 평정하고 자제들을 왕으로 삼았습니다. 지금 태후께서 호령하시면서 제(制)라고 하시니 형제분들이나 다른 여씨 일족을 왕으로 삼는다 하더라도 안 될 것은 없습니다."

태후가 흡족해하며 조의(朝議)는 끝냈다. 이에 왕릉이 진평과 주발을 꾸짖었다.

"그대들도 처음에 고조와 피를 나누어 마시면서 같이 맹세하지 않았는가? 지금 고조는 붕어하시고 태후가 여인으로서 군주가 되어 여씨를 왕으로 삼으려고 하는데 당신들마저 태후의 비위에 맞추고 있느니, 고조와의 맹약을 저버리면 무슨 면목으로 고조를 지하에서 뵙는단 말인가?"

이에 진평과 주발이 왕릉을 달래며 말했다.

"지금 여태후 면전에서 과실(過失)을 지적하여 조정에서 간쟁하는데 있어서 우리는 그대만 못하오. 그러나 한나라의 사직(社稷)을 보존하고 유씨의 자손을 안정시키는데 있어서는 그대 또한 우리만 못할 것이오. 지금 분란을 일으켜 좋을 게 없다는 말이외다."

왕릉이 이 말에 대해서는 응답이 없었다.

얼마 후 태후가 왕릉을 파면시키고자 황제의 스승 태부(太傅)로 삼아 재상의 실권을 박탈해 버렸다. 왕릉은 끝내 병에 걸려 사직하고 귀향했다. 그리하여 좌승상 진평이 우승상이 되고 벽양후(辟陽侯) 심이기(審食其)가 좌승상이 되었다.

그 당시 궁중에서의 소문은 이미 오래전부터 여태후와 심이기의 사이가 그렇고 그런 사이라는 소문이 파다했다. 좌승상은 국정을 담당하지 않고 궁중을 감독하는 것이 낭중령(郎中令)이나 다름이 없었다. 심이기는 본시 태후의 총애를 받고 있었으므로 언제나 권력을 마음껏 휘둘렀다.

태후는 여씨 일족을 후(侯)로 삼고자 하여 우선 고조의 공신인 낭중령 풍무택을 박성후(博城侯)로 삼았다. 그때 노원공주가 죽었으므로 시호를 하사하여 노원태후로 삼고 그녀의 아들을 노왕(魯王)으로 삼았다.

그리고 제나라 도혜왕의 아들 유장(劉章)을 봉하여 주허후로 삼고 여록의 딸을 그에게 시집보냈다.

또한 여석지의 아들 여종(呂種)을 봉하여 패후(沛侯)로 삼고 여태후 언니의 아들 여평(呂平)을 부류후로 삼고 고조의 기마 대장 장매(張買)를 남궁후로 삼았다.

태후는 여씨를 왕으로 삼고자 하여 우선 효혜제 후궁의 아들 강(彊)을 세워서 회양왕으로 삼고, 아들 의(義)를 상산왕으로 삼고, 아들 산(山)을 세워서 양성후로 삼고, 아들 조(朝)를 지후로 삼고, 아들 무(武)를 호관후로 삼았다.

그리고 태후가 대신들에게 자신의 의도를 슬쩍 비쳤다. 대신들이 역후 여태를 세워서 여왕(呂王)으로 삼을 것을 청원하자 태후가 이를 허락하였다.

건성후 여석지가 죽자 그 아우 여록을 세워서 뒤를 계승하게 하였다. 그리고 여왕인 여태가 죽자 태자가 대신하여 왕이 되었다.

여태후의 큰언니는 선평후(宣平侯) 장오(張敖)의 처가 되었는데, 그의 딸이 호혜제의 황후가 되었다. 이리하여 여태후는 이중으로 혈연관계를 맺고 있었다. 그러나 아들을 낳으려고 했으나 끝내 자식이 없었다. 그래서 거짓으로 임신했다고 하고 후궁의 미인(美人, 관명칭)의 아들을 데려다가 실자(實子)라고 하고 그 생모를 살해한 후 데려온 아들을 세워서 태자로 삼았다.

혜제가 붕어하자 거짓 태자가 황제[소제(少帝)]가 되었다. 혜제가 죽은 지 4년 후, 황제가 성장하여 자신이 황후의 아들이 아니라는 것과 자신의 어머니가 피살된 것을 어디선가 듣고 원망하여 말했다.

"태후가 어쩌면 나의 생모를 살해하고 나를 황자라고 할 수 있었단 말인가? 내가 아직은 어리지만 장년이 되는 날이면 가만두지 않겠다!"

태후가 이 말을 듣고 근심이 되었다. 한편 그가 난을 일으킬 것을 두려워하여 그를 궁중 여관(女官)들의 감옥 영항(永巷) 가운데에 가두고 황제의 병환이 중태라 하여 좌우 군신들도 알현할 수 없게 하였다. 그리고 태후가 선언하듯이 말했다.

"천하를 보유하고 만민의 생명을 다스리는 이는 그의 덕(德)이 많아 하늘처럼 만물을 덮고 땅처럼 만물을 포용하여야 할 것이오. 그러므로 위에서는 즐거운 마음으로 백성을 편안하게 하고 백성들은 기쁜 마음으로 위를 섬겨, 위의 즐거운 마음과 밑의 기쁜 마음이 서로 교통하여 비로소 천하가 다스려지는 법입니다. 그런데 지금 황제는 병환이 오래되었는 데도 쾌유하지 못하고 정신 착란을 일으키니, 황제의 위(位)를 계승해 종묘의 제사를 받들 만한 능력이 없을 뿐만 아니라 이래가지고는 천하를 통치할 권력을 맡길 수가 없으니, 황제를 바꾸어야 하겠소."

군신들이 모두 절하면서 그 말에 따랐다.

"황태후께서는 천하 만민을 위하여, 또 종묘의 사직을 안위시키기 위하여 헤아리는 바가 매우 깊으십니다. 군신들은 머리를 조아려 조칙(詔勅)을 받들겠습니다."

이로써 황제의 위를 폐하고 태후가 그를 유폐시켜 죽여버렸다. 그리고 혜제 후궁의 아들 상산왕(常山王) 의(義)를 세워서 황제로 삼고 이름을 홍(弘)이라 개명했다. 원년이라고 칭하지 않는 이유는 태후가 천하의 정사를 제어하고 있기 때문이었다.

얼마 후 태후가 조왕(趙王) 유우(劉友)를 소환했다. 처음에 우는 여씨 문중의 딸을 후로 삼았으나 여씨는 조왕의 아내지만 태후의 세력을 믿고 남편을 깔보며 조왕의 전권을 휘두르고 업신여겼다. 이에 조왕은 아내를 꺼려하여 가까이 하지 않고 다른 여성을 사랑했다.

여씨의 딸이 질투해 화가 나서 태후에게 그를 중상했다. 즉 그에게 죄과가 있는 것처럼 무고(誣告)하였다.

"여씨가 어떻게 왕이 될 수 있단 말인가? 태후가 죽은 후 나는 반드시 여씨를 치겠다."

그렇게 말했다고 하자, 태후가 노하여 조왕을 소환한 것이다. 그러나 조왕이 모반한 사실을 자세히 조사해 보니, 그것은 터무니없는 거짓이었으며 어디까지나 조왕의 아내 여씨가 날조하여 고의로 모반한 것이었다. 태후는 전후 사정을 알아보지도 않고 조왕을 장안의 저택에 감금시키고 위사(衛士)를 시켜서 포위해 감시토록 하여 먹을 것을 주지 않았다.

그의 군신들이 몰래 먹을 것을 보내주면 즉시 체포하여 벌을 주었다. 그렇게 조왕 유우(劉友)는 유폐된 채로 죽었다.

태후의 여동생 번쾌의 처 여수(呂嬃)에게 딸이 있었는데 영릉후 유택(劉澤)의 아내였다. 유택은 대장군이었다. 태후는 여씨 일족을 왕으로 삼았으나 자신이 죽은 후에 유장군이 해를 끼치지나 않을까 두려워하여 유택을 낭야왕(琅琊王)으로 삼아 놓고 스스로 위안을 삼았다.

한편 양왕 유회(劉恢)는 옮겨져서 조왕이 되었으나 속마음은 즐겁지 않았다. 태후는 여산의 딸을 조왕의 후(后)로 삼고, 왕후의 종사관들을 모조리 여씨 일족으로 임명하여 권력을 마음껏 누리게 하고, 또 은밀히 조왕의 거동을 살피게 했다.

그래서 조왕은 마음대로 할 수가 없었다.

조왕에게는 사랑하는 여성이 있었는데 조왕후가 사람을 시켜서 그녀를 짐독으로 죽여 버렸다. 조왕은 슬퍼한 나머지 얼마 있다가 자살하고 말았다.

태후가 이 소식을 듣고 조왕이 여자 문제로 자살하여 종묘의 예를 저버렸다고 생각하여 그의 후사(後嗣)를 폐절시켰다.

여태후가 집권한 지 8년이 되어 제액(除厄)의 제사를 지내고 귀환하는 도중 지도(軹道)를 지날 때 검은 개와 같은 괴물이 갑자기 여태후의 겨드랑이를 할퀴는 듯하더니 홀연히 사라졌다. 이것을 점쳤더니 조왕 여의의 신화(神禍)라고 했다. 그 후 여태후가 겨드랑이 상처로 인하여 앓게 되었다.

4개월여가 지난 후, 여태후의 병환이 매우 중태에 빠졌다. 그래서 조왕 여록을 상장군으로 임명하여 북군(北軍)을 장악하게 하고, 여왕 여산을 남군에 있게 했다. 여태후가 여산과 여록에게 경계하여 말했다.

"고조가 천하를 평정한 후에 대신들과 약속하기를, 유씨가 아니고서 왕이 된 자는 천하가 협력하여 그를 치라고 했다. 그런데 지금 여씨가 왕이 되었으니 대신들의 심중은 평온할 리 없을 것이다. 내가 만약 죽는 날에는 황제가 아직도 어리기 때문에 대신들은 아마도 변란을 일으킬 것이다. 그대들은 반드시 병사를 이끌고 궁중을 보위할 것이며 삼가 나를 장송(葬送)하다가 타인에게 제압되지 않도록 하라!"

그리고 여태후는 죽었다(BC 180년).

여태후의 유조(遺詔, 유언)에 따라 제후왕에게 각각 1천 금을 하사하고 장(將)·상(相)·열후(列侯)·낭리(郞吏)에게는 그들의 서열에 따라 모두 금을 하사했다.

천하에 대사령을 내리고, 여산을 상국(相國)으로 삼고 여록의 딸을 황제의 후(后)로 삼았다.

주허후(朱虛侯) 유장(劉章)은 기력이 있는 인물로 큰 뜻을 품고 한나라 황실의 명맥을 유지하려고 마음먹었다. 그는 태후의 명령을 받들고 입궐하여 숙위 벼슬을 하고 있었다. 그는 조왕 여록의 딸과 결혼하였는데 부부간에 금슬이 좋아 이전의 두 조왕과는 달랐다.

그들의 혼인을 맺어준 태후는 그들 부부가 화목하게 지내는 것을 보고 몹시 기뻐하였다. 여록 또한 사위를 각별히 보살펴 주었다. 그러나 다른 뜻을 품고 있는 유장은 아내로 하여금 자기들이 단란하게 지내고 있다는 것을 친정에 알리게 한 다음 기회를 엿보아 거사하려고 마음먹었다.

이 무렵 여씨 일족이 정권을 잡고 권력을 마음대로 휘둘렀으며 변란을 일으키려고 했다. 그러나 고조의 옛 대신인 강후 주발이나 진평 등을 두려워하여 아직은 감히 일어나지 못했다.

한편 주허후 유장은 자신의 부인이 비록 여록의 딸이긴 하나 남몰래 사자를 자기의 형인 제왕에게 보내어 제왕이 병사를 동원해 서진(西進)해서 여씨 일족을 주멸하고 황제 위에 오르게 하려고 했다.

주허후 자신은 궁중에서 대신들과 함께 호응하려고 했다. 제왕이 병사를 동원하려 했으나 그의 재상이 듣지 않아 그를 죽여 버리고 낭야왕의 병사까지 탈취하여 서진했다.

그리고는 제후왕들에게 서신을 보냈다.

〈고조께서 천하를 평정하고 여러 자제들을 왕으로 봉했을 때 도혜왕은 제왕이 되었다. 도혜왕이 서거하자 혜제는 나를 제왕으로 삼으셨다. 혜제가 붕어하자 태후가 정권을 장악하고 여씨 일족의 말만 듣고 제멋대로 황제를 폐위했으며 계속하여 세 명의 조왕(趙王)을 죽이고, 양·조·연을 멸망시키고 여씨 일족을 왕으로 삼았으며 제국을 넷으로 분할했다. 지금 태후는 붕어하고 황제는 어려서 아직은 천하를 다스릴 능력이 없으므로 대신이나 제후를 믿고 계시다. 그리고 여씨 일족은 또 제멋대로 자신의 관위(官位)를 높이고 병력을 모아 위세를 떨쳐 열후(列侯)·충신(忠臣)을 위협해 조칙(詔勅)이라고 사칭하여 천하에 호령하고 있다. 그리하여 종묘는 위태롭다. 나는 병사를 이끌고 입경(入京)하여 부당하게 왕이 된 자를 주멸할 것이니 제후들은 나를 따르라!〉

이에 조정은 발칵 뒤집혔다. 우선 급한 대로 상국 여산 등이 영음후 관영을 파견하여 제왕을 치게 했다. 관영이 형양땅에 이르러 막료들과 상의하여 말했다.

"여씨 일족은 관중에서 병권을 장악하고 유씨를 위협해 자립하려고 한다. 지금 내가 제를 격파하고 귀환해 보고한다면 이것은 여씨를 도울 뿐이다."

그래서 군사를 형양땅에 주둔시킨 후 사자를 제왕 및 제후들에게 보내어 함께 연합하도록 했다.

여록과 여산은 관중에서 난을 일으키려고 했으나 안으로는 주발와 유장 등을 꺼리고, 밖으로는 제와 초의 병력이 두렵고, 또 관영이 배반할까 두려웠다. 결국 관영의 병사가 제군과 교전하는 것을 기다려 거사하려고 미루어 가면서 결행하지 못하고 있었다.

여록과 여산은 각각 병사를 이끌고 남북군(南北軍)에 있었다. 이들은 모두가 여씨의 사람이므로 열후와 군신들은 마음속으로 불안을 느끼지 않는 자가 없었다.

태위(太尉)인 주발도 군중으로 들어가 군을 장악할 수가 없었다. 이때 역상(酈商)은 노환으로 깊은 병을 앓고 있었고 그의 아들 역기(酈寄)는 여록과 사이가 좋았다.

주발이 승상 진평과 상의한 후 노장군인 역상을 설득하고자 하였다. 역상은 오히려 아들 역기로 하여금 여록을 속이고 유인해 나오도록 했다. 역기는 오랜 우정을 내세워 여록을 설득했다.

"고조께서는 여후와 함께 천하를 평정하고, 유씨가 세운 왕은 아홉(오 · 초 · 제 · 회남 · 낭야 · 대 · 상산왕 조 · 회양왕 무 · 제천왕 태)이며, 여씨가 세운 왕은 셋(양왕 여산 · 조왕 여록 · 연왕 통)이오. 모든 대신들이 협의한 것인데 제후에게 포고하자 제후들도 모두 좋다고 승인했소. 지금 태후는 붕어하시고 황제는 연소하니 당신은 조왕의 인수를 차고서도 급히 본국으로 가서 그 땅을 지키지 않고 상장(上將)이 되어 병사를 이끌고 장안에 머물러 있으니, 대신들과 제후들의 의심을 사고 있는 것이오. 귀하께서는 어째서 장군의 인수를 반환하고 병권을 태위 주발에게 넘기지 않습니까? 또한 양왕에게도 청원해 상국의 인수를 반환하고 대신들과 맹약한 뒤 봉국으로 가신다면 제의 병란은 반드시 종식될 것이며, 대신들은 평안함을 얻고 당신은 베개를 높이 베고 사방 천리 땅의 왕이 될 수 있을 뿐만 아니라 이야말로 만대의 후까지도 여씨의 이익이 될 것이라 보는데 어찌하실 것인가? 잘 생각해 보시오!"

여록은 역기의 계략이 참으로 옳다고 여겼다. 장군의 인수를 반환하고 병권을 태위 주발에게 넘기려고 사람을 시켜 여산 및 여씨 일족의 노인장에게 보고하게 했다. 유리하다는 사람도 있고 불리하다는 사람도 있어서 미루기만 하고 방책을 결정하지 못하고 있었다.

여록이 역기를 친구로서 신임하고 있었으므로 아무런 의심 없이 역기와 함께 사냥하러 나갔다가 고모인 여수(呂嬃)에게 들렸다. 그러자 여수가 크게 노하여 소리쳤다.

"너는 장군이면서 군사를 버리려고 하느냐! 이제 여씨 일족은 설 땅이 없어질 것이다!"

그리고 귀중한 주옥(珠玉)과 보물들을 모조리 꺼내어 마룻바
닥에 내동댕이치면서 악을 쓰듯 말을 뱉었다.

"이 따위 보물들, 남을 위하여 간직해 둔들 아무 소용없는
일이다!"

이미 진중에는 여록이 없는 틈을 타 주발이 재빨리 북군으로
들어가 병권을 탈취할 수 있었다. 그리고 여록은 이미 역기가
자기를 속일 리 없다고 생각하여 병권의 인수를 풀어서 태위
에게 넘겨준 후였다.

후일 이 소식을 들은 사람들은, '친구를 팔아먹은 놈!' 이라
고 역기를 욕했다. 어쨌든 태위 주발은 장군으로서 군문으로
들어가는 도중에 군중에게 소리쳤다.

"여씨에게 가담하는 자는 오른쪽 어깨를 벗어 우단(右袒)하
고, 유씨에게 가담하는 자는 왼쪽 어깨를 벗어 좌단(左袒)하
라!"

군중들은 모두 좌단하여 유씨에게 가담할 것을 표시했다. 이
때부터 어느 한쪽을 편들어 동의하거나 뜻을 같이하여 힘을
보태는 것, 항복의 뜻으로 옷의 왼쪽 어깨를 벗는 것을 뜻하는
'좌단(左袒)'이라는 고사성어가 유래하였다.

태위 주발이 북군의 본진에 도착하니 장군 여록은 이미 상장
군의 인수를 풀어놓고 가고 없었다. 그래서 태위는 드디어 북
군의 장군이 되었다. 그러나 아직은 남군(南軍)이 여씨의 지배
하에 있었으므로 승상 진평은 유장을 불러서 태위를 돕게 했
다.

여산은 여록이 이미 북군을 떠났다는 사실을 알지 못했다.

그래서 미앙궁(未央宮)으로 들어가 반란을 일으킬 작정으로 대궐 문에 들어가려 했으나 유장이 장악하고 있으므로 들지 못하고 배회하다가 낭중부의 뒷간에서 죽었다.

태위 주발이 유장에게 경례하고 축하했다.

"근심되는 것은 오직 여산뿐이었는데 이제 여산을 주살했으니 천하는 평정되었습니다."

드디어 사람을 파견해 부서를 나누고 여씨 일족을 남녀노소할 것 없이 모조리 체포하여 모두 베어버렸다. 그리고 다음 날 여록을 체포하여 베고, 여태후의 동생이자 번쾌의 아내였던 여수를 매질하여 죽였다. 또한 군대를 보내어 연왕(燕王) 여통을 주살하고 노왕 언을 폐위했다.

제후들에게는 유장을 파견하여 여씨 일족을 주멸한 것을 전달케 하고 전투태세를 풀어 관영도 형양에서 회군했다.

여러 대신들이 은밀히 상의하였다.

"소제(少帝) 및 양왕·회양왕·상산왕은 모두 진정한 혜제의 아들이 아니다. 여태후가 모략으로 속임수를 써서 타인의 아들을 실자(實子)라고 속였다. 그의 생모를 살해한 뒤 후궁에서 양육하여 혜제에게 아들이라고 인정하게 하고서는 후사를 세우기도 했다. 지금은 이미 여씨 일족이 모두 주살되었으니, 여씨가 세운 그들을 그대로 방치해 둔다면 그들이 성장하여 정권을 잡게 되면 우리들은 몰살될 것이다. 유씨의 여러 왕들 중에서 가장 현명한 자를 황제로 세우는 것이 상책이다."

이렇게 의견을 모은 후 대신들이 한결같이 말했다.

"대왕(代王), 박태후(薄太后)의 아들 유항(劉恒)은 고조의 생존

해 있는 아들로 최장년이며 인효관후(仁孝寬厚)하다. 태후의 가문인 박씨(薄氏)는 조심성 있고 올곧으며 선량하다. 연장자를 세운다는 것은 순서이며 인자하고 효성스런 위인으로 세상에 알려진 것만 보더라도 가장 적합하다!"

대왕(代王) 항(恒)은 서쪽을 보고 사양하기를 세 번 했고, 또 남쪽을 보고 사양하기를 두 번 했다. 그러나 대신들이 극구 추대하여 별수 없이 천자의 자리에 올랐다.

이가 곧 효문제(孝文帝)이다.

그리고 여씨 일족이었던 양왕·회양왕·상산왕 및 소제는 모두 자기가 머무르던 집에서 주멸되었다(BC. 180년).

흉노에게 시집가는
절세가인

하(夏)·은(殷)·주(周) 3대 이래로 중국에서는 언제나 흉노족
이 환난과 재해의 근원이었다. 한나라 왕실에서는 그들 강약
의 시기를 알아채고 군비를 갖추어 그들을 정벌하고자 했으나
속수무책(束手無策, 손이 묶인 듯이 꼼짝 못함)이었다.

흉노족은 대체로 북쪽의 미개척 지대에서 목축을 하며 이리
저리 이동하며 살았다. 특히 천고마비(天高馬肥), 가을철에 말
이 살찌면 한바탕 약탈하여 풍성한 겨울을 지내곤 하였다.

그들의 가축에는 말·소·양이 많았고, 물과 풀을 따라 이동
해 가며 살아야 했기 때문에 성곽이나 일정한 주거지가 있을
수가 없었다. 더구나 농사도 짓지 않았으므로 나누어 가질 땅

도 없었다.

　그들의 일반적인 풍습은 평화 시에는 목축에 종사하는 한편, 야생동물을 사냥하는 것으로 생계를 세웠고, 전쟁이 일어나면 남녀노소를 불문하고 전원 전투에 임해 침략과 공격에 나서는 것이 그들의 천성이었다.

　군주 이하 모든 백성들이 가축의 살코기를 주식으로 삼았으며 그 가죽으로는 옷을 해 입었다. 좋은 살코기는 장정들의 몫이었고 그 나머지는 노인들이 먹었다. 건장한 자가 존중되었고 노약자들은 자연히 다음 차례였다.

　아비가 죽으면 그 아들이 아비의 후처들을 아내로 삼았고, 형제가 죽으면 그의 처를 아내로 삼아야 했다. 그들 풍습에서는 어린아이 할 것 없이 마구잡이로 이름을 불렀고 성(姓)이나 자(字) 같은 것은 아예 있지도 않았다.

　묵돌(冒頓)이 자립해서 추장 선우(單于)가 되었다. 선우의 도읍지(외몽고의 탑미 이하의 북방)는 대군(代郡)과 운중군(雲中郡)을 경계하고 있었다.

　매년 정월에는 24인의 군단장들이 선우의 왕정(王廷)에 모여 소규모의 회합을 가지고 제사를 지냈으며, 5월에는 제천(祭天)하는 왕정 남쪽의 농성(蘢城)에서 대규모 회합을 가지고 그들의 조상·하늘·땅 및 여러 신들에게 제사를 지냈다.

　가을이 되어 말이 살찔 무렵이면 제사 지내는 숲, 대림(蹛林)에서 대집회를 열고 백성과 가축의 수효를 점검했다.

　그들의 법률에서는 평상시에 칼을 한 자 이상 칼집에서 뽑은 자는 사형에 처하고, 도둑질하는 자는 그의 가산을 전부 몰수했다. 가벼운 범죄자는 수레바퀴로 뼈를 부수는 알형(軋刑)에 처해졌으며 중범죄자는 사형에 처해졌다.

선우는 매일 아침 막영(幕營)에서 나와 일출(日出)을 보며 절하고, 저녁에는 달을 보고 절을 했다.

전쟁을 일으킬 때나 거사(擧事)를 할 때는 달의 상태를 주로 보았다. 즉 달이 차고 빛나는 보름이면 공격하고 달이 이지러지면 퇴각했다.

적을 공격해서 목을 베거나 포로를 잡으면 상으로 한 잔의 술을 내렸고, 노획품은 그대로 본인이 갖게 했다. 포로 역시 잡은 자의 몫이다. 그러므로 전투 시에는 제 이익을 위하여 맹렬하게 달려나갔다. 그들은 적을 발견하면 이익 때문에 새 떼들처럼 모여들었고 곤경에 빠져 패색이 짙게 되면 구름처럼 조각조각 흩어졌다. 전쟁터에서 전사자를 거두어 돌아오면 그 전사자의 재산과 가솔들을 모두 차지하도록 했다.

일찍이 한(漢) 고조 유방이 붕어하고 효혜제 · 여태후의 시대가 되었을 때였다. 묵돌이 여태후에게 교만하고 망령된 편지를 보내왔다.

〈그대가 과부가 되었다는 소식을 듣고 무척 반가웠소. 이참에 나하고 혼인하는 것이 어떻겠소!〉

한나라 조정이 발칵 뒤집혔다.

"감히 오랑캐 따위가 태후를 희롱하다니!"

"더 이상 논의할 것이 없습니다. 당장 대군을 일으켜 묵돌의 목을 벱시다!"

그러나 많은 장수들이 이성을 되찾았다.

"지난날 고제의 현명함과 용맹을 가지고서도 그들을 응징하기는커녕 평생에서의 곤욕(일주일간 억류)까지 겪었습니다. 지금 상황으로 정벌은 불가합니다."

어쩔 수가 없었다. 여태후도 울며 겨자 먹기로 참으면서 정벌을 그만두기로 하고 다시 흉노와 화친을 계속하도록 방침을 고수했었다.

그리고 효문제가 즉위해서는 화친조약을 재확인했다.

황제는 흉노의 침입을 번거롭게 여겨 비단과 황금으로 만든 장신구 등 여러 선물들을 바리바리 싸 보내며 화친을 맺고자 하였다.

그 중에는 흉노족이 항상 꿈꿔 그토록 원하던 공주를 선우에게 시집보내 연지(連枝)로 삼게 했다. 연지라 함은 '한 뿌리에서 난 이어진 가지'라는 뜻으로, 형제자매를 비유하여 일컫는 말이다.

그런데 보내고자 했던 수많은 궁녀 중에서 가장 못생긴 궁녀를 뽑아 공주로 가장하여 보내졌다. 뽑히게 된 궁녀의 사연은 이러하다.

본시 양가집에서 선택된 자녀는 궁에 보내는 절차가 있었다. 일단 궁에 들어가면 궁녀의 얼굴을 그려 황제에게 보이고, 황제가 원하는 그림 속의 궁녀를 낙점하여 수시로 시중들게 하는데, 모든 궁녀들은 한결같이 그림그리는 화가에게 뇌물을 듬뿍 주어 실물보다 훨씬 예쁘게 그려주길 바랐다.

오늘 흉노족 선우에게 보내기로 한 궁녀는 본시 집안이 가난하여 환관들이나 화가에게 뇌물을 쓸 여유가 없었기에 아주 못생긴 추녀로 그려졌기에 낙점이 되었다.

그러므로 자연 황제의 총애를 얻을 수도 없었다. 그러나 실상 그녀의 모습은 궁녀들 중에 가장 빼어난 미모를 지니고 있었다. 떠나기로 한 날, 황제를 알현하여 인사하는 절차가 있었는데, 그곳은 온갖 대신들은 물론이고 황족들까지 모여 사신단을 송별하는 예를 갖추는 자리였다.

모든 사신들의 예를 마치고 마지막으로 공주로 가장한 궁녀가 입실하였다.

아뿔싸! 눈이 휘둥그레진 황제는 물론이고 모든 대신들의 입이 동시에 벌어져 닫힐 줄을 몰랐다. 그야말로 이 세상에서는 비길 사람이 없을 만큼 빼어나게 아름다운 절세가인(絕世佳人)이 아니던가?

그동안 중국 역사상 사직을 무너뜨린 경국지색(傾國之色), 말희·달기·포사보다도, 월나라의 서시(西施)보다도 한결 더 나았다. 아니 그들을 다 합쳐 놓은, 그 어떤 말로도 형용할 단어가 없을 지경의 아름다움 그 자체였다.

황제는 저런 미인을 왜 여태껏 보지 못했을까? 뒤늦은 후회가 막급이었다. 그렇다고 하여 취소한다거나 되돌릴 수도 없는 노릇이었다.

그리하여 황제와 모든 대신들은 떠나는 사신단의 배웅을 아니, 떠나는 그녀의 뒷모습이라도 더 보고자 십 리고, 이십 리고 뒤를 쫓았다.

그때 마침 가을 하늘빛 위로 기러기 떼들이 날아가고 있었다. 그런데 그만 앞서가던 기러기 무리가 그 여인을 바라보고는 자리를 이탈하더니 정신을 놓았는지 떨어져 개울에 처박히고 있었다. 뒤에 사람들이 전하길, '흉노 땅에 가는 동안 하얀 달빛 아래 미인〔월하미인(月下美人)〕이 아니라, 달빛이 그 여인의 모습에 부끄러워 구름 속에 숨더라'고 전해 내려왔다.

그로부터 120여 년이 지난 BC 33년, 오랑캐의 추장 호한야 선우가 조정에 와서 한나라의 사위가 되고 싶다고 했다.

원제(元帝)는 호한야 선우의 요구를 승낙하였다. 원제는 내시에게 명하여 궁녀들의 얼굴을 그린 궁녀첩을 가져오게 하였다. 그리고 여러 궁녀들의 얼굴을 한 번 훑어보고 나서 붓을 들어 한 궁녀를 지정하고 관리에게 명령하여 예물을 후하게 주고 길일을 택하여 호한야 선우가 머무르는 객사로 보내 혼례를 치르게 하였다.

혼인날이 되자 그 궁녀는 화려한 옷으로 치장하고 곱게 단장한 후, 어좌 앞으로 나아가 작별인사를 하였다. 그런데 원제가 그 궁녀를 보니 자기의 눈을 의심할 정도였다. 그 궁녀는 생각과는 달리 아주 빼어난 미인이었다. 쪽진 머리가 탐스러울 뿐만 아니라 꽃 같은 얼굴에 몸매까지 호리호리하여 그야말로 보면 볼수록 절세가인이요, 황홀하여 오금이 저릴 정도였다.

짙은 눈썹 밑으로 쌍꺼풀진 눈은 그윽한 빛을 띠고 있었고 이맛살을 약간 찌푸리고 있는 것이 어쩐지 엷은 근심에 잠긴

듯 그 누구를 원망하는 듯도 하였다. 그녀는 날씬한 허리를 가볍게 굽히며 어전에 엎드려 슬픈 목소리로,

"궁녀 왕장(王嬙, 자는 소군(昭君))이 이제야 천안을 뵈옵니다."

하고 말하였다.

그녀의 황홀한 모습을 바라보고 있던 원제는 그 소리에 정신이 번쩍 들어,

"너는 어느 때에 입궁하였는가?"

하고 물었다.

그녀가 궁에 들어온 지는 퍽 오래되었는데 어째서 한 번도 본 일이 없을까 하는 생각이 들면서 미인의 손을 잡아보지도 못하고 오랑캐에게 넘겨주다니 너무도 안타까운 일이었다. 그렇다고 그녀를 남겨두면 그들에게 신용을 잃을 것이고 백관으로부터는 호색가라는 비난을 받아 체면이 깎이게 될 것이니, 그야말로 딱한 노릇이었다.

원제는 가까스로 정신을 가다듬고 몇 마디 말하고 나서 그녀를 물러가게 하였다. 그리고 자리를 박차고 일어나 후궁으로 들어가서 궁녀들의 얼굴을 그린 궁녀첩을 다시 내어오라고 명하였다.

아무리 살펴보아도 그 그림은 왕소군(王昭君)의 청초한 모습과는 닮은 곳이 없었다. 그것도 일반적인 여자의 모습을 대충 그린 것에 불과했다. 그리고 이미 황제가 잠자리를 같이 한 궁녀들의 그림을 펼쳐보니 그들의 얼굴은 모두 정성들여 그린 것으로 원래의 모습보다 훨씬 더 아름답게 묘사되어 있었다.

원제는 그만 울컥 울화가 치밀어 궁녀첩을 내던지며,

"어느 가증스런 화공놈이 그린 것인지, 미인의 아름다운 용모를 그대로 그리지 않고 일부러 추하게 그린 데는 반드시 무슨 곡절이 있을 것이다."

하면서 즉시 왕소군의 얼굴을 그린 화공을 불러오라고 호령하였다. 그 담당 관리는 장안의 화공들을 모두 불러들여 일일이 문초한 끝에 마침내 화공을 찾아냈는데 그는 이름이 모연수였다.

그는 왕소군의 얼굴을 그리면서 모든 궁녀들이 그러하듯이 뇌물을 받아먹으려다 그녀가 너무나 도도하게 굴며 뇌물을 주지 않자, 달빛 같은 우아하고도 청순가련한 박꽃 같은 얼굴을 풀죽은 목석인 양 무표정한 얼굴로 듬성듬성 대충 그리고 말았다. 모연수는 이로 인하여 무엄하게도 황제를 기만하였다는 죄로 사형에 처해졌다.

왕소군은 왕양의 딸로 본시 모든 여자들이 그러하듯 궁녀로 뽑혀 입궐하게 되었는데, 화공이 얼굴을 그려 바쳐 황제가 보도록 되어 있었다.

모연수는 이름 있는 화공으로 초상을 잘 그리기로 명성을 떨치고 있었다. 그런데 궁녀들에게 얼굴을 그려줄 때면 으레 뇌물을 요구하였는데 궁녀들은 저마다 황제의 사랑을 차지할 기회가 마련되기를 간절히 바랐으므로 그에게 돈을 듬뿍 주었던 것이다. 그러면 모연수는 본래의 생김보다 더 곱게 얼굴을 그려 주었다. 그런데 왕소군은 타고난 미인으로 성품도 강직하여 쓸데없이 돈을 낭비하지 않았다. 모연수는 뇌물을 받지 못한 앙갚음으로 그녀의 본래 생김새와는 달리 그저 대충 두루뭉술하게 얼버무려 그렸던 것이다.

원제는 얼굴을 그린 그림에 의하여 잠자리를 같이할 궁녀를 택하였으므로 그런 미인이 후궁에 파묻혀 있으리라고는 전혀 생각하지도 못하였다. 그는 왕소군을 직접 보고나서 모연수의 목을 베라고 명령을 내렸던 것이다.

모연수는 죽어 마땅하지만 왕소군은 팔자가 기박하여 흉노 땅 늙은 선우에게 시집을 가지 않으면 안 되었다.

왕소군을 아내로 맞이한 호한야 선우의 기쁨은 한량없었다. 그는 즉시 원제에게 한나라에서 국경에 군사를 주둔시킬 필요 없이 자기가 북쪽 국경의 안전을 책임지겠노라고 상소하였다. 이에 대해 조정의 대신들은 모두 그렇게 할 것을 찬성하였는데, 유독 국경의 실정을 잘 알고 있는 낭중 후응(侯應)만은 북쪽 국경의 경비를 조금도 늦추어서는 안 되며 군사를 철수하여서는 더욱 안 된다고 주장하였다.

그가 이해관계를 따지면서 거듭 건의하자 원제는 깨달은 바가 있어 거기장군 허가로 하여금 중국의 변방은 외적의 침입을 막기 위한 것이니, 선우의 뜻은 고맙지만 받아들일 수 없다고 그에게 전하게 하였다. 호한야 선우는 원제에게 작별을 고하고 의기양양하게 왕소군을 데리고 가서 그녀를 애지중지 보물처럼 여기고 영원히 뜨겁게 사랑할 것을 맹세했다.

한 해가 지나 왕소군은 아들을 낳았는데 이도아사(伊屠牙斯)라 불렀다. 뒤에 호한야 선우가 병으로 세상을 떠나고 장남 조도막고가 즉위하여 복주루약제 선우라 하였는데 그는 왕소군이 여전히 매력적이었으므로 아내로 삼았다.

아버지가 세상을 떠나면 계모를 아내로 삼는 것이 흉노의 풍속인 만큼 왕소군은 그에게 개가하지 않으면 안 되었다.

왕소군은 개가하여 딸을 낳았는데 맏딸의 이름이 수복거차(須卜居次)이고 둘째딸은 당우거차(當于居次)라 불렀다.

왕소군은 고국에 돌아오지 못하고 끝내 흉노 땅에서 일생을 마쳤는데 그녀의 무덤에 자란 풀은 다른 풀과는 달리 유달리 푸르렀으므로 사람들은 그의 무덤을 '청총(靑冢)'이라 불렀다.

후세의 사람들이 그녀가 꽃 같은 나이에 먼 오랑캐의 나라로 시집간 것을 악부(樂府)로 읊었는데 그 악부의 이름을 '소군원(昭君怨)'이라 하였다.

어떤 사람들은 소군원이라는 악부시는 왕소군이 말을 타고 홀로 초원에서 비파를 타며 자신의 기구한 운명을 노래한 것이라고도 하며, 뒤에 그녀가 흉노의 풍습을 따르지 않다가 독약을 먹고 자살했다는 말도 있다. 그러나 그것은 왕소군을 불쌍하게 생각하여 꾸며낸 것으로 사서(史書)를 보면 그것이 근거 없는 이야기라는 것을 알 수 있다.

원제는 호한야 선우를 돌려보낸 다음에도 왕소군을 잊지 못하여 그녀의 모습이 떠올라 온종일 수심에 잠긴 나날을 보내다가 그로 인해 병을 얻어 세상을 떠났다.

노비의 딸,
위자부(衛子夫)

　효무황제(孝武皇帝)는 효경제의 둘째아들이다. 모친은 왕태후(王太后)이며 효경제 4년에 황자로서 교동왕(膠東王)이 되었다. 효경제 7년에 율태자(栗太子)가 폐위되어 임강왕(臨江王)이 된 뒤 교동왕이 태자가 되었다. 효경제는 17년 만에 붕어했고, 태자가 즉위하여 효무황제가 되었다.

　이로써 한제국이 흥기하여 5대째가 되었다. 제국의 융성은 효무제 연간에 그 절정에 다다랐다. 밖으로는 이민족을 물리치고, 안으로는 법도를 정비했다. 태산에서 흙으로 단을 만들어 하늘에 제사 지내는 봉선(封禪)의 예를 행하고, 역서(曆書)를 개정해 정월로써 세수(歲首, 설·정초)로 삼고, 황색으로 복색

(服色)을 바꾸었다.

효무제는 토지의 신에게 제사 지내는 등 장생(長生)의 술법을 익힌 술사들을 후하게 예우하여 궁중으로 모셔 설법을 듣기를 좋아했다.

옛날 삼황오제 당시 황제(黃帝)가 하늘로부터 내려온 용을 타고 신선이 되어 하늘로 올랐다는 설을 듣고 자신도 그렇게 되길 바랐다.

"아, 내가 참으로 황제(黃帝)처럼만 될 수 있다면 처자 버리기를 헌신짝 벗어버리듯 하겠는데!"

천자는 술사 공손경에게 낭관(郎官)의 벼슬을 주고 동쪽으로 가서 태실산(太室山) 신의 동정을 살피게 했다. 그리고 가서 초하룻날 동지의 새벽에 아침에는 해를 제사하고, 저녁에는 달에 제사 지내며 태일신에게 나아갈 때 제문을 지었다.

'하늘은 처음으로 보정(寶鼎)과 신책(神策, 점칠 때 사용해 수를 헤아리는 도구)을 황제에게 내리셨습니다. 초하루가 동지인 날이 다시 돌아와 하늘의 기원(紀元)이 끝나고 다시 시작되는 이 날, 황제는 삼가 절하고 있나이다.'

사당의 제단에서는 열화(烈火)가 타오르고, 제단 곁에는 공물을 삶고 끓이는 기물(器物)들이 있었다.

갑자기 관리들과 공경들이 이구동성으로 말했다.

"사당 위에서 빛이 보입니다."

"황제가 처음으로 태일신을 섬서성 순화현 서쪽 운양에서 제사 지낼 때 관리들이 도리옥과 좋은 희생을 바쳐 제사 지냈습니다. 그날 밤, 아름다운 빛이 보였고 다음 날에는 황색 운

기가 솟아올라 하늘에 닿은 일이 있습니다."

제사를 담당하는 사관(祠官) 등이 황제께 아뢰었다.

천자는 보정을 얻은 후부터 공경들과 학자들을 상대로 봉선 (封禪, 황제가 태산에서 흙으로 단을 만들어 하늘에 제사 지내던 일) 에 대하여 자주 물었다. 그러나 봉선이란 행사를 가져본 적이 전연 없었기로 그 의식과 절차에 대해 아는 사람이 아무도 없 었다.

천자가 정월에 동쪽의 구지(緱氏)로 행행(行幸)해 예를 베풀고 중악(中嶽)의 태실산(太室山)에 올랐다. 그리고 다시 동쪽으로 가서 태산에 올랐다. 초목의 잎도 돋지 않았을 때라 돌만 운반 해 놓고는 내려왔다. 다시 동쪽의 해안을 따라 순행하면서 예 절을 갖추고 팔신(八神)에게 제사 지냈다. 그런 가운데에서도 천자는 배를 바다 가운데로 띄워보내 신인(神人)을 찾게 했다.

무제는 독서를 즐겼으며 경서를 각별히 중시하였다. 그는 황 제위에 오르자 조서를 내려 승상·어사대부·열후·군수·제 후국의 승상들에게 학식이 있는 선비들과 바른말로 직간하는 선비들을 천거할 것을 명하였다.

이로써 동중서(董仲舒)·공손홍(公孫弘)·엄조(嚴助) 등 백여 명의 이름 있는 유생들이 각지로부터 선발되어 서울로 올라오 게 되었다. 무제는 한 사람도 빠짐없이 모두 불러들여 나라를 다스릴 계책을 물어 서술토록 하였는데 그 중에서 동중서의 글이 뛰어났다.

'봄은 하늘이 만물을 생육하는 계절이오며 인(仁)은 황제께서 백성들을 사랑하기 위하여 필요한 것이옵니다. 여름 하늘이 만물을 키우는 계절이오며 덕(德)은 황제께서 백성들을 교화하기 위하여 소요되는 것이옵니다. 서리는 하늘이 만물을 죽이기 위하여 내리는 것이오며, 형벌은 황제께서 백성들을 징벌하기 위하여 소요되는 것입니다.

그러므로 공자는 『춘추(春秋)』를 편찬하시어 위로는 천도를 밝히고 아래로는 인간의 정리에 의하여 나라의 행사에 빚어졌던 과실, 그리고 재앙과 변고를 기재하였사옵니다. 이로부터 인간의 소행이 하늘과 땅에 통해 있는 것으로 서로 감응하고 있다는 것을 알 수 있사옵니다.

우임금은 순임금의 도를 계승하고 순임금은 요임금의 도(道)를 계승하면서 세 성인이 같은 도를 물려받아 한결같이 준수하였은즉 그것은 폐단이 없어 바로잡을 것이 없었기 때문이옵니다. 이는 곧, 선대를 이어 태평성세가 계속됨은 그 도가 같기 때문이오며, 선대의 뒤를 이어 난세가 시작되는 것은 그 도를 변경시켰기 때문이옵니다. 오늘 한나라는 난세의 뒤를 이어 격식에 치우쳤던 주(周)나라 때의 작법을 좀 적게 하고 하(夏)나라 때처럼 충성함에 치우쳐야 하옵니다.

예나 지금이나 천하는 다 같은 그 천하인데 옛 나라는 잘 다스려져 태평성대(太平聖代, 어진 임금이 다스리는 태평한 세상)를 이루었건만 지금은 그때만 훨씬 못하옵니다. 지금은 어찌하여 도에 어그러지는 일이 이다지도 많고 도가 이리도 쇠미해졌사옵니까? 그것은 옛날에 비해 도를 잃었기 때문이오며 하늘이 낸 의리를 어기고 있기 때문이 아니겠사옵니까? 하늘이 만물에게 무엇을 부여하는가 하는 것은 각기 분별이 있사옵니다. 이를 주었으면 뿔을 주지 않았으며 날개를 준 것이면 발을 둘밖에 주지 않사옵니다. 이와 같이 큰 것을 받았으면 작은 것을 취할 수 없는 것이옵니다.'

동중서(董仲舒)의 이 논술은 자못 무제의 관심을 끌었다.

무제는 젊은 혈기에 옛 성군들을 무색케 하는 대업을 이룩하여 세상에 이름을 떨쳐 보려는 공명심에 들떠 있는 판인데, 마침 동중서의 글은 먼저 학문을 일으켜 흥성시키고 다음으로 유능한 사람들을 뽑아 적재적소에 배치하여 백성들을 위하여 일하게 하여야 한다. 그러기 위하여서는 올바른 것을 숭상하고 사악한 것을 없애고 하나의 학설만을 확정해야 한다고 역설하였다.

동중서가 무제에게 말한 것을 요약하면 다음과 같다.

"모든 일은 오직 열심히 공무를 해야 잘 됩니다.

열심히 학문을 닦아야 견문이 넓어지고 지혜가 더욱 밝아집니다. 열심히 공부하고 도를 행해야 덕이 날로 높아지고 또 큰 공을 세울 수 있습니다.

인군(人君)이 마음을 바르게 해야 조정이 바르게 됩니다.

조정이 바르게 되어야 백관이 바르게 됩니다.

백관이 바르게 되어야 만민이 바르게 됩니다.

만민이 바르게 되어야 천하 사방도 바르게 됩니다.

사방이 바르게 되어야 가까우나 머나 바르지 않은 곳이 없으며 또 어디서나 사악(邪惡)한 기풍(氣風)이 없게 됩니다. 그래야 음양이 조화를 이루고 풍우(風雨)도 때를 맞게 됩니다.

그러면 자연 만물이나 모든 무리들이 화합하고 만민이 다 번식하게 됩니다.

모든 복을 주는 만물을 이르게 하는 길상(吉祥)이 이르지 않는 것이 없으므로 왕도(王道)의 덕치(德治)도 다 이루어집니다.

폐하께서는 행하심이 고결하시고 또 은혜를 후하게 베푸십니다. 폐하께서는 밝게 아시고 뜻도 아름답습니다. 또 백성을 사랑하시고 선비들도 잘 대우하십니다. 그런데도 교화가 바르게 이루어지지 않고 만민이 바르게 되고 있지 않습니다.

비유하면 악기의 음악소리가 백성들에게 조화되지 않은 것이 심합니다. 즉, 음악소리가 너무 높고 어려워서 백성들이 제대로 알지 못합니다. 그러므로 백성들이 이해 못하는 음악소리를 반드시 멈추고 다시 새로운 음악소리로 백성들에게 맞게 연주해야 합니다.

덕치를 해도 백성들이 행해지지 않으므로 반드시 방식을 변하게 하고 더욱 백성들을 교화해야 합니다. 그래야 도리에 맞게 될 것입니다.

한나라 천자께서는 천하를 얻고, 항상 잘 다스리려고 했습니다. 그러나 지금에 이르도록 잘 다스려지지 않은 까닭은 다름이 아닙니다. 마땅히 고치고 교화해야 할 것을 더욱 고치거나 교화하지 않았기 때문입니다.

선비를 배양함에는 태학(太學)보다 더 좋은 데가 없습니다. 태학은 나라에서 세운 최고의 교육기관입니다. 왕도 덕치에 참여할 선비들을 배양하는 곳입니다. 태학은 현명한 선비들의 관문이요, 교화의 뿌리가 되는 바탕입니다.

원하옵건대 폐하께서 태학을 세우시고 현명한 스승을 두시고 천하를 다스릴 모든 선비들을 배양하십시오. 군수나 현령은 백성들의 스승이며 지휘관입니다. 그들의 사명은 곧 도와 전통을 계승하고 사방으로 넓게 흘러 퍼뜨리고 또 백성들에게 베풀고 교화하는 것입니다. 그러므로 마땅히 각 나라의 후(侯)나 군수로 하여금 선비나 백성들 중에서 현명한 사람들을 뽑아서 매년 세 명씩 추천해 올리도록 하십시오.

『춘추(春秋)』는 크게 천하를 하나로 통합하는 책이자 사상입니다. 동중서는 특히 춘추 공양전(公羊傳)을 높였습니다. 춘추의 사상은 하늘과 땅의 변치 않는 도리이며 또 고금에 잘 통하는 영구불변의 도리입니다. 그런데 오늘날 글을 가르치는 스승들은 저마다 도를 다르게 말하고 또 모든 사람들도 다른 논리를 따르고 있습니다.

신은 어리석으나 다음과 같이 해야 한다고 생각합니다. 육예(六藝) 즉, 육경(六經)에 맞지 않거나 공자 사상에 맞지 않는 모든 가르침이나 말들을 모두 잘라버려야 합니다. 그래야 천하 통일의 기강이 하나에 설 수 있고 또 법도를 밝게 할 수 있으며, 따라서 백성들도 따르고 행할 바를 알 게 될 것입니다."

무황제가 그의 말이 옳다고 했다. 무제가 미처 생각하지 못한 것을 그가 말한 셈이니 동중서의 말은 그의 마음에 들지 않을 수 없었다. 무제는 동중서를 강도(江都)의 승상으로 임명하여 강도왕 유비를 보좌케 하였다.

효무제는 즉위하기 전에 이미 장공주의 딸 진아교(陳阿嬌)를 비로 맞았었는데 등극하자 진아교를 황후로 책봉하였다. 그리고 친누이로 세 공주가 있었는데 모두 황태후의 소생이었다.

맏딸은 평양공주이고 둘째는 남궁공주이며 셋째는 융려공주로 이미 출가하였지만 다 장안에서 살고 있으므로 언제든지 찾아가거나 불러올 수 있었다.

진아교는 고조 유방을 도와 당읍후(堂邑侯)의 책봉을 받은 진영(陳嬰)의 증손녀이다. 곧, 유방과 항우가 동시에 반란을 일으켜 진(秦)나라 왕조를 무너뜨렸을 때, 동양(東陽, 安徽省 天長縣)에서도 젊은 청년들이 현장(縣長)을 시해하고, 현정부에서 말단직을 맡고 있는 진영(陳嬰)을 국왕으로 추대했다. 진영의 모친은 산전수전을 다 겪어 세상 물정에 밝은 사람인지라 아들에게 이렇게 타일렀다.

"내가 너의 아버지와 결혼하여 지금까지 살아오면서 알게 된 사실인데, 진씨 가문에는 지금까지 높은 벼슬을 지낸 사람이 한 사람도 없었다. 그런데 네가 갑자기 높은 자리에 앉는 것은 좋지 않은 현상이다. 그래서 하는 말인데 국왕 자리에 앉지 말고 몇 등급 낮은 장군이 되어라. 그렇게 해서 일단 성공하면 후작으로 책봉될 수 있으며, 만약 실패한다 해도 높은 관직에 있던 사람이 아니니 이름도 나지 않아 도망치기도 쉬울 게 아니냐?"

진영은 노모의 충고를 받아들여 국왕 자리를 버리고 몇몇 조무라기들을 인솔하여 항우의 휘하에 들어갔다. 그러나 항우가 제후들로부터 신망을 잃고 연전연패하여 패색이 짙어지자 그는 다시 유방의 부하가 되었다.

그 후 한왕조가 건립되자 노모의 예측대로 그는 후작〔당읍후(堂邑侯)〕에 책봉을 받았다.

그 이후 진영이 죽자 아들 진록(陳祿)이 뒤를 이었으며, 진록이 죽은 후에는 그의 아들 진오(陳午)가 그 뒤를 계승했는데 이 진오의 부인이 바로 한왕조 제6대 황제 유계의 누나 유표이며 진아교는 그의 딸이었다.

이때 한왕조는 궁중 싸움에서 황태자 자리에서 쫓겨난 유영이 모함에 의해 투옥되어 옥중에서 스스로 목숨을 끊어 자살하는 바람에 유저(효무)가 황태자로 책봉되었다.

황태자의 고모인 유표는 오래 전부터 자신의 딸 진아교를 황태자에게 시집보내고 싶어 안달했다.

어느 날 고모 유표가 조카인 황태자 유철을 무릎 위에 앉히고 장난삼아 이렇게 물었다.

"새색시를 얻고 싶지 않느냐?"

유저는 어린 나이임에도 불구하고 대뜸 대답했다.

"물론 얻고 싶어요."

유표는 딸 진아교를 가리키며 또 물었다.

"이 아이를 너의 색시로 삼으며 어떻겠느냐?"

유철은 몹시 기뻐하며 흰 치아를 드러냈다.

"아교(阿嬌)를 내 색시로 준다면 나는 황금 궁전을 지어 그녀에게 거기서 살도록 하겠어요.”

이것이 바로 중국의 고사성어 ‘금옥장교(金屋藏嬌)’의 유래였다. 하지만 당초의 뜻은 정식 절차를 거쳐 얻은 정부인을 가리킨 것이었으나 천여 년이라는 세월이 흐르는 동안에 작은부인 또는 정부(情婦)의 대명사로 변질되어 버렸다.

이처럼 진아교는 빛나는 가문과 당당한 지위로 인해 만인의 존경과 흠모를 한몸에 받았다. 그녀는 어려서부터 지금 이 시간까지 마치 순풍에 돛단 듯 온갖 부귀영화를 누리며 순탄하게 살아왔다. 그러나 진아교는 꽃다운 청춘의 전성기 무렵일 때 두 가지 일로 고민을 하지 않을 수 없었다.

하나는 그녀가 자식을 생산하지 않은 일이었고, 또 하나는 그녀가 황제의 괴임(사랑)을 얻는데 애정 이외의 수단을 이용하여 잃어버린 애정을 만회하려 했던 일이었다.

이무렵 효무제의 큰누나 평양공주는 궁중에 아무리 미인들이 구름처럼 많다해도 그녀들을 믿을 수 없다고 생각하여 자기의 공주부(公主府)에 십여 명의 꽃같이 아름다운 양가 규수를 특별히 선발하여 ‘황제의 마음을 사로잡는 미녀대’ 라는 것을 조직하고 있었다.

평양공주는 그녀들에게 거문고와 바둑, 글과 그림, 노래와 춤, 금기서화가무(琴棋書畵歌舞)를 비롯하여 술자리에서의 예절과 남자를 흥분시키는 방법 등등을 엄격하게 가르치고 훈련시켰다.

그때까지만 해도 황제 동생은 시간이 날 때마다 큰누나 집을 자주 들렀으며, 황제 동생이 찾아오면 평양공주는 기다렸다는 듯이 그녀들을 불러내어 속이 훤히 비치는 옷을 입혀 요상한 자태의 춤을 추게 했다.

사실상 평양공주의 주선으로 이들 십여 명의 미녀는 앞길이 훤히 트일 가능성이 다분했으며, 요행스럽게 무제의 마음에 들기만 하면 황제의 품에 안기는 영광을 차지하고, 거기다 하늘이 보우하여 아들이라도 하나 낳는 날이면 운수대통하는 것이다. 다시 말해 일단 황제의 후계자를 낳기만 하면 지금까지의 주인이던 평양공주까지도 그녀의 눈치를 보며 아부해야 할 판이다.

위자부(衛子夫)의 출신은 여자 노비의 딸인지라 '황제의 마음을 사로잡는 미녀대'의 조직에 들어갈 자격이 없어 한 등급 아래인 평양공주의 '제2기쁨조', 춤추고 노래 부르는 가녀(歌女) 중의 한 사람으로 채용되어 있었다.

그녀의 어미는 평양공주의 집에서 막일하는 노비였다. 그러므로 위자부의 신분도 자연 노비인 것이다. 그러나 위자부는 어려서부터 용모가 빼어났을 뿐만 아니라 비천한 일개 노비 신분임에도 불구하고 온순하고 침착하며 세심하기까지 하여, 성격과 품행 어느 면으로 보나 거의 빈틈이 없었다.

무제가 어느 날 패상에 거둥하여 재앙을 물리치는 제사를 지내고 돌아오는 길에 평양공주의 집에 들렀다.

공주는 무제가 집에 오자 주연을 차려 접대하였다. 거기에는 이미 교육시켜 두었던 양가집 딸들, 1차 선발대 십여 명을 불러 무제에게 술을 권하도록 하였다. 평양공주가 이렇게 하는 데는 황후인 진씨가 아들을 낳지 못하였기 때문에 무제로 하여금 마음에 드는 자를 고르라는 뜻이었다.

그런데 무제는 그동안 공들인 양가집 딸들에게는 눈길 한 번 주지 않고 한낱 뒤편에서 노래 부르는 가녀에게만 눈독을 들이고 있었다.

평양공주는 양가집 딸들을 눈짓하여 내보내고 가녀만을 남겨두었다. 그 가녀는 이슬을 머금은 듯한 애처로운 눈망울과 간드러진 목소리로 노래를 부르고 붉게 홍조 띤 얼굴은 보기에 귀염성이 듬뿍 담겨 있었다. 특히 윤기 흐르는 검은 머리를 곱게 틀어올린 것이 퍽이나 아름답게 보여 무제는 그녀에게서 눈길을 떼지 못하고 있었다.

가녀 또한 무제가 자기에게 관심이 있다는 것을 눈치채고 살짝 외면하는 체하면서도 간혹 훔쳐보며 부드럽고 은근한 목소리로 무제의 마음을 사로잡았다. 그녀에게 반한 무제는 벌써 정신이 황홀해졌다.

평양공주는 옆에서 그의 비위를 맞추느라,

"저 가녀는 성이 위씨입니다. 한동안 저의 집에서 자랐지요, 인물과 기예가 마음에 드십니까?"

무제는 그 말을 듣고서야 눈길을 공주에게 옮기며,

"이름이 무엇이며 어느 고장 사람인가요?"

"이름은 자부이며 평양 사람이옵니다."

"재주와 자색이 모두 출중하군!"

하고 무제는 칭찬을 아끼지 않았다.

　무제는 덥다는 것을 핑계로 일어나 옷을 갈아입겠다고 안으로 들어갔다. 공주는 그 뜻을 알고 위자부를 들여보냈다. 그들은 한참이 지났는데도 나오지 않았다. 공주는 서두르는 기색이 없이 앉아서 기다렸다.

　한식경도 더 지나서 무제가 나왔는데 그의 얼굴에는 피곤과 나른한 기색으로 뭇 맹수들과 싸우고 나온 사람처럼 휘적휘적 걸어 나오는 것을 공주가 부축해 편하게 앉혔다. 그리고 얼마 지나서 위자부도 머리를 헝클인 채 걸어 나왔는데 그녀의 교태는 이슬을 머금은 암사슴인 양 아직도 절륜하여 이루 형용하기 어려울 정도로 아름다운 두 뺨은 붉게 물들어 있었다.

　평양공주는 위자부를 보자 일부러 눈을 한 번 흘겼다. 그랬더니 위자부는 더욱더 수줍어하며 머리를 다소곳이 수그리고 옷깃을 만지작거리며 말없이 서 있었다. 무제는 수줍어하는 위자부를 보자 더 혹해서 정신을 못 차릴 지경이었다. '이참에 아주 궁궐로 데리고 가겠노'라고 말하자 공주는 위자부를 몸치장하게 하였다.

　"이번에 입궁하면 틀림없이 황제의 총애를 받을 것이다. 항상 몸단장을 잘하여 황제를 편안히 모시고 귀한 황손을 낳도록 하거라. 그리고 장래에 귀한 몸이 되었다고 해서 우리를 잊으면 안 된다."

　위자부가 입궁할 때 평양공주가 일러준 말이다.

　날이 어두워서야 무제 일행이 궁궐에 들어서게 되었는데 그만 원수는 외나무다리에서 만난다고 황후 진아교에게 덜컥 들켜버리고 말았다. 여인 특유의 지고무상한 직감으로 황후 진 아교는 새로 입궁한 위자부가 머지않아 자기의 강적이 될 것임을 느낌으로 알았다.

황후가 행차를 가로막고 자신과 위자부의 행동거지를 자세히 살피자 무제는 엉겁결에, '위자부는 누님 평양공주의 집에서 막일을 하던 노비일 뿐이니 조금도 신경쓸 인물이 못된다'고 해명했다. 그 해명이 오히려 진아교를 더 화나게 만들었다.

"흥! 황궁에도 미녀가 헤아리기 어려울 정도로 많은데, 그것도 모자라 신분이 비천한 노비까지 침상으로 끌어들인단 말이요?"

발을 꽝꽝 구르며 난리를 피운다.

무제는 기분이 몹시 상했지만 일개 노비로 인해 황실이 시끄러워지면 신하들 보기에도 말이 아니라 생각되어 위자부를 원래의 신분인 노비처럼 대하는 척했다.

그러자 위자부는 꼼짝없이 황후의 감시 하에 궁에 갇히는 꼴이 되었다.

무제는 태자에서 황제로 등극하기까지 처갓집 장모의 공이 컸고 줄곧 처가에서 돌봐주었기 때문에 진아교를 잘못 건드렸다가는 어떤 일이 벌어질지 몰라 위자부를 황후의 처신에 맡기고 거의 일 년이 지나도록 만나지 못했다.

때마침 무제는 궁녀들이 너무 많다고 느껴서 그중 일부를 내보내기로 하였다.

위자부는 입궐한 다음 젊은 황제를 모시면서 총애를 받을 수 있으려니 생각하였는데 공교롭게도 황후의 질투를 받게 되어 구중궁궐 속에 갇힌 꼴이 되어 집 안에서 바깥으로 나오는 것도 처음에는 마음대로 하지 못하게 단속이 심했었다.

얼마쯤 시간이 지난 후, 그런 단속은 없어져 자유로운 몸이 되었지만 황제를 만나지 못하고 울적하게 지내자니 지난날 평양공주의 가녀로 있을 때만 못한지라 차라리 돌아갈 생각으로 대충 화장한 다음 여러 궁녀들과 함께 편전의 뜰 아래로 나아가 서서 처분이 내리기를 기다렸다.

무제는 친히 편전으로 나와 궁인 명부에 따라 한 사람 한 사람씩 점검하면서 어떤 궁녀는 집으로 돌아갈 것을 명하고 어떤 궁녀는 그대로 남아 있도록 명하였다. 그러다 '위자부'란 이름을 보고는 가슴이 철렁 목이 메이는 듯한 양심의 가책을 느끼면서 그녀가 가엾기도 하고 더욱 사랑스럽게 여겨져 위안의 말을 몇 마디만 건넨 후, 궁중에 남아 있으라고 명했다.

위자부는 그날 밤은 무슨 소식이 있으려니 하고 기다렸건만 아무런 소식이 없었다.

이튿날 밤이 되어서야 내시로부터 황제가 부른다는 어명을 받고 환관을 따라 무제가 있는 곳으로 가서 그의 앞에 무릎을 꿇었다. 그러자 무제는 즉시 그녀를 부축하여 일으키고는 와락 품안으로 끌어안고서 일 년 동안 못다 푼 회포를 한꺼번에 풀려고 하였다.

위자부는 수줍고 황송하여,

"소첩은 폐하를 가까이 할 수 없사옵니다. 만일 중궁께서 아시는 날이면 소첩이 죽는 것은 아까울 것 없지만 폐하께서 불편한 점이 많으시리라 생각되옵니다.”

고 말하였다.

“여기는 정궁과는 멀리 떨어진 곳이니 새어나갈 리 없지 않느냐. 그리고 어젯밤 내가 꿈을 꾸었는데 네가 서 있는 곳에 자수(梓樹, 가래나무) 몇 그루가 서 있었는데, 그 가래나무 梓자와 아들 子는 음이 서로 통하는 것인즉, 나에게 아직 아들이 없는데 네 몸에서 아들을 볼 꿈이 아닌지 모르겠다.”

그는 말을 마치자 위자부의 허리를 끌어안다시피 하며 침상으로 올라가 일 년 전 평양공주의 방에서 느꼈던 쾌락을 맛보았다. 젊은 황제는 힘이 넘쳤고 오랫동안 숨겨져 있던 위자부의 정열 또한 삭을 줄을 몰랐다. 팽팽한 긴장감 속에서도 자신의 몸 깊숙한 곳에서부터 은밀하고 감미로운 기운이 혈관을 타고 전신으로 번지는 것을 느꼈다.

숨이 가빠졌다. 사내는 자신의 온몸을 잘도 후비고 다녔다. 위자부는 자신의 의지와는 상관없이 후끈 달아올라 하체를 들썩이며 고개를 뒤로 젖히고 터져 나오려는 신음을 삼키다 못해 가늘게 토해내고 있었다.

‘휘이—잉!’

밖에서는 바람이 스쳐 지나가고 있었다. 두 사람은 떨어질 줄을 몰랐다. 밖은 어느새 희뿌연 새벽빛이 밀려오고 있었지만, 천하의 용장과 경국지색의 운우지락(雲雨之樂)은 끝이 없었다.

그로부터 무제의 사랑을 듬뿍 받게 된 위자부의 몸에 태기가 있게 되었다.

진황후는 위자부가 임신하였다는 것을 알고 분통한 심정을 걷잡을 수 없어 무제를 찾아가 한바탕 소란을 피웠다. 이제는 무제도 더 이상 참지 않고 오히려 황후에게 자손도 낳지 못한다고 나무라면서 아들을 보기 위해서는 어쩔 수 없는 일이라고 일침을 놓았다.

진황후는 할 말이 없어서 투덜거리며 물러나왔다. 황후는 많은 돈을 들여 의원을 불러들여 아들 낳는 비방약을 먹었고 다른 한편으로는 위자부를 해치기 위하여 여러 모로 심술을 부렸다. 그러나 아무리 애를 태우고 술책을 써도 별 효과를 보지 못하였다.

무제는 황후가 점점 더 포악스럽게 질투한다는 것을 알고 중궁으로 발길을 돌리지 않을 뿐만 아니라 여러 모로 위자부를 보호하는 대책을 세웠기 때문에 그녀는 몇 번이나 위험을 모면할 수 있었다.

얼마 후 진황후는 아들을 낳지 못하고 질투심까지 강하여 위자부와 황제의 총애를 다투다가 폐출되었다.

결정적인 일은 진황후가 무당을 불러들여 위자부를 해하고 무제의 마음을 돌리기 위한 치성을 바치다가 들통난 것이 가장 큰 원인이었다. 그로인해 무당이 효수되고 연루된 시녀와 태감 등 삼백여 명이 함께 참수되었다.

그 후 위자부는 연이어 딸 셋을 낳고 네 번째 아들을 낳았다. 무제는 사흘 동안 주연을 베풀고 아들을 얻은 일을 경축하였으며 아들의 이름을 거(据)라 지었다.

　그리고 무제는 위자부를 황후로 정식 책봉하고 일곱 살된 유거를 황태자로 책봉하여 위씨 일가의 세력은 천하를 쥐고 흔들 정도가 되었다. 한낱 여자 노비의 딸, 그녀가 당당히 황후로서 자리매김 할 줄 어느 누가 상상이나 했겠는가.

　아들을 낳았다고 좋아하지 말고
　딸 낳았다고 서러워하지 마라.
　위자부를 보아라
　한 가문이 천하를 제패하고 있지 않느냐?

　그 당시 항간에 유행하던 노래이다.

　이러한 일로 인하여 태황태후와의 사이가 서먹해지자 무제는 울적한 마음을 풀고자 특색 있는 시신들과 함께 술을 마시며 담소를 즐겼다.

　이때 익살꾼으로 나타난 사람이 동방삭(東方朔)이었다.

　동방삭은 평원군 염차현 사람으로 어려서부터 글공부에 힘쓰고 해학을 즐겼다. 조정으로부터 선비들을 등용한다는 소문을 듣고 벼슬해서 가문을 빛내보겠다는 마음으로 장안으로 올라와 자신이 직접 자신을 천거하는 상소문을 써 올렸다.

　'소신은 어려서 부모를 여의고 형수의 손에서 자라면서 열두 살에 글공부를 시작하여 삼 년 동안에 글자를 다 익혔사옵니다. 열다섯 살에는 검술을 배웠으며 열여섯 살부터는 「시서 (詩書)」를 배우기 시작하여 무려 이십이만 자를 숙독하였습니다. 열아홉 살부터는 손무(孫武, 손자. 병법의 대가)와 오기(吳起, 병법가. 대장군)의 병서(兵書)를 배우기 시작하여 역시 이십이만 자를 숙독하였는데 진을 치는 방법과 진격, 후퇴의 전술을 익히 알게 되었사옵니다.

소신은 사십사만 자의 글을 읽고 나서 또 자로(子路, 성격이 호방하고 용감한 공자의 제자)의 언행을 익혔사옵니다.

소신은 지금 나이가 스물두 살이오며 키는 구 척 삼 촌이옵고 눈은 검은 진주처럼 빛나고 가지런한 이는 백옥이 빈틈없이 줄지어진 듯하옵니다.

저는 맹분(전국시대 위나라의 용사)처럼 용맹스러우며 경기(오나라 왕 요의 아들로 나는 새도 손으로 잡았다)처럼 날렵하며 포숙아(청렴한 제나라의 대부)처럼 청렴하며 미생(신의를 굳게 지키기로 이름난 사람)처럼 신의를 지키는 사람이옵니다. 재덕이 이만하면 천자의 대신이 될 만하지 않사옵니까? 죽기를 무릅쓰고 상소를 올리는 바입니다.'

무제가 불러들여 도마뱀을 그릇 속에 넣고 맞추라고 했다.

동방삭은 점괘를 푸는 풀인 시초를 쪼개 보고서,

"용 같기도 하지만 뿔이 없고 뱀 같기도 하지만 발이 있으며, 벽을 잘 오르니 도마뱀입니다."

무제는 동방삭이 알아맞히자 비단 열 필을 하사하도록 하고 또 다른 물건을 감추고서 알아맞히도록 할 적마다 신통하게 다 알아맞히는 것이었다. 그리하여 거듭 비단을 하사받았다.

무제는 이로부터 그를 낭관에 임명하였다. 그는 늘 황제를 모시고 있으면서 가끔 해학적인 이야기를 하여 무제의 웃음을 자아내곤 하였다.

어느 날 동도로부터 한 난쟁이를 헌상하여 왔는데 그는 무제를 배알하면서 동방삭이 시립해 있는 것을 보고 몹시 놀라며 말하길,

"이 사람은 서왕모의 천도(天桃, 천상에 있다고 하는 복숭아)를 훔친 사람이온데 어찌하여 여기에 와 있사옵니까?"

하고 말하였다. 무제가 이상하게 생각되어 그 연유를 묻자 난쟁이는 이렇게 대답하는 것이었다.

"서왕모께서 심은 복숭아는 삼천 년에 한 번씩 열매를 맺사온대 이 사람은 불측한 사람으로 벌써 그 복숭아를 세 번씩이나 훔쳤사옵니다."

무제가 동방삭을 돌아보며 그런 일이 있느냐고 묻자, 그는 그저 웃기만 하면서 말하지 않았다. 사실 동방삭은 재주가 있어서 그 당시 이름을 떨쳤을 뿐이지 신선은 아니었다. 천도를 훔쳤다고 하는 것도 그가 해학을 던지며 능청을 부리는 것이었기 때문에 잠자코 있었던 것이다.

그런데 이것이 정말 있었던 일처럼 후세에 와전되어 동방삭에게는 장생불사하는 비술이 있으며 그가 서왕모의 반도(蟠桃, 천도)를 훔쳐 먹었기 때문에 장수하게 되었다고 해서 내려오는 이 말은 실로 터무니없는 말인 것이다.

그 당시에 또 문체가 뛰어난 촉군의 성도(成都) 사람 사마상여(司馬相如)가 있었다. 그는 어려서부터 독서를 좋아하고, 검술 또한 배우기를 즐겼다. 자는 장경(長卿)이다.

그는 학문을 닦으면서 진나라 소양왕이 열다섯 성을 조나라 '화씨(和氏)의 벽(璧)'과 바꾸자고 하였을 때 사신으로 가서 무사히 벽을 가지고 돌아온 조나라 대신 인상여(藺相如)의 인품에 반하여 이름을 상여라고 고쳤다.

사마상여는 낭관이 되었다가 무기상시(武騎常侍)로서 효경제를 섬기게 되었는데 그는 이런 벼슬자리를 별로 탐탁하게 여기지 않았다. 그는 글짓는 사(辭)와 부(賦)를 좋아하는데 효경제는 문학을 좋아하지 않았기에 사마상여가 황제와 어울릴 수도 없었지만 자기의 적성과 전혀 동떨어진 무기상시라는 자리가 그에게는 무척이나 괴롭게 느껴졌다.

그 즈음에 일곱 제후국의 반란이 평정되고 양(梁)나라의 효왕(孝王)이 입조하였는데 그는 유세의 재주꾼인 제나라 사람 추양(鄒陽)과 회음(淮陰) 사람 매승(枚乘), 오(吳)나라 사람 장기부자(莊忌夫子) 등을 거느리고 왔다.

그들을 만나본 사마상여는 단숨에 반해버렸다. 그래서 병이라는 구실을 붙여 벼슬자리를 사임하고 양나라로 따라붙었다.

양 효왕은 사마상여를 여러 학자들과 같은 집에 머물게 했는데 거기서 그는 여러 유생들과 몇 해를 함께 보낼 수가 있었다. 그때 그는 『자허부(子虛賦)』를 지어 명성을 떨치고 세인들을 놀라게 했다. 그러다가 효왕이 죽자 사마상여는 별 수 없이 빈털터리인 채 고향땅 성도로 되돌아갔다.

그는 수년간 하는 일 없이 떠돌이 생활만 해왔기 때문에 몹시 가난했다. 생계를 이을 만한 직업을 찾아보았으나 별다른 일거리를 찾을 수도 없었다.

지난날 그는 임공(臨邛, 사천성)의 현령 왕길(王吉)과 친하게 지낸 적이 있었는데 왕길은 언젠가 사마상여에게 이렇게 권했었다.

"장경(長卿), 사정이 여의치 않거든 나를 찾아주시오."

다급하게 된 사마상여는 그 일을 생각하고 왕길을 찾아갈 수밖에 없었다. 그래서 사마상여는 임공현으로 가서 관리들이 묵는 정자에 숙박하는 처지가 되었다.

현령 왕길에게는 어떤 계략이 있는 듯, 매일같이 사마상여를 문안하면서 짐짓 공손한 태도를 다했다.

임공현 고을에는 부자들이 많았다. 그 중에서도 첫째로 꼽히는 갑부로는 탁왕손(卓王孫)이었고, 그 다음은 정정(程鄭)으로 그들의 집에는 8백여 명의 노복을 거느리고 살 정도의 부자들이었다.

탁씨의 선조는 원래 조나라에 살았는데 제철업을 하여 많은 돈을 모으게 되었고, 이곳 임공현에서도 철광석이 났으므로 탁씨는 철광석을 채굴하여 더 많은 돈을 모을 수 있었다.

현령에게 아주 귀한 손님이 와 계신다는 소문은 재빨리 돌았다. 그래서인지 탁왕손과 정정이 의견을 내었다.

"우리가 이러고 있을 게 아니라 현령을 초대하면서 그 귀빈도 함께 초청합시다."

그렇게 하여 탁왕손의 부잣집에서는 주연이 베풀어지고 백여 명의 빈객들이 초청된 것이다. 사람들은 모두 사마상여의 훌륭한 풍채에 경탄해 마지않았다.

술자리가 무르익자 현령 왕길이 사마상여에게 짐짓 권했다.

"장경께선 거문고를 타는 솜씨가 일품이라고 들었습니다. 부디 한두 곡쯤 들을 수 있게 해주십시오."

사마상여는 마지못해 거문고를 뜯기 시작했다. 탁왕손에게는 문군(文君)이라는 딸이 있었는데 지난날 시집을 가자마자 과부가 되어 친정으로 돌아와 있었다.

그녀는 음악을 몹시 좋아했는데 잔칫방에서 거문고 소리를 듣고는 깜짝 놀랐다. 그 솜씨가 절묘했던 것이다. 그래서 그 연주자가 누구인가 하고 살며시 고개를 내밀어 보았다. 문군은 그만 사마상여의 풍모를 보고는 다시 한 번 놀랐다. 그 풍채가 아름다울 뿐만 아니라 자신이 상상하고 보아온 뭇 사내들 중 가장 최고최선의 듬직한 미남이었던 것이다.

사마상여 역시 우연히 그녀와 눈이 마주쳤다. 그녀의 아름다움에 혼백이 도망가는 듯함을 느꼈을 뿐만 아니라 당장에 아랫도리가 묵직하게 느껴졌다. 그래서 그는 현령에게 경의를 표하고 가락을 바꾸어 '수봉황(鳳)이 암봉황(凰)'을 찾는 곡조를 탔다.

실상 그는 거문고의 음률을 빌어 마음속의 뜻을 실어 보내자는 꿍심이었다. 탁문군은 총명하여 그 뜻을 재빨리 읽고 깊은 정을 담은 노래를 귀기우려 들었다.

봉은 훨훨 날아 고향 찾아가려 하네.
푸른 사해를 날며 짝을 찾았더니
어여쁘게도 이 집안에 살포시 있었구나.
애끊는 이 내 간장 달랠 길 없어라
어이하면 그대와 원앙의 정을 맺으려나?
봉(鳳)은 본래 황(凰)을 따르게 마련이니
그대와 영원한 사랑 맺으려 한다네.
사랑의 정 오고가면 화목할지니
이 밤도와 따라올 이 누구일까나?

　그가 읊는 가사의 내용이나 음색, 모두 그녀의 감정을 유혹하기 위하여 온갖 미사여구(美辭麗句)를 다 꾸며 혼신의 힘을 다해 바치는 것이었다.
　주연이 끝나자 사마상여는 사람을 시켜 탁문군에게 은근슬쩍 자신의 뜨거운 마음을 전하게 했다. 그랬더니 그만 밤중에 탁문군은 보퉁이 하나만 달랑 들고 집을 뛰쳐나와 사마상여에게로 달려왔다.
　사마상여는 그녀와 함께 수레를 몰아 보쌈한 보물단지를 빼앗길세라 서둘러 고향집 성도로 도망쳤다. 그러나 그의 고향이라지만 쌀 한 톨 없는 무일푼의 집구석이었다.
　탁문군이 성도의 사마상여 집에 도착했을 때는 집안에 살림살이라고는 하나도 없고 남은 것이란 고작 사면에 바람벽만 덩그러니 서 있을 뿐이었다. 여기서 '찢어지게 가난한 살림'의 뜻인 '가도벽립(家徒壁立)'이라는 고사성어가 유래되었다.

그렇건만 사마상여와 탁문군은 눈에 콩깍지가 쓰여 모든 것에 괘념치 않고 두 몸 뉘일 거적때기만 있어도 세상을 다 얻은 듯 며칠간은 행복에 겨워 뒹굴고 또 뒹굴었다.

뒤늦게 딸이 무일푼 사마상여에게 도망친 것을 안 탁왕손은 크게 노하여 소리쳤다.

"한심한 것이로고! 당장 찾아가 끌어내어 패줄 수도 없고……. 그 대신 한 푼의 재산도 돌아가는 게 없을 게다!"

이렇게 만인 앞에 선언해 버렸다.

때때로 어떤 사람들은 탁왕손에게 두 남녀에 대해 좋게 말하며 다소간의 재산을 나누어 줄 것을 권고했으나 그는 '나 몰라라' 듣지 않았다. 탁문군도 얼마간의 이런 생활이 계속되자 견디지 못하고 사마상여에게 사정했다.

"여보, 이제 우리 임공현으로 돌아갑시다. 형제들에게 돈을 빌리면 입에 풀칠은 할 수 있을 것입니다."

"형제들이 돈을 꾸어줄 것 같소? 당신 아버지 말씀을 소문으로 듣지 못했단 말이오."

"어찌 되었건 배가 고파서 이대로는 살 수가 없습니다. 정 안 되면 임공현에 가서 궁여지책(窮餘之策)으로 말과 수레를 팔아 술집이라도 하나 열기로 해요."

탁문군의 결심은 단호했다.

그렇게 두 사람이 임공현으로 왔으나 아무한테서도 도움을 받을 수 없이 문전박대만 당하였다. 할 수 없이 탁문군은 술집을 차려 생활을 꾸려나갔고, 사마상여는 허드레옷을 입고 저잣거리에 나앉아 인부들 틈에 끼어 설거지를 하였다.

탁왕손이 그런 소문을 듣고 너무도 부끄러워서 아예 문을 닫아걸고 들어앉아 버렸다.

친척들과 현의 유지들이 탁왕손에게 들락거렸다. 탁왕손은 결국은 생각을 바꿀 수밖에 없었다. 하는 수 없이 딸 탁문군에게 노복 1백 명과 돈 1백만 전, 그리고 시집갈 때 주려고 마련했던 의상과 재물을 모조리 보냈다. 탁문군은 사마상여와 함께 다시 성도로 돌아와 밭과 저택을 마련하고 아내와 한가한 나날을 보냈다.

탁문군 또한 술을 즐겼기 때문에 물맛이 좋기로 소문난 우물을 사서 그 물로 술을 빚었는데 술맛 또한 훌륭했다. 그들은 늘 그 맛좋은 술을 마시며 금슬을 누렸다. 그 우물을 '문군정(文君井)'이라 이름지었다.

주흥이 도도하면 서로 그윽한 눈길로 정을 속삭이고 늙을 때까지 이렇게 다정하게 살리라 다짐하였다. 그렇건만 미인을 지나치게 가까이하면 몸이 쇠약해지게 마련이고 아무리 맛좋은 술이라도 과음하면 탈이 생기는 법이다.

이때 사마상여는 자신의 마음을 경계하기 위하여 「미인부(美人賦)」를 지었다.

그런데 마침 촉땅 양득의(楊得意)가 황제의 사냥개를 돌보는 관리, 구감(狗監)이 되어 효무제를 모시고 있었다. 어느 날 효무제는 사마상여가 지은 『자허부(子虛賦)』를 읽고는 깊이 탄식했다.

"아, 유감이로구나! 이토록 훌륭한 글을 쓴 작자와 한 하늘

아래에 살지 못하다니!"

양득의는 그 소리에 깜짝 놀랐다.

"폐하, 그 사람은 제 고향 친구입니다."

"무어라고?"

"사마상여라고 하는데, 어려서부터 명성을 떨쳤을 뿐만 아니라 양왕의 유세객으로도 있었습니다. 그리고 그것은 그가 지은 부(賦, 대구(對句)의 한 형식)입니다."

황제는 다시금 놀라며 사마상여를 부르라 명했다.

사마상여가 황제 앞으로 불려 와서 이렇게 말했다.

"제가 지은 것은 분명합니다. 그 부의 내용은 제후들의 일을 노래한 것이므로 볼 만한 것이 못됩니다. 청하건대, 시일을 주시면 폐하께서 수렵하시는 부(賦)를 지어 다시 올리겠습니다."

황제는 허락했다. 그리고 문서를 취급하는 상서(尚書)에게 명하여 붓과 목찰(木札, 글을 쓸 수 있게 만든 얇고 작은 목간)을 그에게 지급하도록 했다.

사마상여의 부(賦) 가운데에 등장하는 '자허(子虛)'라는 인물은 자신의 구상이 모두 허구(虛構)라는 것을 뜻하는 인물이며, 자허를 통해 초나라의 아름다움을 찬미하도록 하였다.

그리고 '오유선생(烏有先生)'이란 인물은 '어떻게〔烏〕 이런 일이 있겠는가?'라는 뜻을 나타낸 것으로 오유선생이 제(帝)나라 편에 서서 자허를 힐난하는 역할을 주었다. 또 '무시공(無是公)'이라는 인물은 '이런 사람〔是公〕은 없다'는 뜻을 나타낸 것이며, 무시공이 천자의 입장을 밝히는 역할을 하도록 했다.

그래서 이 세 사람의 가공인물을 빌어 문장으로 엮어서 천자와 제후가 동물을 사육하는 동산, 원유(苑囿)의 아름다움을 논하게 하고 마지막 1장에서는 절약과 검소의 필요성을 논하는 것으로 전편을 마무리 했다.

이런 귀결로 하여 천자에 대한 풍자와 충고의 의도를 달성하도록 했다.

부(賦)가 완성되어 황제에게 바치니 황제는 크게 기뻐하며 사마상여를 낭관(郎官)으로 임명했다.

사마상여는 황제의 칙명을 지어 오랑캐와 흉노를 타이르며 물리치기도 했다. 그리고 능원(陵園)을 관리하는 대신인 영(令)에 머물러 있으면서 황제가 사냥을 즐기는 모습을 아름답게 풍자한 노래 '상림(上林)의 부(賦)'를 지어 바치고, 신선이 산과 계곡 사이에서 살아가는 모습을 그린 '대인(大人)의 부(賦)'를 지어 바쳤다.

황제는 크게 기뻐하면서 구름 위로 표연히 나는 듯도 하고, 천지간을 헤엄치는 듯도 하다고 칭찬했다.

그 후 사마상여는 병으로 관직에서 물러나 섬서성 무릉(茂陵)에서 은거했다.

어느 날 황제는 갑자기 무슨 생각을 했는지 소충(所忠)이라는 자를 시켜 사마상여의 집으로 급히 가 보도록 하였다.

"상여의 병이 중태라 한다. 가서 그가 지은 책들을 모조리

가져오도록 하라. 그렇게 하지 않으면 나중에 모두 없어지고 말 것이다."

소충이 도착해 보니 사마상여는 이미 죽은 뒤였고, 집에는 책도 남아 있지 않았다. 그래서 소충은 사마상여의 처 탁문군에게 그 사유를 물었다.

"장경께서는 한 번도 저작을 보관한 적이 없습니다. 책을 저술했을 때마다 사람들이 앞다투어 와서 챙겨갔으니까요. 그러나 장경께서 돌아가시기 전에 꼭 한 권의 저서만은 남겨두었습니다. 그 분의 말씀이, '필시 황제의 사자가 올 것이다. 와서 만일 저서를 요구하거든 이것을 드려라'고 하셨습니다. 이것을 가지고 가십시오. 다른 것은 아무 것도 없습니다."

그가 남긴 유고(遺稿)는 '봉선(封禪)'에 관한 것이었다.

무제는 전국의 관리나 백성 중에서 당시의 세상일을 밝게 아는 사람들과 옛날의 성제(聖帝)나 성현(聖賢)들의 술법을 잘 아는 사람을 찾아서 데려오게 했다.

즉, 요(堯)·순(舜)의 덕치나 공자(孔子)나 맹자(孟子)와 같은 학술에 능통한 사람을 불러오게 했다.

이민(吏民)이나 학자를 오게 하는 방법은 각 현(縣)이나 군(郡)을 차례로 거치면서 숙식하게 하고 또 지방이 회계보고서를 들고 오는 회계관(會計官)과 함께 오게 했다.

산동성 치천 사람 공손홍(公孫弘)이 발탁되어 무제의 묻는 말에,

"위에 있는 임금이 덕(德)을 하늘에 합해야 밑에 있는 백성들

도 임금에 화합(和合)하게 됩니다. 고로 마음이 화(和)하면 기가 화하고 또 기가 화하면 형상(形像)도 화합니다. 형상이 화하면 말소리 즉, 언어 명령도 화하고 또 말소리가 화하면 곧 천지와 화하게 됩니다."

고 하였다.

이에 무제는 대책을 올린 사람 중에서 공손홍을 제일로 발탁하고 소명을 기다리게 했다.

이때 제나라 학자로 원고(轅固)라는 사람이 이미 나이가 90을 넘었다. 그도 역시 현량(賢良)으로 소집되어 있었는데 그는 권력에 두려워하지 않고 직언하는 태도와 입바른 소리 하기로 유명하였다. 이에 음흉한 공손홍은 원고의 바른 말이 무서워 그를 몹시 꺼려했다.

그러자 원고가 공손홍에게 말하였다.

"배운 것을 올바로 말하기 힘쓰고, 배운 것을 굽혀 세상에 아부하는 일이 없도록 하게[곡학아세(曲學阿世)]!"

곡학아세는 '배운 학문을 굽혀 가며 세상에 아첨한다'는 뜻으로, 정도에서 벗어난 학문으로 세상이나 힘 있는 자에게 아첨하여 인기를 얻으려는 언행(言行)을 일컫는 말이다.

조비연(趙飛燕)과 합덕(合德)

원제(元帝)의 성격은 끝맺음이 없이 항상 우유부단하여 한나라 업적이 쇠락했다. 그의 뒤를 이어 태자가 왕위에 올랐다. 그가 곧 효성황제(孝成皇帝), 성제(成帝)다. 그는 어려서부터 경서(經書) 읽기를 좋아했는데, 그후 성장해서는 술을 마시고 잔치를 벌여 즐기기를 좋아했다.

성제는 처음에 허황후만을 총애하여 중궁전만을 드나들었기 때문에 허황후가 은총을 독차지하여 황제가 후궁들을 가까이 하지 못한다고 하면서 허황후에게 죄를 돌렸다.

그러나 사실은 허황후의 미모와 재주가 너무 빼어나서 성제가 반했던 것이다. 그렇지만 꽃이 지면 나비가 찾아들지 않는

법, 성제가 즉위한 지 십여 년이 지나 허황후의 나이 서른이 가까워오자 매력이 없어졌다. 성제는 호색한이어서 그녀에게 싫증을 느끼게 되었다.

성제는 다른 젊은 궁녀에게로 눈을 돌렸다. 그중 반첩여가 가장 총애를 받았다. 그녀는 월기교위(越騎校尉) 반황(班況)의 딸로 총명하고 미모가 뛰어나 성제는 첫눈에 반하였다.

어느 날 성제가 승여(乘輿, 대가(大駕). 임금이 타는 수레)를 타고 후원을 거닐며 반첩여를 자기 옆에 앉히려고 하자 그녀는 승여 타기를 거절하며 이렇게 말하였다.

"첩이 옛 그림을 보았사온데 어진 왕의 옆에 존경받는 명신이 타고 있는 것은 보았지만 여자가 탄 것은 보지 못했사옵니다. 삼조(하·은·주를 가리킴)의 마지막 황제에 이르러서야 폐첩(귀여움을 받는 첩)을 태우고 노는 일이 있었사옵니다. 폐하께서 첩을 어가에 태우려 하심은 하·은·주 삼조의 마지막 황제의 행동과 비슷한 것이므로 첩은 명령을 받들지 못하겠습니다."

그 말을 듣고 성제도 기뻐하며 승여에 태우지 않았다. 황태후는 그 말을 전해 듣고 반첩여를 몹시 칭찬하였다.

"옛날에 번희(樊姬, 춘추전국 시대 초나라 장왕이 패권을 차지하도록 노력한 현명한 부인)가 있었다더니 오늘은 반첩여가 있구나."

반첩여가 총애를 받은 지도 여러 해가 되었지만 그녀 역시 아들을 낳지 못하였다. 마침 그녀에게는 시집갈 나이가 된 이평(李平)이라는 시녀가 있었는데 인물이 빼어나 성제의 사랑을 함께 받고 있었다.

반첩여는 그녀를 추천하여 잠자리를 같이하게 하였는데 이 평도 총애를 받아 첩여로 봉해지고 위씨의 성까지 받았다. 그 밖에도 왕봉이 뽑은 장미인이 있었는데 성제는 그녀와도 정을 통하였지만 끝내 한 점 혈육도 보지 못하였다.

성제는 여러 후궁, 궁녀들과 놀아나다가 그만 싫증이 났다. 그때 시중으로 장방(張放)이라는 사람이 있었는데, 그는 죽은 부평후 장안세의 현손으로 작위를 계승하고 허황후의 여동생을 아내로 맞이하였다.

그는 얼굴이 여자같이 아름다워 성제의 마음을 끌었다. 성제는 이렇게 남자에게 마음이 쏠리더니 마침내 밤마다 장방을 침실로 불러들였는데 그를 후궁들보다도 더 사랑하였다.

성제는 장방에게 중랑장을 내리고 장락궁의 농사짓는 군사를 거느리게 하였으며 그를 참모로 삼고 장군 대우를 하였다. 장방은 성제가 밖으로 몰래 돌아다니기를 좋아한다는 것을 알고 충동질하였다.

성제는 한 번 시험해 보는 것도 좋겠다는 생각으로 먼저 기문랑(期門郞)으로 하여금 수레를 준비하여 궁문 밖에서 기다리게 하고 변장한 후, 장방과 함께 궁 밖으로 나가 작은 수레를 타고 장안의 골목을 누비면서 마음껏 구경하고 놀았다.

한 번은 우연히 양아공주(陽阿公主)의 집에 들러 술놀이를 하였다. 공주는 주흥을 돋우기 위하여 하녀들을 불러 권주가를 부르게 하였다.

그중 한 소녀의 노랫소리가 빼어나고 몸매가 제비같이 날씬

하여 눈길을 끌었다. 성제는 자연히 그녀에게로 눈길이 쏠렸으며 보면 볼수록 요염하여 눈에 넣어도 아프지 않을 것 같았다.

연희를 마치고 자리를 뜰 때 성제는 그 여자를 궁중으로 데리고 가게 해달라고 공주에게 청하자 공주는 두말없이 승낙하였다. 성제는 크게 기뻐하며 그녀를 궁궐로 데리고 왔다.

성제는 그 길로 그녀를 덥석 안아 부용장으로 발길을 옮겨 원앙침을 깔고 비취금을 덮고 누웠다. 누가 뭐랄 것도 없이 그들은 한데 엉클어져 긴 밤이 짧다 하고 놀아나다가 아침이 되어서야 부스스 일어났다.

그녀는 옷을 걸치고 부드러운 흰 볼에 생글생글 소리 없는 웃음을 지으며 게슴츠레한 눈으로 성제를 힐끗 흘겨보는데 그 아리따운 모습에는 아직도 애교가 흘러넘쳤다. 볼수록 사랑스러워 성제는 몸이 녹을 지경이었다. 성제는 그녀를 첩여로 임명하였다.

이 여자가 바로 고금을 통틀어 버들가지처럼 아름다운 몸매로 이름을 떨친 조비연(趙飛燕)이다. 조비연은 원래 성이 풍씨였다고 한다. 그의 어머니는 강도왕의 손녀 고소군주로 중위 조만(趙曼)에게 시집갔는데 남편의 눈을 속이고 몰래 하인 풍대력의 아들 풍만금과 간통하여 딸 쌍둥이를 낳았다.

그런데 그 쌍둥이를 기를 형편이 못되어 먼 들판에 내버렸는데 사흘이 지나도 죽지 않았기에 다시 데려왔다.

딸 쌍둥이의 언니는 이름이 의주(宜主)이고 동생은 합덕(合德)이었다. 그들이 나이 너댓 살이 되었을 적에 조만이 병으로 세상을 떠나자 그녀들은 풍씨 집에 와서 자라게 되었는데 몇

해 지나 풍만금마저 죽었기 때문에 고아가 되어 여기저기로 떠돌아다니다가 장안으로 올라와 양아공주 집에 머무르며 노래와 춤을 배우게 되었다.

의주의 날씬한 몸매가 물 찬 제비와 같다고 하여 사람들은 그녀를 조비연(趙飛燕)이라 불렀다. 그리고 합덕은 살결이 분결 같아 그녀 역시 매력적인 미인이었다.

조비연이 입궐하여 황제의 총애를 받고 있을 때 합덕은 여전히 양아공주 집에 있었다. 그때 후궁에 번예라고 하는 궁녀가 있었는데 그녀는 조비연의 사촌언니였다. 그런 관계로 성제는 번예를 다른 궁녀들보다 더 사랑하였다. 번예는 성제의 환심을 사기 위하여 합덕을 소개하였다.

성제는 즉시 궁노 여연복(呂延福)에게 명령하여 합덕을 데려오게 하였다. 그러나 합덕은 언니 조비연의 허락 없이는 입궐할 수 없다고 하였다.

성제는 합덕이 언니의 질투를 받을 것이 걱정되어 그러는 것이라 생각이 들어, 먼저 조비연에게 진기한 보물들을 듬뿍 주고 별궁을 마련하여 화려하게 장식한 다음, 조비연을 그곳에 머무르게 하였다.

그녀의 마음을 흡족하게 해주고 나서 번예로 하여금 황사(皇嗣, 황제의 뒤를 이을 황태자)가 태어나지 않아 걱정이니 나라의 앞날을 위하여 합덕을 맞이하는 것이 좋겠다고 말하게 하였다.

조비연이 승낙하자 궁인을 보내 합덕을 데려오게 하였다. 합덕은 화장을 곱게 하고 황제를 만났다.

윤기 도는 검은 머리는 보기만 해도 탐스러운데 반달같이 고운 눈썹 밑으로는 눈이 샛별같이 빛났고 아침노을이 비낀 듯 두 볼은 발그레하고 살결은 눈같이 희었다. 보면 볼수록 황홀하여 그야말로 하늘의 선녀가 내려온 듯하였다.

합덕이 옷깃을 여미고 절하며 자기 이름을 말하는데 그 목소리는 꾀꼬리의 울음소리인 양 곱게 들려 성제는 넋을 잃을 지경이라 도무지 그녀의 말을 알아들을 수가 없었다.

환관들도 그녀의 빼어난 인물에 홀려 저도 모르게 감탄하였다. 그러나 오직 성제 뒤에 서 있는 피향박사(披香博士) 요방성만은 '요물이 분명하니 반드시 큰일을 일으킬 것이로다!' 하고 중얼거렸다.

성제는 가까스로 정신을 가다듬고 그녀를 일어나게 한 후, 궁녀를 시켜 후궁으로 안내하게 한 다음 자기도 뒤따라 들어갔다. 간신히 밤이 되기를 기다려 성제는 비단 휘장을 드리운 침상에 올라 손수 합덕의 옷고름을 풀어주고 자리에 들었다.

그녀의 몸에 살이 닿자마다 봄눈 녹듯 몸은 녹아들었다. 비단 요를 겹겹이 포개어 깔았던들 그렇게 포근하고 부드럽지는 못하였을 것이다.

그들의 정사는 더 이상 이를 데 없어 마치 명주바람을 맞는 것처럼 온몸은 상쾌하기 그지없었다. 그의 언니를 상대할 때보다도 더욱 매력적인 감칠맛으로 그 포근함을 비유하여 그녀에게 '온유향'이라는 호까지 내렸다.

"나는 무제(武帝)처럼 신선을 찾을 생각은 없다. 그저 온유향의 품에 묻혀 이 인생을 보냈으면 한다."

라고 말할 정도였다.

합덕도 입궐한 지 며칠 안 되어 첩여로 임명되었다. 그들 자매들이 번갈아 황제와 잠자리를 같이하였으므로 성제는 다른 궁녀들은 아예 거들떠보지도 않았다.

궁녀들은 이제 한숨으로 고독한 나날을 보내지 않으면 안 되었다. 전에 성제와 허황후 간에도 금슬이 좋았지만 이제 와서는 허황후도 버림받고 독수공방하지 않으면 안 되었다.

그녀에게는 평안후 왕장에게 시집을 간 허알(許謁)이라는 언니가 있었다. 그녀는 틈만 있으면 궁궐에 들어와 허황후와 속마음을 나누곤 하였는데 허알은 동생의 딱한 처지를 걱정하여 끝내 무당을 청해 치성을 드리게 하였다.

그런데 그 소식이 환관을 통하여 조비연의 귀에 들어가게 되었다. 그렇지 않아도 범이 날카로운 눈초리로 먹이를 노리듯이, 호시탐탐(虎視眈眈) 황후의 자리를 넘보고 있던 조비연은 그 소식을 듣자마자 즉시 성제에게 알리면서 황제를 저주하였다는 죄까지 허황후에게 뒤집어씌우고 반첩여도 연루시켰다.

그 사실을 듣고 성제뿐만 아니라 황태후까지 화가 나서 엄하게 다스릴 것을 명령하였다. 즉시 허알을 잡아들여 황제가 친히 심문하고 사형을 내려 당장 죽여 버렸다.

그리고 허황후에게는 황후의 인수(引綬)를 빼앗고 소대궁(昭台宮)에 가둔 후, 반첩여를 문초하자 반첩여는 조금도 당황해 하는 표정이 없이 말했다.

"살고 죽는 것은 하늘에 달려 있는 것인데 사람의 힘으로는 마음대로 할 수 없는 것이라는 말을 들었습니다. 그런데 소첩이 무엇을 바라고 나쁜 짓을 하였겠습니까? 귀신이 영험하다면 거짓을 꾸며서 남을 헐뜯는 말을 듣지 않을 것이옵고, 무지하다면 저주한들 도움이 될 것이 없을 것이오며 첩은 그런 일을 감히 할 수도 없거니와 하려고도 하지 않았습니다."

하고 말하였다.

성제는 그 말에 반첩여를 물러나게 하고 더 이상 추궁하지 않았다. 반첩여는 조비연 자매에게 장차 모함을 받을 것이니, 사전에 대비책을 마련하는 것이 좋을 것 같아 곰곰이 생각한 끝에 장신궁으로 옮겨가서 태후(太后)를 모실 것을 성제에게 건의하였다.

성제는 그녀의 요구를 승낙하여 반첩여는 장신궁으로 옮겨가 한가한 나날을 보내었다. 그녀는 한때 황제의 은총을 받아 기뻤던 일과 버림받은 자신의 처지를 한탄하는 시를 지으면서 슬픔에 잠기곤 하였다.

허황후가 쫓겨나자 황후의 자리가 조비연에게 돌아갈 것은 뻔한 일이었다. 성제는 길일을 택하여 조비연을 황후로 맞이하려 하였으나 황태후는 그녀의 출신 성분이 보잘것없다고 반대하였다. 성제는 그렇다고 어머니의 뜻을 거스르고 조비연을 황후로 책봉할 수도 없는 일이어서 먼저 사람을 보내 태후를 설득하기로 하였다.

마침 위위(爲尉)로 있는 태후의 조카 순우장(淳于長)이 말재주가 뛰어나서 적임자였다. 순우장이 몇 번 태후를 찾아가서 설득하자 태후는 마음이 변하여 조비연을 황후로 맞이할 것을 승낙하였다.

며칠 후 성제는 길일을 택해 조비연을 황후로 맞아들이고 합덕을 소의로 임명하였다.

쌍둥이 자매가 황제의 총애를 독차지하여 성제는 날마다 조비연이 아니면 합덕과 잠자리를 같이 했으니 그 즐거움이야말로 이를 데 없었다.

어느 날 성제는 태액지에 큰 배를 한 척 띄우게 하고 조비연과 함께 뱃놀이를 하며 노래와 춤을 즐겼다. 시랑 풍무방으로 하여금 피리를 불게 하고 자기가 몸소 문서잠(文書箴)으로 춤가락에 맞추어 가볍게 옥배(玉杯)를 두드렸다.

배가 연못 한복판에 이르렀을 때 난데없이 광풍이 휘몰아쳐 조비연은 치맛자락이 날리어 물에 떨어질 것처럼 휘청거렸다. 성제는 놀라 풍무방에게 조비연을 구하라고 소리쳤다.

풍무방은 불던 피리를 놓고 두 팔을 뻗쳐 조비연의 발목을 붙들어 간신히 구할 수 있었다. 조비연은 평소 풍무방에게 은근한 정(情)을 품어오던 터인데, 그 일을 계기로 계속 노래를 부르면서 흥겹게 춤을 추었다. 이런 일로 인하여 조비연이 풍무방의 손바닥에 올라서서 춤을 추었다는 이야기가 전해지게 되었다. 아마도 조비연은 몸매가 가냘프고 아담한 사이즈였나 보다.

그날 성제는 궁중으로 돌아와 조비연을 구한 공로로 풍무방에게 금과 비단을 비롯하여 많은 상을 내리고 조비연을 기쁘게 하기 위해 풍무방으로 하여금 자유로이 중궁을 출입할 수 있게 하였다.

조비연은 음탕하기 짝이 없어 여러 남자들과도 정을 통하고 있었지만 성제는 전연 모르고 있었다. 조비연의 음탕함은 끝이 없어 이번에는 젊고 얼굴이 미남인 시랑 경안세(庚安世)에게 눈을 돌렸다. 그가 거문고를 잘 탔으므로 그를 중궁에 드나들게 해달라고 성제에게 졸라 승낙을 받았다. 그들은 마침내 눈이 맞아 성제가 합덕과 같이 있을 때면 경안세는 조비연과 놀아났다.

조비연은 궁중에 들어온 지 몇 해가 지났지만 태기가 없었다. 그녀는 자기 몸에서 태자가 태어나기를 간절히 바랐으므로 자식들을 많이 둔 시랑과 궁노들을 꾀어 잠자리를 같이하였는데, 거의 날마다 새로운 사람들이 번갈아 드나들다시피 하였다.

조비연은 그 소문이 성제의 귀에 들어갈까봐 신에게 치성을 드린답시고 밀실을 한 칸 더 마련하고 그곳에는 아무도 드나들지 못하게 하였다. 사실은 그곳에 젊은 남자들을 감추어두고 바람을 피우기 위한 구실이었던 것이다. 한 송이 꽃에 그 많은 나비들이 제멋대로 드나들어서야 열매를 맺을 수 없는 것은 뻔한 이치였다.

성제는 합덕을 소의로 임명한 다음, 그녀를 소양궁(昭陽宮)에서 살게 하였는데 소양궁은 몹시 화려한 궁전이었다. 대청에는 온통 단청을 하였고 마룻바닥에는 검붉은 옻칠을 하였다. 또 황금으로 난간을 만들고 백옥으로 계단을 만들었으며 벽과 벽 사이의 나무에는 남전의 벽옥을 박아놓고 명주와 비취로 장식하였다.

그밖의 장식품들도 모두 정교하였으며 모양이 이상야릇하고 영롱한 빛을 내뿜고, 향기를 풍기고 있었으며 그 향기를 몸에 쏘이기만 하면 오래도록 은은한 향기가 몸에 배어 있었다. 게다가 합덕은 몸매가 풍만하면서도 부드러워 성제는 그녀의 포근한 품속에 묻혀 지냈다.

합덕 또한 그 언니와 다를 바 없어 잠자리의 기교는 사내의 삭신을 녹이기에 충분할 만큼 뛰어났다. 그때는 한창 성제의 총애를 받고 있었으므로 성제가 밤마다 자기 침실로 찾아오도록 하기 위하여서는 자신만의 특기를 발산하지 않으면 안 되었다.

원조관에 있는 조비연은 어떻게 해서든지 수태(受胎)해 보려고 수십 명의 건장한 남자들을 숨겨두고 놀아나면서 성제가 오지 않기를 은근히 바랐으며 그가 찾아와도 그저 겉으로만 아양을 떨며 마지못해 대하는 형편이었다.

몸매와 기교에 있어서 조비연이 합덕만 못하였으므로 성제는 줄곧 소양궁에 머무르면서 조비연을 멀리 하였다.

한 번은 밤에 성제가 합덕에게 조비연에 대한 불평을 늘어놓았다. 합덕은 언니의 나쁜 행동을 잘 알고 있었으므로 그것이 성제에게 발각되지 않았는가 걱정하면서 성제에게 말했다.

"첩의 언니는 성품이 곧아 남의 원한을 사기 쉽사옵니다. 첩의 언니를 모함하는 자가 혹시 있을지도 모를 일이옵니다. 폐하께서 그 헐뜯는 말을 곧이들으신다면 저희들의 운명은 멸족을 면치 못할 것입니다."

이 말을 하면서 합덕은 눈물까지 뚝뚝 흘렸다. 그러자 성제는 얼른 명주 수건을 꺼내 그녀의 눈물을 닦아주면서 위로하고 절대 헐뜯는 말을 믿지 않겠다고 다짐하였다.

그런 줄도 모르고 눈치 무딘 사람들이 조비연을 헐뜯었다가 모두 죽임을 당하고 말았다. 그리하여 조비연은 아무 거리낌 없이 마음대로 뭇 사내들을 불러들여 음탕한 짓을 계속할 수 있었다.

얼마 후에 합덕이 언니에게 그 말을 전하자 조비연은 자기를 감싸준 데 대한 감사를 표하면서 연적봉(燕赤鳳)이라는 궁노를 그녀에게 소개하였다. 연적봉은 힘이 장사였는데 비호같이 날쌔어 누각을 훌훌 뛰어넘기까지 하였다.

어느 날 조비연이 그를 불러들여 정을 통하고 보니 기쁨이 이를 데 없었다. 조비연은 그 즐거움을 혼자 독차지할 수 없어 동생에게도 맛보일 생각이었다. 합덕은 언니의 뜻을 고맙게 여겨 성제가 오지 않는 기회를 틈타 연적봉과 관계해 보니 이제까지 느껴보지 못했던 쾌감을 자아내는 것이었다.

그로부터 연적봉은 원조관과 소양궁을 번갈아 드나들면서 성제 대신 그녀들을 돌보지 않으면 안 되었다. 그런데 소양궁은 원조관으로부터 너무 멀리 떨어져 있어 연적봉이 오가는데 불편하였으므로 합덕은 원조관 옆에 집을 한 채 지어달라고 성제에게 청하였다.

성제는 그녀의 요구대로 불과 몇 달만에 집을 지어주었고 그 집을 '소빈관'이라 불렀다.

합덕이 소빈관으로 거처를 옮기면서부터 원조관과 소식이 통할 수 있어 성제가 앞문으로 나서면 연적봉이 뒷문으로 들어서곤 하였다. 그런데 몇 해가 지났는데도 조씨 자매에게는 태기가 없었으므로 성제는 태자를 보기 위하여 다시금 새로운 궁녀들을 불러 잠자리를 같이 하였다.

성제가 원조관과 소빈관에 발을 끊게 되자 연적봉이 장사이긴 하여도 밤마다 동시에 그녀들을 만족시킬 수는 없었기 때문에 자매간에도 질투가 생겨 자칫하면 등을 돌릴 뻔하였다.

그런 것을 번예가 나서서 합덕을 타일러 언니에게 사과하게 하였으므로 화해하게 되었다. 따라서 그들의 음탕한 일도 밖으로 새어 나가지 않을 수 있었다.

광록대부 유향은 『시경』에서 정숙한 여자와 음탕한 여자에 관한 자료를 모아 『열녀전』 여덟 편과 『신서설원(新序說苑)』 오십 편을 써 성제에게 바쳤다. 그 외에도 여러 번 상소하였는데 그 내용인즉 여자를 멀리하고 덕을 중히 여길 것을 권하는 내용이었다. 성제는 그 상소문의 내용이 옳다고 생각하면서도 정작 행동으로 옮기지 않았으니 아무리 건의하여도 소용없는 일이었다.

성제는 술과 여자에 빠져 사람을 잘못 등용함으로써 나라를 망치는 원인을 남기게 되어 하마터면 유씨 자손이 멸족당할 뻔하였으며, 결국 한나라는 십팔 년 동안 주인이 없게 되었다. 그것은 바로 황태후의 조카 왕망(王莽)을 두고 일컫는 말이다.

왕망은 그후 한(漢)나라의 유씨(劉氏)를 폐하고 신(新)나라를 세운 위인이다. 그로부터 왕망의 전시대를 '전한(前漢)'이라고 하고, 왕망이 광무제에 의해 멸한 이후 새로운 한을 '후한(後漢)'이라 일컫게 된다.

어쨌든 성제는 술과 여자에 빠져 있었으므로 황제의 외척 대사마위장군인 왕상도 걱정되어 황태후를 만나 술과 여자를 경계하도록 성제를 타일러달라고 건의하였다.

황태후가 여러 번 꾸짖고 왕상도 여러 차례 건의하였지만 성제는 조금도 뉘우침이 없었다.

어느 날 반첩여의 친동생인 시중 반백(班伯)이 병으로 말미를 얻어 집에 돌아갔다가 약속한 기일이 되어 돌아와 성제를 만나기 위하여 입궐하였다. 공교롭게도 성제가 장방 등과 함께 연회를 벌이고 한창 기분이 좋아서 떠들어대고 있었다.

반백은 성제에게 인사하고 나서 아무 말도 없이 성제 뒤에 놓여 있는 병풍만을 쳐다보았다. 성제는 그의 이름을 부르며 술자리에 앉아 술을 들라고 권하였는데, 그는 대답은 하면서도 계속 그 병풍에 있는 그림만 뚫어지게 바라보았다.

성제도 이상스럽게 생각되어 병풍을 돌아보았더니 그 병풍에는 황음무도(荒淫無道)하여 나라를 망친 은나라의 주왕(紂王)이 달기와 더불어 술을 마시고 있는 옛 그림 한 폭이 걸려 있었다. 성제는 그의 마음을 헤아리고서도 일부러 물었다.

"이 그림은 무엇을 경계하자는 거요?"

그러자 반백은 성제에게 눈길을 돌리면서 말하였다.

"주왕이 주색에 빠져 있기에 미자(微子)는 그의 곁을 떠나갔사옵니다. 밤낮으로 황음무도하였기 때문에 『대아(大雅)』에서는 징계한 바 있사옵니다. 『시경』에서는 음란함이 술로부터 시작된다고 가르치고 있사옵니다."

그의 말을 듣고 나서 성제는,

"오랫동안 공을 만나보지 못하다가 오늘에야 바른말을 듣게 되었구나!"

라고 말하면서 한숨을 쉬었다.

반백이 쓸데없는 말을 늘어놓았다고 장방 등은 그를 나무랐으나 뜻밖에도 성제가 그를 칭찬하게 되자 그들은 옷을 갈아입는다는 핑계로 뿔뿔이 흩어졌다.

그로부터 얼마 후, 민산이 무너지면서 흙과 돌이 쏟아져 내려 강의 흐름을 막아 사흘 동안 물이 흐르지 못하였다. 광록대부 유향은 그 소식을 듣고 한탄을 금치 못하였다.

"옛날 주나라 때에 기산(岐山)이 무너져 경수 · 위수(渭水) · 낙수(洛水)가 마르더니 유왕(幽王)이 죽었다고 하였다. 기산은 주나라의 용흥지(龍興池, 용이 난 곳이라는 뜻으로 황제가 태어난 곳)로서 주나라의 흥망성쇠를 예언하는 곳이다. 한나라 왕조는 촉군으로부터 일어났는데 촉군의 민산이 무너지고 강이 막혔다니 한나라가 망할 징조구나! 재작년에 벌써 은하수 동쪽에 혜성이 나타나 삼성으로부터 수성까지를 침범하였는데 한나라의 흥망을 주관하는 수성이 침범을 받았으니 망할 날이 멀지 않았구나!"

그런데도 성제는 나라 안팎이 무사하다고 하면서 아무런 걱정 없이 즐거운 나날을 보냈다. 그러나 나이 사십이 넘도록 아직 아들을 보지 못한 것이 근심이었다.

조비연 자매는 뭇 남성을 두고서도 질투심이 많아 성제가 다른 궁녀들과 만나지 못하도록 경계하였다. 성제는 그들의 눈을 피해 몰래 궁비 조효(曹曉)의 딸 조궁(曹宮)을 불러 몇 번 잠자리를 같이하였는데 그 뒤로 그녀는 수태하여 아들을 낳았다. 성제는 아들을 낳자 무척 기뻐하며 몰래 여섯 명의 궁녀를 보내 조궁의 시중을 들게 하였다.

그런데 이 사실을 안 합덕은 거짓 조서를 내려 조궁을 액정옥에 가두고 협박하여 마침내 자결하게 하였으며 아기까지 죽여버렸고, 심지어 조궁의 시중을 든 여섯 명의 궁녀들까지도 죽여버렸다.

성제는 합덕이 무서워 그들의 억울한 죽음을 알고서도 말 한마디 못하였다.

그후 성제는 상림원에 나가 탁목관(濯沐館)에 머무르고 있는 허미인(許美人)과 몇 번 잠자리를 같이하였는데 마침내 허미인이 수태하게 되어 역시 아들을 낳았다.

성제는 중황문 근엄에게 명령하여 의원과 유모를 데리고 탁목관으로 가서 허미인을 돌봐주도록 하였다. 합덕에게 들킬까봐 걱정이 된 성제는 여러 날 궁리하던 끝에 이번에는 먼저 그녀에게 사실을 알리면서 사정을 봐달라고 간청함으로써 그녀가 나쁜 마음을 품지 못하게 미리 손을 쓰기로 하였다.

성제는 소빈관으로 가서 먼저 합덕과 이야기를 나누면서 그녀의 마음을 산 다음, 허미인이 아들을 낳았다는 말을 하였다. 말이 채 끝나지도 않았는데 합덕은 매서운 눈초리로 성제를 쏘아보며,

"매일같이 중궁에 들렀다 오신다고 첩을 속이곤 하시더니 중궁에 계셨다면 허미인이 어떻게 아들을 낳을 수 있겠습니까? 좋아요. 이제는 허미인을 황후로 책봉하시오!"

하고 내뱉었다.

그녀는 눈물을 흘리면서 주먹으로 가슴을 치다가는 머리를 기둥에 부딪치면서 야단법석을 떨 뿐만 아니라, 시녀가 부축하여 자리에 눕히자 온갖 추태를 부리면서 집으로 돌아가겠다고 소란을 피웠다. 그 바람에 성제는 어안이 벙벙해져 한동안 멍해 있다가 입을 열었다.

"짐은 좋은 뜻으로 알린 것인데 어째서 이렇게 딱하게 구는지 도무지 이해가 되지 않소."

합덕은 성제의 말을 들은 체도 않고 그냥 울면서 수라상이 들어왔는 데도 먹지 않았기 때문에 성제도 수저를 들지 못하고 그녀를 달랬다.

그날 밤 성제는 소빈관에서 머무르면서 합덕과 나란히 누웠지만 무엇이라고 그녀를 위로하면 좋을지 몰랐다. 성제는 며칠 동안 합덕과 잠자리를 같이하고 나서 중황문 근엄에게 명령을 내려 허미인에게서 아기를 빼앗아 고리짝에 넣어 소빈관으로 데려오도록 하였다.

성제와 합덕은 남몰래 고리짝을 열어 확인하고 단단히 봉하여 시녀를 시켜 액정옥승 적무(籍武)에게 그것을 넘겨주어 남몰래 한적한 곳에다 파묻게 하였다.

적무는 으슥한 곳에 구덩이를 파고 그 고리짝을 묻어버렸다. 이렇게 허미인의 몸에서 태어난 아이도 끝내 합덕에 의하여 생매장되고 말았다.

이에 앞서 장안에는 '제비가 날아들어 황손을 쫓는다네!' 라는 동요가 불리어지고 있었는데 이 이야기와 동요의 내용이

나중에야 들어맞게 되었다.

그 다음 해 정월에 중산왕 유흥(劉興)과 정도왕 유흔(劉欣)이 같은 날 조정에 들어왔다. 지혜가 있는 부소의는 왕태후가 된 다음 성제에게 아들이 없는 것을 보고 은근히 자기의 손자를 성제의 양자로 세우려고 꿈꾸고 있었다. 그래서 이번에 유흔이 황성에 올라올 때 같이 왔으며 정도의 태부·재상·중위 등도 모두 따르게 하였다.

중산왕 유흥을 따르는 사람으로는 태부 한 사람뿐이었다. 유흥과 유흔이 성제를 만났을 때 성제는 외모가 빼어난 유흔에게 마음이 끌려 그가 많은 사람들을 거느리고 왔다는 소식을 듣고,

"너는 무슨 이유로 그 많은 관리들을 데리고 왔느냐?"

하고 물었다.

"법도에 의하면 제후 왕이 조정에 올라올 때 이천 석의 관리가 따라와야 한다기에 태부·재상·중위 등 이천 석에 해당하는 관리들을 따르게 한 것이옵니다."

하고 그는 대답하였다.

"너는 평소 어떤 경서들을 배웠느냐?"

고 묻자, 그는 『시경』을 배웠다고 대답하였다.

성제가 생각나는 대로 몇 가지 지정하여 외워보라고 하자 그는 한 자도 빼놓지 않고 외웠으며 또한 아주 조리 있게 그 뜻까지 말하였다. 성제는 그를 칭찬하고 나서 이번에는 유흥을 돌아보며 물었다.

"너는 어째서 태부 한 사람만 데리고 왔느냐?"

고 묻자, 그는 머뭇거리며 대답하지 못하였다. 그리고 어떤 경서를 배웠냐고 하니 『상서』를 배웠다고 대답하였다. 몇 편 외워보라고 하자 떠듬거리며 잘 하지 못하였다.

나이 삼십이 넘은 유흥이 열대여섯 살밖에 안 되는 소년보다도 못하자 실망한 성제는 그를 물러가게 하였다. 유흔도 그의 뒤를 따라 물러나왔다.

성제가 편전으로 돌아오자 유흔의 할머니 부소의가 마침 와 있었다. 성제는 먼 길을 오느라고 수고했다는 인사말을 하고 나이어린 손자가 여간 똑똑하지 않다고 몹시 칭찬하였다.

부소의는 과분한 칭찬을 한다고 겸손을 표하고 나서 이번에 자기의 손자와 같이 황성에 올라온 것은 황제에게 문안을 여쭙는 한편, 손자가 황실의 예를 범하지 않도록 수시로 가르치기 위하여서라고 온 뜻을 밝혔다.

성제는 그녀에게 감사의 말을 한 다음 궁중에 머무르며 쉬게 하였다. 부소의는 황태후를 만나고 나서 조황후와 조소의도 찾아가서 일일이 인사를 하였다. 그리고 손자 유흔에게 일러 궁 안의 중요한 자리에 있는 사람들을 모두 만나게 하였으며 대사마 왕근의 집에도 찾아가 인사하게 하였다.

그리고 가지고 온 보물 절반은 조씨 자매에게 선물하고 절반은 왕근에게 선물하였다.

속담에 돈만 있으면 귀신도 부릴 수 있다는 말이 있듯이 조씨 자매는 부귀에 파묻혀 지냈지만 그 많은 선물을 받고는 마음이 움직였다. 욕심이 많은 왕근이 횡재하고 감동하였으리라는 것은 더 말할 필요가 없다.

그들은 유흔이 똑똑하니 태자로 맞이하여도 손색이 없다고 추천하였다. 성제도 그럴 뜻이 없는 것은 아니었지만, 그래도 행여나 조씨 자매에게서 아들을 볼 수 있지 않겠는가 해서 승낙하지 않고 그저 유흔을 위하여 관례를 치러 준 다음 정도로 돌려보냈다.

부소의도 따라 돌아간 것은 물론이다. 그들이 떠나기에 앞서 조씨 자매는 연회를 차려 전송하였는데 연회석에서 부소의는 유흔의 장래를 책임져 달라고 조씨 자매에게 부탁하였다.

그때부터 일 년이 지났는데도 여전히 수태하지 못한 조씨 자매는 정도왕 유흔을 태자로 맞이할 것을 성제에게 졸랐으며 왕근도 덩달아 상소하였다.

성제는 유흔을 태자로 맞이하기로 하여 부절을 가지고 가서 유흔을 황성으로 데려오게 하였다.

그로부터 얼마 후, 양왕 유립(劉立)과 초왕 유연(劉衍)이 황성에 올라왔었는데 그들은 이미 여러 번 성제를 만나고 이튿날에는 돌아갈 작정이었다. 그날 오후에 성제는 별일이 없어 소빈관으로 가서 수라상을 받고 밤에도 그곳에 머물렀다.

이튿날 해가 떠올라서야 합덕이 먼저 일어나고 뒤이어 성제도 일어났다. 그런데 성제는 일어나 옷을 입다가 갑자기 쓰러진 후 말 한마디 못하고 세상을 떠나고 말았다. 합덕은 무슨 영문인지 모르고 성제를 흔들었으나 대답이 없었다. 불길한 예감이 들어 그의 맥을 짚어보니 맥박이 벌써 멎어 있었다. 조소의는 당황하여 급히 내시를 부르고 어의를 불러들이라고 명령하였다.

어의가 왔을 때는 이미 사지가 굳어 있었으며 아무리 신통한 의술을 가졌던들 그를 살릴 수는 없었다. 태후와 대신들에게 황제의 죽음을 알리게 하였다.

황태후는 성제의 싸늘한 시신을 부둥켜안고 슬피 울었으며 황후 조비연을 비롯한 비빈·궁첩들도 뒤이어 달려와 울음을 터뜨렸다.

한참 뒤에 울음이 멎은 다음 시체를 염습하여 입관하고서 태후는 삼공을 불러들였는데 이때 승상이 아직 임명되지 않았다. 성제가 살아 있을 적에 공광을 승상으로 승진시키기로 결정하였다는 것을 왕망이 말하였다.

태후는 공광을 불러들여 그를 승상으로 임명하고 박산후(博山侯)로 임명하였으며 미리 마련한 임명장과 인수를 내렸다.

승상으로 임명된 공광은 왕망 등을 비롯한 대신들과 함께 국상치를 일을 의논하였다.

이튿날 태후는 왕망·공광에게 액정령과 함께 황제의 죽음을 자세히 밝히라고 조서를 내렸다.

조서를 받은 왕망은 은근히 기뻐서 엄하게 취조하기로 하고 소빈관으로 부하 관리를 보내 조사하게 하였다.

그들은 합덕에게 따지고 들면서 사납게 굴었다. 합덕은 성제를 죽이지는 않았지만 그동안 뭇 사내들과 불륜을 저지른 일들로 하여 뒤가 켕기는지라 취조를 당하면 잘못이 드러나게 마련이고, 그렇게 되면 언니에게까지 화가 미칠 것이라는 것을 생각하니 차라리 죽는 것이 낫겠다는 결단을 내렸다.

그리고 자기의 시녀들을 불러, 가지고 있던 보물을 모두 내어주며 그 동안의 음란한 짓을 벌인 일 등을 누설하지 말라는 당부를 하고 나서 음독자살하였다. 이렇게 그녀의 혼도 성제를 따라 저승으로 가게 되었다.

성제의 죽음이 알려지자 항간에는 은밀한 노래가 유행되었다.

'제비(燕)가 날아와
황손(皇孫)을 쪼았다.
그 황손은 죽고
제비는 시(矢)를 쪼았다.'

'시(矢)'라는 말은 당시의 표현으로는 '분(糞)'을 의미했다. 제비는 즉 조비연이라는 이름을 가진 조황후와 그 동생 조소의를 가리키는 말이었다. 그녀들이 후궁에서 태어난 왕자를 차례대로 죽이고 그 업보로 '똥을 먹는' 처지에 놓였다는 의미였다. 언니 조황후는 살아 있었지만 사람들은 두 사람을 함께 지칭해 조롱한 셈이었다.

성제는 제위 이십육 년 동안, 45세를 일기로 세상을 떠났다. 몸이 건강했던 황제였으나 줄곧 술과 여자에 빠져 있었으니 천하장사인들 버틸 수 있었겠는가? 즐거움이 극도에 달하면 슬픔이 생긴다는 말이 있듯이 그는 여자를 너무 가까이하여 죽었다.

뒤에 그를 연릉(延陵)에 장사지냈다. 황태자 유흔은 황제에 올라 애제(哀帝)라 칭하고 태후 왕씨를 태황태후로, 황후 조씨(조비연)를 태후로 존봉하였다.

동성애,
단수(斷袖)의 환(歡)

애제(哀帝)는 즉위한 후 왕씨 가문의 세도가 대단한 것을 보고 자신이 나라의 권력을 잡고 직접 조정 일을 돌보기 위해서는 그들을 견제하여야겠다는 생각이 들었다.

그래서 왕망의 사임을 선뜻 승낙하였던 것이며, 허광이 왕근을 탄핵한 상소를 보고 속시원하게 생각하였다. 그렇지만 그를 대역죄로 다스리는 것은 죄가 너무 지나친 것 같고 태황태후의 체면도 돌봐야 하겠기에 왕근은 임지로 보내 서민이 되게 한다는 명령을 내렸다.

갓 등극한 애제는 이제까지의 나쁜 풍습을 없애고 사치를 금하고 검소한 것을 장려하려는 뜻에서 악부관(樂府官)과 궁중

안의 기수관(비단을 짜고 수놓는 일을 관할하는 관원)을 없앴다. 그리고 임자령(壬子令)과 비방거기법을 없앴으며 대부분의 궁녀들을 집으로 돌려보냈다.

그뿐만 아니라 관청 노비들의 신분을 서민으로 고쳐주었으며 하급 관리들의 월급을 인상시켜 주고 자신이 직접 나라의 일을 처리하였다. 그러자 온 나라에 황제에 대한 칭찬이 자자하였다.

그런데 부태후가 조정의 일에 너무 자주 간섭하여 자기의 존호를 올리라느니 외척을 제후로 임명하라느니 하는 등 무리한 요구를 하였다. 뚜렷한 신념이 없는 애제는 부태후에 의해 움직이게 되어 무엇 하나 자신의 뜻대로 주장을 내세우지 못하고 점차 흔들리고 말았다.

이때 조정 대신들은 이미 두 파로 갈라져 서로 다투었다. 한 파는 부씨를 조정 일에 간섭하지 못하도록 하는 파이고, 다른 한 파는 부씨에 아첨하고 그를 좇는 파였다.

나라의 권력을 손에 쥐려고 하는 부태후는 대신들 가운데 자기를 반대하는 파가 있다는 것을 알고, 그들을 쫓아내고 조정의 일을 마음대로 처리하기 위하여 자신의 뜻을 따르는 대신들과 결속하였다.

얼마 후 애제는 국무에 시달리다가 병에 걸려 오랫동안 나라의 일을 돌보지 못하였다. 설상가상으로 제태후 정씨가 병을 앓다가 열흘이 채 못 되어 세상을 떠나고 말았다.

애제는 성치 않는 몸으로 어머니의 상을 당하여 슬픔에 잠기고, 장례를 치르느라고 며칠간 바쁘게 보내다 보니 몸은 더욱 허약해져서 아예 자리에서 일어나지도 못하게 되었다. 그러나 다행스럽게도 어의가 정성을 다하여 치료하였기에 차차 병세가 호전되었다.

그러던 어느 날 궁중에서 물시계를 지키고 있는, 궁녀처럼 예쁘장한 사내아이를 보게 되었다. 그는 운양 출신의 동현(董賢)이었다. 그의 아버지가 일찍이 어사로 있었기 때문에 동현은 열대여섯 살 적에 벌써 태자를 모시고 있었다.

애제는 얼굴이 빼어난 동현을 보고 남자 중에도 이러한 얼굴이 있을 수 있는가 의아해 하였으며 궁녀들이 화장을 하고 나선다 해도 그 앞에서는 무색하리라는 생각이 들었다.

애제는 즉석에서 그에게 황문랑의 벼슬을 내리고 자기 곁에 늘 가까이 있으면서 시중을 들게 하였다.

동현은 남자인 것만은 확실한데도 성품은 여자같이 부드러웠으며 매력적인 몸매로 교태를 자아내기까지 하여 애제의 정욕을 불러일으켰다.

애제는 그와 잠자리를 같이하게 되었다. 동현의 입을 통해 그의 아버지 동공이 운중후로 외직에 있다는 것을 안 애제는 동공을 패릉령으로 옮기도록 하고 광록대부로 임명하였다.

총신이 된 동현은 한 달에 세 번씩이나 승진하여 벼슬이 부마도위시중에 이르렀는데 황제가 밖에 나갈 때나 궁중에 있을 때 항상 황제를 모시고 잠자리를 같이하였다.

한 번은 애제를 모시고 낮잠을 자고 있었는데 애제가 먼저 잠에서 깨어나고 동현은 아직 단잠에 빠져 있었다. 애제는 그를 깨우지 않기 위해 살며시 일어나려 하는데 동현이 용포(龍

袍) 자락을 깔고 자고 있었다.

이까짓 용포쯤이야 다시 지으면 되지만 단꿈을 이루기는 힘든 것이라고 생각한 애제는 자리 위에 풀어놓았던 칼을 잡아당겨 용포 자락을 싹둑 잘라버리고 살며시 일어났다.

후세의 사람들이 남자를 총애하는 것을 '단수벽(斷袖癖)'이라고 말하였다.

중국에서는 동성애를 '단수(斷袖)'라고 표현한다. 그리고 동성애의 환희를 '단수의 환(歡)'이라 하고 동성애를 '단수벽'이라고 했다. 그 말의 유래가 애제와 동현의 일화에서 비롯된 말이었다.

이렇듯 두 사람은 밤낮을 가리지 않고 함께 붙어 있었다.

낮잠을 다 자고 일어난 동현은 자기가 자던 자리에 잘린 옷소매 끝이 있는 것을 발견하고는 유심히 살펴보니 그것은 다름 아닌 곤룡포의 옷소매 끝이었다. 그 까닭을 깨달은 동현은 애제의 두터운 은혜에 더할 수 없이 감격하였다.

그 후부터 동현은 온갖 정성을 다하여 애제를 모시면서 한시도 그의 곁을 떠나지 않았다. 휴가일이 돌아와도 그는 병약한 애제를 위하여 약을 달여드려야 한다면서 집으로 돌아가지 않고 정성껏 시중을 들었다.

애제는 그에게 아내가 있다는 것을 알고 집으로 돌아가라고 몇 번이나 말하여도 동현은 좀처럼 듣지 않았다. 민망스러운 생각이 든 애제는 그의 아내까지 입궐시켜 숙직을 서는 집, 직려(直廬)에 머무르게 하였다.

얼마 후 동현에게 아직 시집을 가지 않은 여동생이 있다는 것을 알게 된 황제는 동현에게 데리고 들어오게 하여 밤중에 그녀를 만났다. 찬찬히 뜯어보니 얼굴은 동현을 닮아 보름달 같이 풍만하고 양볼에는 귀여움이 가득한 홍조를 띠었으며 애교를 머금은 듯 이슬같이 맑은 눈은 볼수록 황홀하였다.

애제는 그녀와 잠자리를 같이 하였다.

춘풍을 타고 꽃을 찾아든 나비처럼 달콤한 하룻밤을 보내고 나서 이튿날로 그를 소의로 임명하였는데, 그녀는 황후 버금가는 자리를 차지하게 되었다.

황후가 거처하는 궁전을 '초방'이라고 하는데, 동현의 누이동생이 거처하는 집은 '초풍'이란 호를 내렸다. 그것은 황후의 이름과 서로 연계시키자는 데 그 의도가 있었다.

애제의 특명을 받고 궁궐 출입을 자유롭게 할 수 있게 된 동현의 아내도 가끔 애제와 마주칠 때가 있었다. 그녀도 아직 젊은 여자로 매력적인 데가 없지 않았다. 게다가 평소 애제가 동현에게 많은 금은과 주옥을 비롯한 장식품들을 주었는데 동현은 물론 그녀도 이러한 장식품들로 몸단장을 하고 나섰으니 훨씬 더 돋보였을 것이다.

애제는 그녀에게도 마음이 쏠려 동현과 함께 가까이서 시중들도록 하였다. 자기 몸을 아끼지 않는 동현이니 자기 아내를 아낄 리 없었다. 황제의 총애를 받기 위해서라면 아내가 정조를 잃는 것쯤이야 아무것도 아닌 것으로 치부했다. 그래서 동현의 누이동생과 아내는 번갈아가며 황제와 잠자리를 같이하는 처지가 되었다.

애제는 수시로 동현에게 이루 헤아릴 수 없을 만큼 많은 상을 내렸고 아버지 동공을 소보로 임명하고 관태후의 작위를 내렸다. 심지어 동현의 장인도 대신으로 임명하였고, 그의 처남까지 집금오에 임명하였다.

그리고 궐 밖에 터를 잡고 동현에게 큰 집을 지어주었는데 집이 즐비하고 대문이 겹겹으로 세워졌으며 담벼락을 둘러친 것이 흡사 궁궐같이 호화스러웠다.

동현에게 더욱 큰 은혜를 베풀기 위하여 애제는 그를 태위로 승진시킬 생각이었는데 마침 외삼촌인 대사마 정명(丁明)이 왕가의 억울한 죽음을 동정하고 있다는 말을 듣고 그를 내쫓은 다음, 동현을 그 대신 대사마로 임명하려고 하였다.

그런데 동현이 사양하였기 때문에 애제는 광록대부 설상(薛常)을 대사마로 임명하였다. 공교롭게도 설상은 대사마로 승진한 지 며칠 안 되어 죽고 말았다. 그러자 애제는 동현을 대사마로 임명한다는 조서를 내렸다.

'황제의 제위를 계승한 짐은 옛일을 생각하여 공을 대사마로 임명하여 황실을 보좌하도록 명한다. 공은 대군의 지휘자로 지금부터 직무에 성심을 다하여 적의 침공을 물리치고 변경을 안정시키며 모든 것을 바로잡고 항상 공정하게 정당한 도리를 행할지어다. 천하는 짐의 통제 하에 있으며 장군에 의하여 명령이 전달되고 군사에 의하여 위세를 떨치기를 힘쓸지어다.'

이때 동현의 나이 스물두 살밖에 안 되었지만 삼공(三公)에 올라 나라와 군사에 관한 권력을 잡게 되었으니 한나라가 세워진 이래 처음 있는 일이었다.

아들이 승진하자 그의 아버지 동공은 광록대부가 되어 벼슬이 이천 석에 이르렀다. 그의 동생 동관신(董寬信)은 형의 뒤를 이어 부마도위로 승진하였으며 동씨 가문의 사람들도 모두 출세하여 황성으로 올라와 거드름을 피웠다.

전에 어머니 쪽의 정씨와 할머니 쪽의 부씨 가문의 사람들이 출세하게 되었을 때도 동씨(董氏) 가문의 사람들처럼 벼락감투를 쓰지는 못했는데 동씨 가문에 대한 황제의 은혜야말로 대단하였다.

동현은 전에는 궁중에 머무르면서 밤낮으로 애제의 시중을 들었지만 대사마로 승진한 다음부터는 일을 마치고 집에 돌아와서 쉴 수 있었다.

그로부터 일 년여가 지난 어느 날 집에 돌아와 쉬고 있는데 애제의 병이 위독하다는 급보가 전해 왔다.

동현이 급히 궁중으로 달려가 보니 이미 애제가 자리에 누워 있었는데 그저 몇 마디하고 어디가 어떻게 불편한지 자세히 묻지도 못하였다. 애제는 간신히 눈을 뜨고 말할 기력도 없었던지 그냥 눈을 감고 신음소리만 내었다.

동현은 증세가 심상치 않다는 것을 느꼈지만 한창 젊은 나이이니 며칠 지나면 나을 것이라 생각하고 궁중에서 애제를 지키고 있었다.

그런데 병세는 날이 갈수록 더욱 위독해지더니 몇 달을 못 견디고 애제는 끝내 숨을 거두고 말았다. 그의 나이 겨우 스물

여섯 살이었으며 육 년밖에 나라를 다스리지 못하였다.

부황후와 동소의 등이 애제의 시신 곁으로 달려와 울음을 터뜨렸는데 동현도 애제의 은혜를 생각하며 문 밖에서 슬피 울었다.

태후 왕씨가 달려와 시신을 부둥켜안고 통곡하고 나서 옥새를 거두어 자기 옷소매에 넣고는 동현을 불러 국상치를 일을 물었다.

동현은 이제까지 국상을 치러본 적이 없는 데다 애제가 세상을 떠나자 애틋한 정부(情夫)를 잃은 과부처럼 제 정신이 아니어서 무엇이라고 대답할 수가 없었다. 한참을 기다려도 대답이 없자 태황태후가 다시 입을 열었다.

"신도후 왕망(王莽)이 전에 선제의 국상을 치러 그 일을 잘 알 것이니 그를 불러들여 공을 돕도록 하는 것이 어떻겠소?"

그 말을 듣고 난 동현은 관을 벗고 머리를 조아리며 감사를 드렸다.

태황태후(원제의 황후 왕씨)는 즉시 사자를 보내 왕망을 불러오게 하였다. 왕망은 밤낮으로 길을 달려 도성에 들어왔다.

그는 먼저 태황태후를 찾아뵙고 아무런 공덕도 없는 동현이 국상에 참여하는 것은 부당한 일이라고 말하였는데 태황태후도 그의 의견에 찬성하였다.

그리하여 왕망은 태황태후의 명령으로 상서에게 명하여 황제에게 드리는 약을 먼저 맛보지 아니하였다 하여 동현을 탄핵하게 하고 그의 궁중 출입을 금지시켰다.

그 소식을 들은 동현은 황급히 입궐하여 관을 벗고 머리를 조아리며 사죄하였다. 왕망은 태황태후의 명이라고 하면서 동현의 인수를 거두어들였다.

집으로 돌아온 동현은 왕망이 그렇게 매몰스럽게 구는 것은 앙갚음하려는 것이니 그의 손에 목이 달아날 것이 뻔한 일이므로, 그럴 바에는 차라리 자결하는 편이 낫겠다고 생각하여 아내를 불러 자신의 뜻을 이야기하였다.

아내도 이미 일이 글렀다는 것을 알고 같이 죽기로 결심하여 마주앉아 한바탕 통곡한 후 자결하였다.

그의 가족들은 화가 닥칠 것이 두려워 동현 부부가 죽은 것을 조정에 알리지 않고 슬그머니 그날 밤중에 장사지냈다.

그 소식을 전해들은 왕망은 거짓말을 했을까봐 걱정되어 관리를 시켜 무덤을 파헤치고 시체를 확인하기 위하여 관을 궁중으로 가져오게 하였다.

관 뚜껑을 열자 동현의 시신이 확실하였다. 그런데 관에 단칠을 하고 관 속에 주옥이 들어 있는 것을 보고 분수에 지나친 것이라고 하여 시체를 꺼내어 옷을 벗겨버리고 거적에 싸서 묻게 하였다.

그리고 동현의 아버지 동공은 교만하게 굴었으며 동현의 동생 동관신은 음탕한 짓을 하였다고 탄핵하여 벼슬을 빼앗고 합포로 귀양을 보냈다.

그의 재산은 관가에서 몰수하였는데 돈으로 환산하여 수억만 민에 달하였다. 동현은 평소 부하 관리인 주허를 잘 돌봐주었는데, 그는 자기 돈으로 옷과 관을 사서 동현을 이장하였다. 그리고 스스로 자신의 죄를 상소하였는데 왕망은 괘씸하게 생각하여 그에게 다른 죄를 씌워 죽음을 내렸다.

궁중에는 황제가 없었고 태황태후는 나이가 많았으므로 모든 일은 왕망이 처리하게 되었다.

왕망은 황태후 조비연을 효성황후로 내려앉히고 황후 부씨는 계궁으로 옮겨가게 하였다.

동생 조소의와 함께 은총을 받아 제멋대로 날뛰고 잔인하게도 황제의 두 아들을 죽였다는 것이 조태후의 죄였고 부황후의 죄는 그의 아버지 부안의 무례한 행동을 말리지 않았다는 것이었다.

이에 대해 어느 누구도 감히 반대하지 못하였다.

그리고 얼마 후, 부태후와 조태후를 서민으로 내쫓았는데 울분을 참지 못한 조태후 조비연은 자결하고 말았다.

─끝─